WU LU SHOU ZHA

悟庐手札

陈政 著

百花洲文艺出版社
BAIHUAZHOU LITERATURE AND ART PRESS

图书在版编目（CIP）数据

悟庐手札 / 陈政著. -- 南昌：百花洲文艺出版社,2019.5
ISBN 978-7-5500-2941-5

Ⅰ.①悟… Ⅱ.①陈… Ⅲ.①散文集－中国－当代 Ⅳ.①I267

中国版本图书馆CIP数据核字(2018)第167305号

悟庐手札

陈　政　著

出 版 人	姚雪雪
责任编辑	刘　云
特约编辑	王　军
装帧设计	代永丽　周璐敏
美术编辑	方　方
出版发行	百花洲文艺出版社
社　　址	南昌市红谷滩新区世贸路898号博能中心Ⅰ期A座20楼
邮　　编	330038
经　　销	全国新华书店
印　　刷	江西华奥印务有限责任公司
开　　本	710mm×1000mm 1/16　　印张 27.75
版　　次	2019年5月第1版第1次印刷
字　　数	300千字
书　　号	ISBN 978-7-5500-2941-5
定　　价	120.00元

赣版权登字 05-2019-34

邮购联系　0791-86895108
网　址　http://www.bhzwy.com
图书若有印装错误，影响阅读，可向承印厂联系调换。

序

叶　青

　　陈政先生这部随笔集中的大部分文字，我与很多朋友一样，当其新鲜出炉之时，就在微信中读到了。微信、微博等促成了新的阅读方式，新的阅读方式又影响着写作。这些文字最初是以散布而连续的方式发布的，有的是一段文字一个主题，有的则需要连载，直到将一个话题说完。这正是微文体的特征。

　　作者告诉我，自其2013年开通微信后，每日一记，几乎不曾间断。看来此书乃集腋成裘之作，其中的坚持与执着，想来很不容易。但这些文字与作者的交游、见闻、读书、感悟相关联，是伴随着他每日的生活自然地生长出来的。因此，在刻意的坚持之中，又自有一份从容、悠然与淡定。不知不觉间，这些自然生长的文字如草木繁盛、滋蔓、蓬勃，蔚为大观，形成了丛林，形成了自足的生态，形成了内在关联的生命的群体。

　　随笔集中文字的内容颇为广泛，这也正是微文体的特征所在。生命中不间断的感悟，产生了呈放射状的思考，形成了鲜活而灵动的文字。我喜欢这类文字，正是因为这些文字是自然生长状态的呈现，是作者在自己生活之中勤于感悟勤于思考勤于动笔的结晶。它让我们不仅感悟，而且领会这种感悟的升华，让我们的内心与作者同步丰盈起来。

　　作者在他的园地里不辞辛劳地耕耘，文字汩汩流出，就如同草木不断地繁茂，不断地生长新枝、绽放馨蕊。尽管随笔集中的文字是自然生长的结果，但作者在播种这些花木时，仍然是有选择的。这些文字是作者面对人生、自然、社会的感悟，其内核是文艺、美学与哲学。而当所有的文字汇聚成一束光照在我们的身上时，我们感受到的是一种真切的人文关怀，是对"人"的自省与关照，是对"诗意人生"的坚韧的倡导。

　　如今当我重新阅读这些文字时，它们已经脱离了生长的原生态，被精心地编辑成若干小辑，成为书的模样。于是，这些文字成为新的自足的个体，作为出版物开始新的生命历程。活跃在微信空间的文字，脱离了它们诞生的环境与氛围，脱离了粉丝们的即时点赞与点评互动，我总觉得有些遗憾。也许这正是微信中的文字被印成书籍以后的难以弥补的缺失吧。不过要弥补这种缺憾并不困难，读者只需登录作者的微信公众号，即可浏览其原貌，并可读到作者最新的生活感悟。

作者是著名作家，也是一位勤于思考的文艺评论家与编辑家。他喜欢散步、品茗、听乐、赏玩书画，更酷爱读书和游历，正是在这多彩的生命过程中，感知着自我存在的状态与意义。我进而觉得作者与他的文字之间也已经形成了有机的共生与互动：作者写出的是感悟，获得的是心性的修炼。感悟、思考与写作，已成为作者在现实之中安顿自己的最佳方式。而对于这些文字的读者来说，也正可以在其中收获自己的感悟，延伸自己的思考。我们可以点赞，可以点评、讨论，我们会发现，在这种互动之中，周边的嘈杂减弱了许多，心也安静了许多，我想，这也正是作者所期待的！

（作者系江西省文联主席、研究员）

自　序

　　我早年喜欢文学，上世纪八十年代写了一些诗和报告文学，还写过小说，研究生阶段学了社会学，工作中又与美术出版、艺术批评结缘。个人的阅读范围也比较广，文学、哲学、社会学、历史、艺术、宗教等内容都有所涉猎，所以写作也多为泛文化的随笔，但我想有一点是明确的——这些写作归结到最终是对"人"的自省与关照。我之所以倡导"诗意人生"，是因为人除了肉身生命还有精神与灵魂生命。我希望人们能在焦躁世俗的生活中学会阅读与审美，能在旅行、品茗、读书、赏画中感知到自我在有限时空中存在的价值与意义。

　　本人自2013年开通微信后，坚持每日原创一记，将自己生活中的旅行、读书、赏画、听音乐等一些体悟记录下来，有瞬间的感受，也有长久的思考，还包括平日里的一些感悟。没想到集腋成裘，三年过去竟也有了规模。

　　文化人都讲究修身养性，随着年纪的增长，这种感悟会愈加强烈，我会问自己如何面对焦虑、浮躁，如何面对现实的琐碎与无奈，又如何更好地体悟生活的美好。静，其实就是一种心情。欣赏一幅画、一首曲子、一盏清茶、一片山水小景，是需要慢慢品味的。走了很多路，读了很多书，这些片段的念想所积累成的人生感悟，我一一记下来，形成一篇篇小短文与大家分享，希望读者能读出"人生的诗意"或"诗意的人生"。

目 录

诗意人生

美学随笔

东篱采菊

音乐手札

读书人对书的那份纠结，那份情感，那份豪迈与苦涩，那份激情与平远，那份甘与甜，都被音乐撩拨。

中国古曲

朝闻道，夕死可矣。

近来最爱听的是中国古典音乐。古琴、箫和排箫合奏的《寒窗读夜》，让人如醉如痴，以前积累的审美经验全部被调动起来。读书人对书的那份纠结，那份情感，那份豪迈与苦涩，那份激情与平远，那份甘与甜，都被音乐撩拨，被古乐摩挲，仿佛躺在一个可以用想象去填充的，叫作"书剑恩仇"的沙发里，尽情揉搓着时光。

古琴、箫合奏的《崖下栖心》，静动相搏，忽远忽近，冷峻热烈，如禅似梦，百听不厌，想起陶渊明的"无弦琴"。

听古琴、箫合奏《山风归了》入睡，仿佛在庐山月照松林旧宅，听着松风。而写此条微信的此刻，是泰国曼谷的夜。窗外，有随风摆动的椰林，有暹罗广场的月色，有向着大海的湄南河，在静静地流。被中华古乐这根红丝带拴住，灵魂不会在他乡异国迷失。

就我对中国传统器乐的认识而言，小时候喜欢听唢呐，大些了吹竹笛，再大些了赏二胡。中年以后，那就是箫了，岁月感沧桑感厚重感都在里面。我想年纪再老些，肯定非古琴莫属。

远山无墨千秋画，近水带弦万古琴。

吟徵調商竊下桐
松間疑有入松風
仰窺低審含情客
以聽無絃一弄十
臣京謹題

聽琴圖

《听琴图》（赵佶）

琵琶卜卉

琵琶是中国古代弹拨乐中的王者。置天下于指尖，揽古今于胸前，用四个"王"字一溜儿排开来盖自家屋顶的，敢问，舍琵琶其谁？！

琵琶敢称王，当然得有底气。最早在秦朝露脸，在汉朝就列进了仙班，魏晋时乍现风流，到唐代，上至宫廷乐队下至民间演唱，琵琶成了少不了的乐器，白居易的《琵琶行》、敦煌壁画和云冈石窟均有明载。

琵琶音域广，可独奏、伴奏、重奏、合奏。古曲还有文武之分，也正因为能文善武，所以琵琶文化之河流到了现在。荡漾在波光里的憧憧魅影，在我眼中就是花木兰，就是穆桂英，桃花马飚雄，铁铠甲藏艳。既万般柔情，又威风凛凛；既垂帘盈盈，又浩浩荡荡。

卜卉是典型的南方女子，生于湖南株洲。然而其祖上却是山东泰山脚下的东平县。东平与水泊梁山接壤，那是个出著名响马和江洋大盗的地方。八百里水泊，如今在梁山县境内，几乎见不到了，只剩下东平湖的四百里水面仍在晃荡。

小巧、秀气、灵动，十岁就与琵琶结缘，小小的个子总是背着一把大大的琵琶。游走时，她是一个不起眼的小不点，是那千万追随时尚、喜欢购物和美食的女孩子中的一员。只有怀抱琵琶，端坐着，低着头半遮脸不抬眼时，方与琵琶浑然一体。

卜卉抱着琵琶，就成了琵琶卜卉。在轮指的声声断断中，一会儿，她是一个凄怨迷茫的女子，讲述着蒙上淡淡忧伤的红尘俗事；一会儿，她是一个笑傲江湖的侠客，落指如剑，跌宕起伏，爱恨情仇，快意人生；一会儿，她是一个茶肆酒楼的说书人，行云流水般道尽千年稀奇事，讲遍百家众生相。

最痴迷卜卉的扫指。小女子忽然间会变得十分狂妄，仿佛一名将军斩下敌人首级后在得胜鼓中回营邀功。那种目空一切，那种得意扬扬，活脱脱一个高祖还乡。

琵琶依偎着卜卉，就成了琵琶精、琵琶仙。

中国的乐器中，好像也只有琵琶，能成精，能成仙。清越的琵琶旋律和沉醉于其间不能自拔的演奏，往往把现实的人生与戏梦人生搓揉到一起，时而如流，奔泻千里；时而如燕，轻掠湖面；时而磅礴如《十面埋伏》；时而悲壮如《霸王卸甲》；时而矫健如《海青拿天鹅》；时而凄楚如《塞上曲》；时而淡泊如《月儿高》；时而恬静如《夕阳箫鼓》……

《醉归曲》描写与朋友尽情欢乐之后家家扶得醉人归的情景，委婉悠扬中带有几丝诙谐，令人想起李清照的那首《如梦令》：常记溪亭日暮，沉醉不知归路。兴尽晚回舟，误入藕花深处。争渡，争渡，惊起一滩鸥鹭。

需要多么强大的镇定与激情相搏，才能将琵琶弹得如此信马由缰；需要多少从容淡定与深邃的感悟配合，才能将琵琶弹得这样蓝天白云。

在唱，在诉，在吟，在泣；在弹拨，在描述，在呼吸，在对话。夜未央，弦欲断，曲已渺，事渐阑珊。

霸业从乌骓马蹄下飘走，人性在乌江剑影中生成。劝君王饮酒听虞歌，在我的接受美学系统中，正是琵琶，可以将男人变得更加男人，女人变得更加女人。正是琵琶，能充分表达出人生美丽，世相无常。

演奏家是渡，是慈航。演奏家是作曲家内心情感的忠实体验者，真个是，一张琵琶心作弦，情披历史，走遍东南，多少西北怨？若干男女曲为桥，望断天涯，连通上下，几许旷世缘。

澄妆影于怀中，散墨香于袖中，诉衷肠于指中，录沧桑于弦中。含金石之气，铿锵美妙；彩云追月，含蓄温婉。

乐曲的美妙常常来自于聆听之时心中的共鸣。

听卜卉弹琵琶，如果全身心投入，则很容易被她的或喜或悲，或怒或怨，或奇或狂所击倒。要么像冬天的小猫依偎在灶火的余烬旁，勾沉着寂寞、孤傲的旧梦；要么一曲终了，人还缓不过劲来，嗓子眼里堵堵的，被勾起满腹心事，不知从何讲起，不知向谁讲。

人生能有多少机缘，把自己交给聪明如狐单纯似鸽的琵琶卜卉或卜卉琵琶，跟着她的弦去流浪，去远方，去远方流浪，去流浪远方？

这时，岁月在琵琶声中会变成一条河，诗意的汩汩流淌的河流，左岸是花开花落的轮回，右岸是挥之不去的记忆。

琵琶卜卉

寒山僧踪

音乐平稳流畅，如春江月夜，眼前虽然波光潋滟，内心却是一片宁静。

古琴与洞箫，恰似一对沉默寡言人，沽酒邀月，于朦胧光影笼罩下的大山中，演绎了一曲幽深澹远的空谷足音。琴声淡泊绝尘，箫声悠远舒缓。

千年瀑布深潭伴奏，万顷松涛鼻音和鸣。

全曲由沉郁清远的古琴领衔而动，随后淳厚绵长的箫声成为主旋律洞穿流淌，清泉汩汩，山风过耳，空灵之韵从天际徐徐游来。我仿佛置身山色空蒙的冷月下，随着乐曲去探问那古老苍穹，叩问心灵难解的谜底。虚清悠扬，如诉如歌，山间弥漫着漫彻红尘世法的通达智慧。

迷迷茫茫的山河褶皱处，微风吹过朵朵祥云。

琴箫合奏，珠联璧合。古琴宛如入定的老僧，洞箫如同参访的远客。心浮气躁时刻，听听这曲世外清音，不多时就沉静安宁下来，心底的一抹杂念也就烟消云散。

随着音乐的慢慢扩散，我脑子里浮现一位行脚参访的僧人，在夜间疏密均匀的树林里沿石阶徒步而上，踏着光影斑驳的落叶树影。

忽然想起贾岛的那首诗：

闲居少邻并，草径入荒园。

鸟宿池边树，僧敲月下门。

过桥分野色，移石动云根。

暂去还来此，幽期不负言。

诗中的草径、荒园、宿鸟、池树、野色、云根，都是名词，无一不是农耕时代寻常所见景物；闲居、敲门、入园、过桥、暂去等等，都是动词，又无一不是渔樵人家寻常的行事。诗人于寻常处道出了人之所想道而未道之境界，语言质朴，冥契自然，韵味醇厚。

空灵之美与荒寒之美被乐曲徐徐道出。

回眸处灵犀不过一点通，曾记否天地间醒醐在其中。虚、静、空，是太虚的虚，是寂静的静，是洪荒太空的空。

会者处处是禅，天地万物莫不如此。禅茶一味者崇尚的是物随心动，讲究"心宽陋室敞，性定菜根香"。平常人会说，菜根就是菜根，不可能香，陋室就是陋室，不可能宽敞。但是禅语茶香却能使人茅塞顿开，看得清眼前的一切事物，不必强求那些所谓"得不到"，也不必过分追忆那些"已失去"。世间万物皆有定数，亦非定数，只要不变随缘，随缘不变，操之在我，自在随心，岂不妙哉。

接下来，一幅美妙的画卷次第展开：寒冷的峦峰；钟声随着雾气弥漫、扩散开来，仿佛穿越了时空；一个老者在喃喃地告诫世人，远离功名利禄，让僧踪走近。

拾得落红，叶叶来去都从容。

君何须寻觅僧踪？

犹如一首《好了歌》，一语双关，字字机锋。明见的是指每一片飘落的红叶都是那么从容，如同女儿扑向大地母亲的怀抱，劝人要听其自然莫再寻觅莫再强求；另一层寓意更加深刻，人人都会是这一片片飘落的红叶，最终要扑向泥土的怀抱，我们应当更从容地面对它，而非过于执着地挽留，有些事须放手时便放手，不必太过于强求。

放弃也是一种选择、一种态度、一种智慧。若能达到这个境界，我想世间许多纠结之事多半也能看淡了。清风明月是人人都能拥有的，同样的一份平静的心境也是人人都能感受得到的。

夜深人静时用心聆听此曲，将自己置身于寒山之中，做一个白衣访禅人，拾得一份淡泊的心情，宁静的心境，何理而不为？何乐而不为？

整首曲子古琴与箫声不分伯仲，平分秋色，气韵平和，法度严谨，仿佛云和水的两相遥望。如入定的老僧，如访禅的夜客，在心灵深处一问一答，随着琴箫的张弛，渐悟、顿悟、觉悟，尽在不言中。借用无德禅师的评价："你的呼吸便是梵唱，脉搏跳动就是钟鼓，身体便是庙宇，两耳就是菩提，无处不是宁静。"

自古以来，琴箫古乐，如同那些个诗意盎然的岁月，以其和静清远的音乐诉说，寄寓了多少兰心傲骨和慨然长啸。是弘仁的画，是王维的诗，是李渔的联，是袁宏道的小品，以不同的声音传递同样的诚挚情谊和高洁情操。

听到后来，音乐竟然在我的耳畔又结成了那副联，满月般于松涛泉声中升起：

世间人法无定法然后知非法法也；
天下事了犹未了何妨以不了了之。

我这里说的是琴箫合奏的《寒山僧踪》，收藏在一张名为《云水吟》的音乐专辑中。

百听不厌。不信你试试。

《山水》册页（清·弘仁）

平沙落雁

又一次欣赏《平沙落雁》，在广西北海的海滨。

推开窗，银滩千里，白浪滔天，涠洲岛外打鱼船。

富有诗意的琴曲在耳畔徐徐响起。阳光、沙滩、海浪、远方，再没有比此时此刻更惬意的了：眼前涛声如歌，耳际琴声如画。

香烟袅袅，幻觉出现：

上午变成了下午，一望无垠的大海变成了烟波浩渺的洞庭湖。黄昏将至，岸边一沫白沙，安详恬静，寥廓霜天。一群大雁从远天飞来，在空中徘徊飞鸣，先有几只落在平沙之上，仰首与空中的翔者相互对答，鸣叫呼应，继而雁群一一敛翅飞落。远远望去，雁群、沙岸、残阳、水波，都在愈来愈浓的暮色中渐渐淡去。

操琴者目送归鸿，手挥五弦，只见山光凝暮，江影涵秋，但觉天风悠扬，沙平水远。心闲忘形处，鸿雁落平沙。

乐曲以舒缓的节奏和清丽的泛音开始，描绘了秋之大湖上宁静而苍茫的暮色；然后旋律一转，成为活泼灵动，点缀以雁群鸣叫呼应的音型，充满了生机和欢跃；最后又复归于和谐恬静的旋律，意境苍茫恬淡而又生趣盎然。

一声银发飘飘的喟叹，一幕人间晚晴的呼唤，一曲壮志难酬的哀歌。

曲作者众说纷纭，一云此曲为宁王朱权封南昌后所作。

老天作弄人，说好要互为天使的呵，说好要平分秋色的呵，怎奈何兄弟一朝权在手，便过河拆桥，卸磨杀驴……

朱权（1378~1448），明太祖朱元璋第十七子，封宁王，号臞仙，又号涵虚子、丹丘先生。封地为宁国（今内蒙古宁城），在靖难之役中被朱棣绑架，共同反叛侄子建文帝。朱棣即位后，将朱权改封于南昌，加以监视迫害，朱权只好将心思寄托于道教、戏剧、文学、茶道与古琴等，整日闷闷不乐，郁郁而终。

在那场政治博弈中，宁王原以为自己是"螳螂捕蝉，黄雀在后"的那只黄雀。不料燕王这只已经修炼成精的大螳螂比他狡猾得多，貌似不经意间，就把宁王这只"肥雀"一口吞掉。

哼哼，还怕你朵云三卫，还怕你八万铁骑？

王勃笔下的南昌那座西山，云缠雾绕，仙气蒸腾，被剥夺了兵权的王爷，只能在这里修身养性，隐逸山林了。

然而真正做到彻底的隐逸，又谈何容易。自古以来，像陶渊明、谢灵运一样纯正的逸士少之又少。古代大多数的逸士，或为世情所困，或因言获罪，或莫须有，最终潜居幽庐，也许是做出的一种无奈姿态而已。他们表面上超脱，内心里也许就从未平静过。从这个角度来看，《平沙落雁》的曲中之音和曲外之意，算得上是对迫于现实不得不退隐山林者的心理慰藉。

越来越没有机会了，朱权只得真正归隐山林。于是，我们才有了《神奇秘谱》《太和正音谱》以及《茶谱》。

历史老人让中国少了一个帝王，却还回了两个大艺术家：宁先王朱权和他的后代八大山人朱耷。

满湖水月空中相，半夜霜钟悟后禅。

古琴，亦称瑶琴、玉琴、七弦琴，为中国最古老的弹拨乐器之一，据《史记》载，琴的出现不晚于尧舜时期。直到上世纪初，西风东渐，为区别西方乐器中的这琴那琴，人们便在"琴"的前面加了个"古"字，称作"古琴"。

古琴是中国音乐里的老祥瑞了。古琴曲作为中国传统文化常常能沁人心脾，我以为单音性是其决定性奥妙所在。单音很难热闹，喧腾，却极能体现从容与虚静，尤能传递荒寒之美，很有古刹晚钟、青灯黄卷的意蕴：和淡、恬淡、静淡、古淡、淡淡。妙镜禅师说："琴法便是心法，心手具合，指意通达，便有汹涌激荡于无何有之乡。"

我有一帘幽梦，不知与谁能共？其实，最能与文人士大夫暗通款曲的，正是古琴。

还是回到《平沙落雁》。

有一个美丽的传说：话说那一年秋天又至，天气渐凉，大雁成群结队地往南方迁徙。渡黄河，过长江，飞过芦苇荡。当大雁掠过南昌上空时，引起了一个人深深的共鸣。这个人就是朱权。

我猜想那一天朱权也进入了幻境。大雁的叫声，估摸他听成了母亲的呼唤。

不知不觉间，他随着空中的阵阵鸣唱，独自一人鬼使神差地跟随雁群悄悄南下，一路从江西南昌追逐到湖南衡阳。

当大雁南飞到湘江中游旁的一处山峰上空时，反复盘旋，不再前行了。许是雁们觉得这里环境优美，气候温暖，不忍再往南飞，便选定在这里过冬。

"万里衡阳雁，寻常到此回。"

因为大雁至此而归，这处山峰被称为回雁峰，衡阳亦被称为"雁城"。

回雁峰坐落在衡阳市雁峰区，是南岳衡山七十二峰之首。山侧有座美丽的东洲岛，状如巨轮，日夜飘浮在奔流的湘江中。碧水北去，波光粼粼。秋冬季节，江水消退，小岛的南端便袒露出一方很大的平整沙滩。天气晴朗的时候，大雁们总在回雁峰附近的上空列队飞翔，有时排成人字，有时排成一字，十分壮观。雁儿们飞累了，便降落到东洲岛的沙滩上歇息，好一幅"平沙落雁"的壮美画卷。

朱权完全沉浸在这种族群和谐的情景里，那"秋高气爽，风静沙平，云程万里，天际飞鸣"的壮观与他显赫家族的刀光剑影形成巨大反差，更与他"少年奇才，鸿鹄之志，心如止水，归隐天下"的价值观反复碰撞、融和。作者心潮跌宕不已，深陷情景交融之中，情不自禁地抱琴疾书。

当他缓过神来的时候，一曲《平沙落雁》已经谱成。

朱权兴奋不已，立即抚琴弹奏。曲谱音和韵雅，委婉流畅，隽永清新。《古音正宗》对此曲记叙如右："通体节奏凡三起三落。初弹似鸿雁来宾，极云霄之缥缈，序雁行以和鸣，倏隐倏显，若往若来。其欲落也，回环顾盼，空际盘旋；其将落也，息声斜掠，绕洲三匝；其既落也，此呼彼应，三五成群，飞鸣宿食，得所适情，子母随而雌雄让，亦能品焉。"

如斯，《平沙落雁》便与书法中的《兰亭序》《祭侄文稿》一般，是春风又绿江南岸，是红杏枝头春意闹，是云破月来花弄影，是绿杨烟外晓寒轻了。

听说医生分庸医、良医、神医三种。庸医与良医的区别，在医术更在医德；而良医与神医的区别，在悟性更在天赐。

还是刘勰说得好：山沓水匝，树杂云合。目既往还，心亦吐纳。春日迟迟，秋风飒飒。情往似赠，兴来如答。

将人的情感移进审美对象，通过移情获得审美意象，是区别艺术庸品、良品、神品的又一法门。

《寒汀落雁图》（宋·佚名）

高山流水

古典音乐不只是音符和音响，它还具有内涵丰富的文化泛音。

山水文化是中国传统文化中的重要形态之一。政治家、军事家、文学家、画家无不以山水为寄托，拿山水来说事，音乐家亦如是。

山水与文化的相互浸润，山水为体，文化为衣，或者文化为体，山水为衣。

乐曲的前半部分叙高山。

音乐的语言比绘画语言更加奇妙，几个音符加上缓慢的节奏，就让我们看到了沉睡在远方的山。隐隐约约，依稀可见几个登山者拄着杖在云雾缭绕之间，慢慢地行进在朝露沾湿的山路上。他们登上山顶，向远处眺望，重峦叠嶂绵延不绝。登高望远：峨峨兮若泰山。

乐曲的后半部分状流水。曲调从舒缓平稳中变得灵动起来，不再静谧。先是山顶的涓涓细流，纵横交错地汇成溪，奔向不远处的悬崖。腾起来了，流水在空中飞舞，煞是好看。瀑布之下，冲击成深渊，深渊的流水又随着溪流，唱着歌奔向山外，在不远处与其他水流汇在一起，越来越大，越来越宽。大山用目光与水流依依惜别，深情，含蓄，充满期待……

人同此心，心同此理。难怪钟子期又说"洋洋兮若江河"。

据说钟子期死后，伯牙将爱琴砸碎，从此再没有弹过琴。是呵，琴弹得再好，没人听得懂，又有什么意思呢？

《高山流水》其实在讲一出人世间知音难觅的故事。

大千世界，你我犹如尘埃里的一粒细沙，渺小到没有人会注意到你的存在，更何况在这个偌大的世界上，能够找到一个入心入肺，入骨入髓，真正愿意帮助你、关心你的朋友，很难；做夫妻的，更难；或者有的人一辈子都不会遇到。

高山流水觅知音，千金易得，知己难求。

前天晚上在一个朋友家喝茶，夫妻俩一个画画，一个书法；一个拉琴，一个唱歌。鸾凤同舞，琴瑟和鸣。

有一种默契叫作心有灵犀，有一种思念叫作魂牵梦绕，有一种长久叫作陪伴身边。淡淡的岁月中，相守一份真挚的情，人生得一知己足矣。因为有彼此，生命中处处都洒满阳光，温暖在每个角落。

人的性情与乐曲是相通的，有人喜欢激越，有人喜欢孤傲，有人喜欢热闹，有人喜欢荒寒。

音乐还在继续，曲调不快不慢，平缓，绵长，像冲泡了多遍的下午茶，浓浓的也就渐渐地淡了，不激昂也没有悲伤。高山流水，其实从来就没有过分的轻松或沉重。

这样的调子，很适合收拾东西，特别是心情这样的东西。

听着听着，仿佛坐在了山巅之上，看苍鹰在悬崖边上盘旋。

2016.4.9

《深堂琴趣图》（南宋）

民歌与民谣

最喜欢听民歌，民歌一般脱胎于民谣。

民歌与民谣，都是人类自娱自乐的产物。在不同地理、气候、语言、文化、宗教背景条件的影响下，会产生不同风格不同文化流传或不同生活形态不同韵味的作品。

有的高亢，有的激昂，有的婉约，有的缠绵。十里不同风，百里不同俗，乡音乡情乡恋乡思，都裹在这民歌民谣中，吹来，又吹去。

吹成满满的地域烟火味，令人痴迷。

这些年南南北北的游走，一路上每每有民歌民谣相伴。人真是善于联想的动物，有时候一首民歌或民谣，竟会引发很多思绪，过去、现在、未来，这里、那里、远方，想着哼着，哼着想着，有时竟然泪流满面。

民谣民歌的历史悠久，故其作者多不知名，如景德镇的瓷，如龙门十二品，如花儿，如信天游。

我老家的锄山鼓，山歌，采茶戏，就像我们赣北山区的女孩，质朴，明亮，生发出潮湿，如同空谷幽林中青与绿，一看就惊艳不已。

老生常谈的戏文，掉了牙齿的故事，仿佛是那块经年的老软缎垫，坐的人越多，便越珍稀，越有说不出的诗意与道不完的传奇。

我看不得这场景，一看，老祖母在夏夜里为我扇动的大蒲扇，还在眼前晃动。

如今有游人坐在游船上，听岸边一出戏台咿咿呀呀。艺人们穿绸着缎，化了妆，一张嘴，便回到了山里，回到了从前。

还是那样乐此不疲地唱着，听着，看着。疯子与傻子互动，暗通款曲，心照不宣。

以散步之名，在水的这一边悄悄地听着。不忍心掀开帘子到后台，去看某某演的某某。鸡蛋好吃就行了，何必要去看那只生蛋的母鸡？

有夜的霓虹在民歌民谣的头顶上闪烁，总觉得是人世间的一种虚幻。

民谣民歌，往往是老百姓的真话、心里话和强烈不满或诉求。也正因为这样，民谣民歌有一种神奇的魔力，让我一路感觉不孤单。

胡啸在一篇写呼伦贝尔的文章中说：正是大地蕴藏着一个又一个被上一代人带走又令下一代人流连的动人细节，世上才有了无数前赴后继寻找于天涯的人们，还有他们自己那些被永久挽留在路上的同样远比千古更为原始的关于人与自然的情感档案。

上次一帮朋友到武宁，地方安排了武宁山歌《我们的山歌牛毛多》。这帮人基本没听懂，却也摇头晃脑，表示欣赏多多。

这首歌是难得的武宁人表现出自信一面的宣言书。武宁山歌不多，现存的几首还是文化馆几位先生上世纪五六十年代搜集整理出来的。牛毛多，有点吹牛了。

对于民谣民歌，我想每个人的看法都不会一样，因为时代不一样，认知程度不一样了。不过去挖掘民谣民歌的人越来越少了倒是事实，乡下都破败成儿近荒凉了，民歌民谣的根也差不多断了。心中怅然。我觉得没有必要去争论民谣民歌的好坏，只要我们自己喜欢，就已经足够。

喜欢就是最好的理由，因为我们总是能够在民谣民歌中找到自己。

唱得好，就唱给人家听；唱得差一点，那就唱给自己听。

民谣与民歌，地道的乡愁，心中的蓝调。

2015.5.7

埃尔加的《叹息》

看刀尔登的《旧山河》，心里忽然纠结起来。

说是南朝颜延之写组诗《五君咏》，歌颂"竹林七贤"中的五贤，把山涛和王戎划出，理由是：这两个人都做过大官，位列三公。

老颜这就有点扯了。当官，当大官与人品好坏没有必然联系。

还有理由：山涛圆滑，王戎贪吝。颜延之认为这二人不配与嵇康、阮籍为伍。

贪吝我们可以不耻，但圆滑若为全身远祸，若为自保故，当是可以理解的。识时务者为俊杰，也是老祖宗教给我们的招数呵。

《与山巨源绝交书》，其实是一封信，这封信收到了《古文观止》里面，就成了一篇著名散文。

嵇康对山涛推荐自己去当官不但颇为不悦，而且勃然大怒，挥笔写下这封信前去数落，扬言要与之绝交！

我不知道山涛错在哪里。我只知道，嵇康被判死刑后，还是将儿子嵇绍托付给山涛照料。

山涛挨了骂，忍气吞声成全了朋友的气节，又尽心尽力去关爱骂自己的人的儿子。这是什么精神？

曹丕早就说，观古今文人，类不护细行，鲜能以名节自立。山涛当了大官不假，由于没有注意到许多细节，在名节上就被污损了。

一般人会将山涛看成嵇康的对立面。

所以，看文章，一定要了解写作背景，否则就会陷入盲人摸象境地。

中国文人原本就有两副面孔，一副叫狂傲，一副叫谄媚。

想想刘文典，想想岳飞，再想想秦桧和严嵩……

荒诞往往是悲愤的解药，如同真相是历史的解药一样。

尽管诉说和倾听的权利属于每一个人，但不是每一个人的诉说你都愿意倾听，也不是每一个人面前，你都愿意诉说。

这时，听音乐是最好的选择。

埃尔加的这首《叹息》，不是悲歌，不是愁怨，更不是哀痛，它是一种思绪，一种怅然，一种无奈，一种替代性扼腕。仿佛沧海一声笑，深邃悠远，连绵不绝……

这首为弦乐、竖琴与管风琴而作的乐曲，虽然简短，却极为感人，犹如有人逼你在生死与喝忘情水之间做出选择。

对待古人，对待他者，除了叹息，你还能如何？听完，内心深处就觉得近乎啸了。

啸，我以为也是音乐的一种，无标题音乐。尽情一啸，内容、形式、风致、心绪等等都在里面了。听得懂的，自然听得懂，听不懂也无妨，做什么样的解读都貌似正确。

而啸，差不多是魏晋名士的标志性符号。

2016.5.21

《水中的奥菲莉娅》

名士风流

陶渊明在鄱阳湖边上的一个小村上平静地生活着，自己是不是诗人完全不重要了。他只需要宁静，只需要看着东篱下的菊花怎样一朵朵开，又一朵朵败。他喝着烈性土酒，醉醺醺地为我们描绘了一个桃花源，于是，只要读过的人，便有了一个诗意人生的渡口。

袁 枚

　　袁枚，随园老人，散文性灵派主将。赵翼有诗赞：其人与笔两风流，红粉青山伴白头。作宦不曾逾十载，及身早自定千秋。袁枚在十二岁时，和他的私塾先生一同中秀才，二十三岁中举，二十四岁中进士，可谓春风得意，前途无量。但十年之后，袁枚匆匆逃离官场，竟然显得比当年考科举还要急切。一般人不解，实为随园悟道，进入人生逍遥之境了。

　　有关袁枚的辞官原委，其在一封私人通信中有所披露：如果真是为民劳苦，倒真心甘情愿；可现在到处奔波，四方趋走，不过是走后门拉关系，为大官作奴才罢了。这样的官，不当也罢。在这种思想支配下，随园毅然脱离休制，清代少了一名可有可无的庸官，中国文学史上可就多了一名优秀的诗人和散文家。

　　袁枚归隐后，曾有信与知心朋友、山西洪洞县令陶西圃：仆已挈家人山，随园构草屋数间，畜五母之鸡，二母之彘，采山钓水，息影蓬庐……悟庐评：有渊明之风，真高人也。

　　袁枚笔健，他写人的老态，非常生动：作字灯前点画粗，登楼渐渐要人扶。残牙好似聊城将，独守空城队已无。悟庐续之，博诸君一笑：想作拥抱手无力，欲寻狂醉不忍赌。留得残阳画晚照，武功逐次还父母。

乾隆壬子鐫

隨園食單

小倉山房藏版

隨園食單序
詩人美周公而曰籩豆有踐惡凡伯而曰彼疏斯粺古
之於飲食也若是重乎他若易稱鼎烹書稱鹽梅鄉黨
內則瑣瑣言之孟子雖賤飲食之人而又言飢渴未能
得飲食之正可見凡事須求一是處都非易言中庸曰
人莫不飲食也鮮能知味也典論曰一世長者知居處
三世長者知服食古人進鬐離肺皆有法焉未嘗苟且
子與人歌而善必使反之而後和之聖人於一藝之微
其善取於人也如是余雅慕此旨每食於某氏而飽必
使家廚往彼竈觚執弟子之禮四十年來頗集眾美有
學就者有十分中得六七者有僅得一二者亦有竟失

《随园食单》（袁枚）

陶渊明

陶渊明的价值，首先在于他的价值观。他不是淡泊名利，而是逃离名利。他认为人的一生，如同寄身于某个旅店，有的人多住了几天，有的人少住了几天而已，最后都会百年归丘垄，托体同山阿。所以，他认为人不必刻意去追求所谓永恒，更没有必要在追逐功名利禄的过程中丧失人格。真实且充满爱意，是为陶渊明。

很多优秀的学人、作家，不能被同时代的人所认识，可能是中国历史的遗传基因所决定，四百年后人们才认识陶渊明。一个时代有一个时代的兴奋点，靠近兴奋点的，立马就红了，远离兴奋点的，不能不暗淡。时代的兴奋点一旦转移，潮头就会变幻舵主帆。要知道：信心往往躲在耐心的屋子里。

专家分析，陶渊明诗歌中，"聊"与"且"两个字用得较多，如"且当从黄绮"，"聊为陇亩民"等等。这两个字均含有"姑且"之意，从中可看出他心境中顺应式的无奈。

陶渊明的《桃花源记》之所以得到越来越多人的青睐，是因为越来越多的人心灵上桃花源的缺失。

陶渊明在鄱阳湖边上的一个小村上平静地生活着，自己是不是诗人完全不重要了。他只需要宁静，只需要看着东篱下的菊花怎样一朵朵开，又一朵朵败。他喝着烈性土酒，醉醺醺地为我们描绘了一个桃花源，于是，只要读过的人，便有了一个诗意人生的渡口。

客亦醉欲眠君且去

《陶渊明扶醉图》（元·钱选）

桃花潭汪伦

桃花未谢，说说泾县桃花潭旁边的那个汪伦。

> 李白乘舟将欲行，
> 忽闻岸上踏歌声。
> 桃花潭水深千尺，
> 不及汪伦送我情。

李白的这首《赠汪伦》，短短二十八个字，却是脍炙人口，广为人知。汪伦站在李白身后，也因之成为名人。

然而仔细探究起来，汪伦却是神龙见首不见尾，他名气虽大，人们却不知道其来龙去脉，履历行状。

目前文字资料能查到与汪伦有关系的，一是李白的另外两首诗《过汪氏别业二首》；再是袁枚《随园诗话》的一段记载：

> 唐时汪伦者，川豪士也。闻李白将至，修书迎之，诡云：'先生好游乎？此地有十里桃花。先生好饮乎？此地有万家酒楼。'李欣然至。乃告曰：'桃花者，潭水名也，并无桃花；万家者，店主人姓万也，并无万家酒店。'李大笑，款留数日。

据此推测，汪伦家中应当比较殷实，汪伦很崇拜文化名人。那时节李白正在宣城游历，汪伦为了与这位大诗人扯上关系，居然编出"十里桃花，万家酒楼"的段子，活活将李大诗人给忽悠来了。

把赚到的钱如何花出去，更能体现价值判断的高下。

汪伦很聪明，他花了一些接待费用和一个小段子，让李白为泾县留下了三首诗歌和一段佳话。

李白在汪伦的别墅中小住，酒足饭饱之余又游山玩水，自是十分开心："畴昔未识君，知君好贤才"；"我来感意气，捶炰列珍羞"；"酒酣欲起舞，四座歌相催"。

看来，在泾县的日子里，不但皖酒好喝，徽菜好吃，山歌好听，高帽子、炭篓子也做得极好。

于是，诗仙酒仙一感动一激动，便把新朋友汪伦拉进了他"无敌"的诗中，让这个名不见经传的人和他的诗歌一起"光芒万丈长"。

一千多年过去，现在的泾县不但生产红星宣纸，还有毁了修、修了毁、毁了又修的汪氏宗祠。汪伦这一举措，让其宗族荣光了一代又一代。

至于桃花潭，现在已经是著名旅游景点，我那年去时，仅门票就要 50 元。

马克斯·韦伯在其《社会科学方法论》一书中说："我们是文化的人类，并具有意识地对世界采取一种态度和赋予它意义的能力和意志"。

敢问泾县的父母官，历朝历代，可有一位被人长久记住，至今还能让人提及？

严子陵钓台

　　有人辞官归故里，有人星夜赶科场。

　　林子大了，什么样的鸟都有。人世间，大围城。

　　天下有道则见，无道则隐。有几个能以终身安贫处贱为代价，避官遁世，归仕山林？有几个能真正挣脱那个锦绣牢笼，寻回人格的自我完善？

　　严光严子陵做到了。

　　他多次拒绝好朋友、东汉开国皇帝刘秀的邀请，拒不出山，在风烟俱净、天山共色的富春江上，从流飘荡，任意东西。

　　且说严光字子陵，会稽余姚人，上苍安排他早年与南阳郡的刘秀一起四出游学，结下了很深的友谊。刘秀起兵后，他积极出主意想办法，支持这位同学。可当刘秀一旦登上大宝，他却销声匿迹，江上垂钓，归隐著述，设馆授徒。

　　刘秀却没有忘记他，凭往日记忆，着人画出严光形貌，令各郡县按图察访。

　　终于在浙江的桐庐找到了。

　　使者往返三次，严光抵不过包括威逼利诱在内的各种手段，勉强登车前往京城洛阳。

　　官居司徒的侯霸，也是严光的老朋友，闻讯，遣人约老严相府相见。

　　严光问来人：老侯一向傻傻的，现在好些了不？

　　来人惊愕：侯司徒位列三公，未见傻呀。

　　严光摇头：我看他和过去比，没什么变化。

　　来人愿闻其详。严光笑道，当然傻。我连天子都不肯见，还能见他这个臣子？

　　侯霸只有苦笑，将情况报告了光武帝刘秀。刘秀听后，二话不说，立即登车到严光住所。

　　严光此时正躺在床上休息，皇帝来了也不起来。光武帝直闯其卧室，一只手摸着他的肚子说：你真不能协助我治理天下吗？

　　严光佯睡，好半天才睁开眼，说：唐尧从盛德著称，但仍有巢父隐居不仕。人各有志，何苦相逼呢？

刘秀无奈：我贵为天子，富有四海，终是不能屈你为臣啊。

无欲则刚。老严了得。

江西人黄庭坚有诗：

平生久要刘文叔，不肯为渠作三公。能令汉家重九鼎，桐江波上一丝风。

李清照亦有诗：

巨舰只缘因利往，扁舟亦是为名来。往来有愧先生德，特地深宵过钓台。

朱元璋的视角又不同，他在《严光论》一文中咬牙切齿地批判严光："朕观当时之罪人，大者莫过严光、周党之徒，不仕忘恩，终无补报，可不恨欤"！

与刘秀比起来，朱元璋粗鲁多了。遁迹山林，不愿出仕也是大罪。

还好，上苍没有让严光活在明朝。

隐士生活，一般人都以为是北窗高卧，长松箕踞，寒林跨蹇，踏雪寻梅。其实远远不是那回事：夏日常抱饥，寒夜无被眠，应该是常态。

物质条件的极度匮乏，病痛和孤独的折磨，为真正的隐士抬高了门槛。

隐士不好当，放着锦绣前程不就而甘愿落寞贫贱的隐士就更不好当。

十二年后，光武帝再次礼聘严光入朝辅政。严光仍然坚持不就。

这就不可能是作秀了。

难怪写《岳阳楼记》的范仲淹，要在其纪念严光的《严先生词堂记》中慨然长叹：

云山苍苍，江水泱泱。先生之风，山高水长。

王徽之

（一）

王徽之（公元 338 年—公元 386 年），字子猷，东晋名士、书法家，王羲之第五子。曾历任车骑参军、大司马参军、黄门侍郎。其书法有"徽之得其（王羲之）势"的评价，后世传帖《承嫂病不减帖》《新月帖》等。

让名士住进文字搭起的屋子里，不要宫殿，只要草堂，因为他们别无居处。这里的别无居处，指住在其他地方不舒服。

那年，土子猷居住在山阴（今浙江绍兴市）。

有一天夜里忽然下起了大雪，他从睡梦中醒来，打开窗户，兴致徐来。命仆人温上黄酒，炒一盘茴香豆。四处望去，洁净明亮，天地一片苍茫。于是起身，慢步徘徊，吟诵起左思的《招隐诗》：

> 杖策招隐士，荒涂横古今。岩穴无结构，丘中有鸣琴。
> 白云停阴冈，丹葩曜阳林。石泉漱琼瑶，纤鳞或浮沉。
> 非必丝与竹，山水有清音。何事待啸歌，灌木自悲吟。

吟着诵着，不知道怎么，忽然间想到了好朋友戴逵，当时戴逵远在曹娥江上游的剡县，一百多里路呵。

王徽之不管不顾，即刻命手下人备船，连夜前往。

大半个夜晚加一个白天的寒天冻地，曹娥江上一只小船逆流而上，自然是舟楫劳顿。好不容易欸乃的橹声才停将下来，到戴逵家门口了。

接下来应该是，开门的戴逵先是错愕，再是狂喜，然后挚友相携，把酒言欢。

没有，什么都没有。静悄悄的山水间，王徽之站在船头，没有下船。

回去吧！他对艄公说。

公子，为何这样？这回轮到艄公错愕了。

徽之淡淡地说："我本来是乘着兴致前往，现在兴致已尽，自然就得返回，为什么一定要见戴逵呢？"

一种风流吾最爱，六朝人物晚唐诗。

王徽之闲云野鹤的传奇，多得去了。他就是六朝人物晚唐诗。

有一次，他乘船进京，泊在秦淮河畔，还没下船，见岸上有车队马队气宇轩昂地通过。

谁啊，这么威风？徽之问。

永修县侯桓伊大将军。船上有人答。

王徽之与桓伊素无交情，却知道他笛子吹得好，藏有蔡邕的柯亭笛，便着人上岸去，拦住了桓伊的车队。

久闻将军擅长吹笛，能否为我家公子奏上一曲？

你家公子是谁？

王徽之，字子猷。

哦，王子猷。久仰！

毫不犹豫下车，登船，掏出柯亭笛，在一个小马扎上坐下。

笛声悠悠，高妙绝伦，咏梅花的三个曲子。

如是者三，桓伊起身，朝王徽之点点头，驾车而去。

自始至终，两人都没有说过一句话。

这首曲子，据朱权《神奇秘谱》记载，便是流传至今的《梅花三弄》。

两个人在秦淮河上，都在笛声中变成了梅树。

梅的交流只能用音乐诉说与倾听，于高人来说，任何其他语言都显得多余。

精神内核高度一致时，儒雅气与江湖味可以一见钟情：

放肆而又内敛，浩荡而又矜持，男人与男人的心理审美，空间与时间的绝世风姿。

王徽之长得很帅，身材高挑、面目俊朗，加上学富五车、白衣飘飘，说玉树临风美少年，揽镜自顾夜不眠，一点不夸张。仅这些就神完气足了。

何况他还是王羲之的儿子，官宦人家加书香门第。

充满自信，卓荦不群，有点放浪。立场鲜明地站在风气、世俗和潮流的彼岸，便是高蹈，便是魏晋风流。

但求问笛，后来是著名的成语。

（二）

戴逵也非等闲之辈，他的古琴弹得很好。

《晋书·隐逸传》载有戴逵"碎琴不为王门伶"的故事：

武陵王司马晞听说戴逵擅鼓琴，一次，请他到王府演奏。戴逵素来厌恶司马晞的为人，不愿前往。司马晞又派了戴逵的一个朋友再次请他，并附上厚礼。戴逵深感受侮，取出心爱的琴，当着朋友的面摔得粉碎，并大声说道："我戴安道非王门艺人，休得再来纠缠。"朋友当下震住，面带惭色，带着礼品灰溜溜地走了。

中国古代文人处世，不外乎出世与入世两种，王徽之戴逵他们却在玩世，哦不，游世。

游世就是按自己的真性情去活着。好一个乘兴而来，尽兴而返。

率性才有大格局，天地间瞬间澄澈。

是的，王徽之可以傲睨万物，他反正只住在刘义庆搭的一座叫作"世说新语"的草堂里。

2016.8.8

刘文典篇（上）

"狂狷"一词，用在刘文典身上非常合适。

刘文典（1889—1958），现代杰出的文史大家，校勘学、版本目录学与庄子研究专家。原名文聪，字叔雅，笔名刘天民。安徽合肥人，原籍安徽怀宁。历任北京大学教授、国立安徽大学校长、清华大学国文系主任。1938年至昆明，先后在西南联大、云南大学任教。终生从事古籍校勘及古代文学研究和教学。所讲授课程，从先秦到两汉，从唐、宋、元、明、清到近现代，从希腊、印度、德国到日本，古今中外，无所不包。著有《淮南鸿烈集解》《庄子补正》《三余札记》等。1958年7月15日因屡遭批斗，突发急症，于昆明逝世。

1928年11月28日下午，正在省城安庆视察工作的蒋介石召见了时任安徽大学校长的刘文典。

事情的起因是这样的：

1928年11月23日晚，安徽大学学生与隔壁安徽省立第一女子中学的学生发生了冲突。据说，这天晚上女中举办校庆晚会，安徽大学学生得知消息，前去观看。因多数学生无请柬，又不甘被拒于门外，便硬挤入会场。女中方面遂关电闸，结束晚会。这一举动引起安徽大学学生不满，开始砸门、毁窗，且打伤女中师生。后警察赶到，平息了事端。经几天协商，刘文典代表安徽大学表示，愿意道歉和赔偿损失，但不同意立即开除肇事学生，遂引发女中学生到安徽省政府（时在安庆）请愿，恰巧此时蒋到安庆视察。

那时的国家领导人，有时会直接受理突发事件。

在国民政府主席、三军总司令蒋介石眼里，区区一个安徽大学校长，实在算不得什么。

而在大学者刘文典的眼里，一个没有读什么书，完全不懂教育的军阀，也算不得什么。

于是，这两个人之间的冲突无可避免。

你就是刘文典吗？

看到头戴礼帽身穿长衫面无惧色昂首阔步走进门来的刘文典，蒋介石明知故问。

"本人字叔雅，文典只有父母长辈可以称呼，不是谁随便可以叫的。"

刘文典见坐在椅子上的蒋介石冷着脸，连身子都没有欠一下，立即反唇相讥。

蒋介石不接刘文典的茬，单刀直入：

"教不严，师之惰，学生夜毁女校，破坏北伐秩序，是你这学阀横行，不对你撤职查办，就对不起总理在天之灵。"

孰料刘文典这样回答：

"提起总理，我和他在东京闹革命时，根本不晓得你的名字。青年学生虽说风华正茂，但不等于理性成熟，不能以三十而立看待，些微细事，不要用小题目做大文章。如果我是学阀，你一定是新军阀！"

是的，刘文典当过孙中山的秘书，比蒋更有资格摆谱。

蒋介石何曾受过如此顶撞，咆哮着要"枪毙"刘文典。刘把脚向地下一顿说：你就不敢！你凭什么枪毙我？

怒不可遏的蒋介石当场就扣押了刘文典。不过只关在了省政府院子里的"后乐轩"。一个星期后，迫于蔡元培、胡适等人的声援及安徽大学师生和市民游行示威的压力，只得将刘文典释放。

刘文典却不走，他得理不饶人，坚持要蒋介石给出一个扣押的理由。

这不是逼着最高领导给自己道歉吗？

蒋介石再学曾国藩，再学王阳明，再信基督教，也没修为到向一个"臭老九"道歉的份上呵。

这一事件成为民国时期知识分子展示傲骨的一个经典。

从名教的角度看，是蒋介石成全了刘文典。

刘文典离开安徽大学后，于次年初拜访他的老师章太炎，讲述了这一事件始末。章太炎听罢，十分欣赏刘文典的气节，于是抱病挥毫写了一副对联赠之：

"养生未羡嵇中散　疾恶真推祢正平"。

写《水经注》的郦道元说祢衡："恃才倨傲，肆狂狷于无妄之世。"

嵇中散是嵇康，而祢正平，正是祢衡。

刘文典篇（中）

面对一个千年不遇大变故的社会，鲁迅要求文化人"扫除腻粉呈风骨，褪却红衣学淡妆"。

刘文典正是这样做的。

他是一位长期被历史忽略被时代低估的国学大师，"二十岁就名满大江南北"，极具传统士大夫的傲骨，呈现在世人面前的总是一副"狂生"模样。

他生命的过程中，交往的都是中国近现代史上赫赫有名，而且绕不过去的人物：

师承刘师培、章太炎，结交胡适、陈寅恪，瞧不起闻一多、沈从文，追随过孙中山，营救过陈独秀，驱赶过章士钊，痛斥过蒋介石。

学人气节鲜明，时代印痕深刻，真山真水真人，刘文典应该是"五四"时期知识分子的典型代表之一。

看看与他同时代的这些大家怎么评价刘文典：

"叔雅人甚有趣，面目黧黑，盖昔日曾嗜鸦片，又性喜肉食。及后北大迁移昆明，人称之谓'二云居士'，盖言云腿与云土皆名物，适投其所好也。好吸纸烟，常口衔一支，虽在说话也粘着嘴边，不识其何以能如此，唯进教堂以前始弃之。性滑稽，善谈笑，唯语不择言。"（周作人《北大感旧录·刘叔雅》）

"有一年，余适与同车，其人有版本癖，在车中常手夹一书阅览，其书必属好版本。而又一手持卷烟，烟屑随吸随长，车行摇动，手中烟屑能不坠。"（钱穆《师友杂忆》）

"三十年代初，他在清华大学任国文系主任，在北京大学兼课，讲六朝文，我听过一年……他偏于消瘦，面黑，一点没有出头露角的神气。上课坐着，讲书，眼很少睁大，总像是沉思，自言自语。"（张中行《负暄琐话》）

"他的长衫特别长，扫地而行。像辛亥革命以前中国妇女所穿的裙子一样，不准看到脚，走路不能踩到裙边，只得轻轻慢移莲步。他偶尔也穿皮鞋，既破且脏，从不擦油。"（文中子《刘文典："半个教授"》）

"记得那日国文班快要上课的时候，喜洋洋坐在三院七号教室里，满心想亲近这位渴慕多年的学术界名流的风采。可是铃声响后，走进来的却是一位憔悴得可怕的人物。看啊！四角式的平头罩上寸把长的黑发，消瘦的脸孔安着一对没有精神的眼睛，两颧高耸，双颊深入；长头高兮如望平空之孤鹤；肌肤黄瘦兮似辟谷之老衲；中等的身材羸瘠得虽尚不至于骨子在身里边打架，但背上两块高耸着的肩骨却大有接触的可能。状貌如此，声音呢？天啊！不听时尤可，一听时真叫我连打了几个冷噤。既尖锐兮又无力，初如饥鼠兮终类寒猿……"（清华门生《教授印象记·刘文典》，见《清华暑期周刊·1935.7》）

刘文典在西南联大讲《文选》课，不拘常规，别开生面。上课前，先由校役带一壶茶，外带一根两尺来长的竹制旱烟袋。讲到得意处，便一边吸旱烟，一边解说文章精义，下课铃响也不理会。有时他是下午的课，一高兴讲到5点多钟才勉强结束。或称刘"俨如《世说新语》中的魏晋人物"。

此乃：修文武艺献之庭，策对天人，一代文章贤士魁；正阴阳面谋其赤，道匡君友，千秋俎豆大儒尊。

这样一个活得很真的人，与假面时代格格不入。假面时代只需要假面人与之配套。

像酿茅台酒需要的益生菌一样，真人不能太多，但是必须有。

问题是：什么样的社会环境才能养成一个或一批真人呢？

2016.3

刘文典篇（下）

现在一些知识分子忧虑：未来的世界，工具理性或许可以发展到极致，但目的与意义却没有人过问。未来的世界，颠覆文化的人很多，却缺乏文化的承载者。

那时节，知识分子有明显边界。至少不会去一味"颂圣"或"应景"，不是谁给奶吃就喊娘的。

1931 年，在清华大学任教的刘文典受"南天王"陈济棠热情邀请，偕夫人张秋华一道，兴味盎然地到了广州。

陈济棠虽然拥兵自重，独霸一方。但他不是胡传魁，他是一个有想法的人。他长时间主政广东，政治上与南京中央政府分庭抗礼，在经济、文化和市政建设方面则有颇多建树。他提出了改革陋习，革新政治，热衷教育，善待知识分子，争创模范广东的奋斗目标。

在陈济棠的精心安排下，刘文典夫妇在广州吃喝玩乐，相当惬意。

天上当然不会掉馅饼，陈济棠此次邀请刘文典，是想要他加入反蒋联盟。许多人以为刘文典吃了嘴软，拿了手软，必登陈济棠的楼船，岂知刘知道陈的用心后，大义凛然地说："我和蒋介石是公仇，陈济棠倒蒋是私怨，公私不能混淆。现在日寇侵华，山河破碎，国难深重，理应团结抗日，怎能置大敌不顾，搞什么军阀混战？皮之不存，毛将焉附？"

面对陈济棠抛出的橄榄枝，刘文典拂袖而去。

刘文典很真，有风骨，却不清高。他因为儿子早夭心结难解，染上了吸鸦片的恶习，因此对金钱非常渴望。"君子爱财，取之有道"，正道上能赚的钱，他不会拒绝。

张孟希是大土豪，"滇南五霸"之一。他不但垄断当地的鸦片、制盐业，旗下还办有一所云南磨黑中学。1942 年初，张孟希到昆明招募名教师，适逢母亲去世，重金求名人帮其母撰写墓志铭。但绝大多数学者都瞧不起张孟希，对此事不理不睬。

刘文典却赶紧接下了这单活，不仅答应去讲学，还答应为张母撰写墓志铭。

张孟希大喜，他终于俘到了一个双料大名士，于是对刘文典照顾极好，一路滑竿，鸦片管够，且沿途设宴接风。就这样前呼后拥，从昆明到磨黑，刘走了近20天。

在磨黑，他一住半年，不仅给学生讲课，每周还给张孟希及当地士绅讲一两次《庄子》和《昭明文选》。

去磨黑前，刘文典和蒋梦麟等打过招呼，是得到校方批准的。所以他在即将结束磨黑讲学时，就收到了西南联大续聘书。

但，事情突然生变，刘文典的顶头上司、西南联大中文系主任闻一多发了大脾气，坚持要开掉刘文典。

虽校务会议同意续聘刘文典，可闻一多坚决反对。他借口刘已逾期，去信称学校已将其解聘，即使有聘书，也需退还，并挖苦道："昆明物价涨十数倍，切不可再回学校，长为磨黑盐井人可也。"

王力从中斡旋，说刘文典能南下，颇有民族气节。闻一多发怒道："难道不当汉奸就可以擅离职守，不负教学责任吗？"吴宓也向闻一多求过情，亦告失败。

其实，梅贻琦很可能也在暗中支持闻一多。7 月 25 日，刘文典致信梅贻琦，但梅不回复，直到 9 月 10 日才让秘书回信，称刘文典已逾期，不再续聘。拖这么久，有造成既成事实之意。

刘文典回昆明后，曾找闻一多理论。闻一多正在和家人吃饭，两人在饭桌上就吵了起来，朱自清等人赶紧过来极力劝解。

闻一多性格峻急，吴宓也曾"因闻一多等暴厉之言行，心中深为疼愤"，后来也不得不离开西南联大。钱穆曾说："自余离联大后，闻一多公开在报纸骂余为冥顽不灵。"陈寅恪曾建议钱穆将闻一多告上法庭。

闻一多为人坦荡、快意恩仇，但有时不免执拗。

刘文典就这样被西南联大解聘了。一家人的生计加上一个吸鸦片的自己，他不知路在何方。

再后来，由于陈寅恪推荐，刘文典转投云南大学。

独立人格，自由意志，这两个带根本性的生存条件，在那个兵荒马乱的年代，倒是体现得很充分。

刘文典以"观世音菩萨"五个字教学生写文章，诸生一头雾水，他便解释说：

"观"乃多多观察生活，"世"乃需要明白世故人情，"音"乃讲究音韵，"菩萨"，则是要有救苦救难、关爱众生的菩萨心肠。

有学生不认可，他便说：你选其他老师去吧，我就是这样子作文的。也有追随者，认为这的确是剑走偏锋。

刘文典还说："大学不是衙门。"到今天，这话还振聋发聩。

显然，文化的自觉和自信，只能来自独立人格和自由意志。

那时候的人，因为毛不必附在某一张皮上，所以活得比较率性，处处闪烁着精彩。常常是六经注我，又常常是我注六经。

晚明大名士陈献章的门人林俊，对其老师作出了以下评价，我觉得放在刘文典身上比较合适：

"其立志甚专，涵养甚熟，德器粹完，脱落清洒，独超造物牢笼之外，而寓言寄兴于风烟水月之间，盖有舞兮陋巷之风焉。"

刘文典走后，许多人喟叹：世上已无真狂徒。

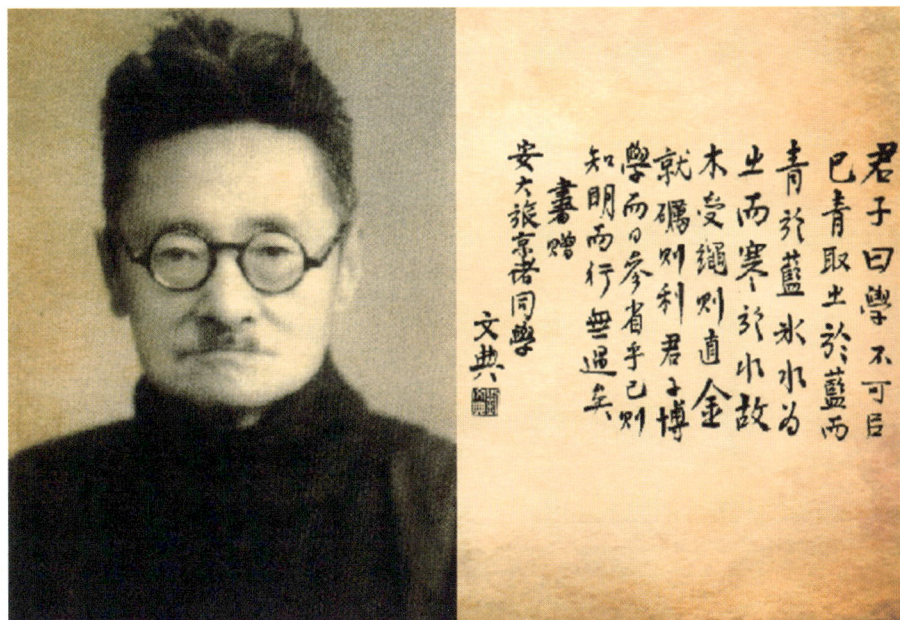

君子曰學不可已
已青於藍取出於藍而
青於藍水水為
业两寒於於小故
木受繩則直金
就礪則利君子博
學而日参省手己則
知明而行無過矣
書贈
安大旅京諸同學
文典

刘文典

长啸当歌

——《一望无》序

胡啸的"啸"之一

此君姓胡名啸,散漫不羁人士,习中文,喜艺术,好讲究,外形彪悍然内心柔软。爱发声,常作千山独行状。

于是考究之:

啸,动词,是古代一种歌吟方式。啸不承担具体的内容,不遵守既定的程式,只随心所欲地吐露出一派风致,一腔心曲,特别适合名士享用。

历史上的魏晋时期多有名士之啸。具体用法有:不啸不指;激于舌端而清谓之啸;登东皋以舒啸;俯仰啸歌;倚修木而啸。还有:啸傲林泉(在幽静的山林泉水环抱中隐居);还啸吟(长啸哀叹);啸又指(以指夹唇吹之作声)啸者,谓若有所召命,若齐庄抚楹而歌耳。又如:啸引;啸召(呼唤;召唤);啸合(召唤聚集);啸侣、啸侣命俦(召唤同伴);啸命(高声命令)也作鸟兽的长声鸣叫,如范仲淹《岳阳楼记》中的虎啸猿啼,梁启超《饮冰室合集·文集》中的乳虎啸谷等。另还有鸟啸;啸萃;啸吼;啸风;风嘶雨啸等等,不一而足。

胡啸的"啸"之二

名字一旦取好,那巨大的心理暗示便如影随形。所谓魏晋风度,多是有识之士在清晨和夜晚抱膝,长啸于山林。

若无词之曲,似无弦之琴。雄浑如斧,野旷如碑。

当然,啸是需要有环境和条件的。本质上是一种自我表现和自我欣赏。古代名士中,最善啸的,莫过于阮籍。诸葛亮也善啸,但他终于"啸"进了滚滚红尘。魏晋时代,各种政治势力明争暗斗,时刻都有,名士们夹在中间,左右为难,大多不敢公然对抗,于是便认真玩起"替代性满足"的游戏:长啸当歌。

仰天长啸,是派的一种,既是风流,也是风度。说到底还是社会的弱势群体或是替弱势群体张目，他们往往将啸，看成是批判的武器。然而，历史告诉我们，批判的武器终究敌不过武器的批判，坚持独立的人格和主张，坚持狂放与不羁，付出的，常常是血的代价。如阮籍，如嵇康。

胡啸的散文与随笔，我以为也是啸的一种。

胡啸的啸，左边知性，右边感性，揉在一起，就成了创作的不二法门。因为知性必须言之有物，感性必须动之以情，好的作品，往往能够兼及二者。

胡啸的"啸"之三

胡啸，可以胡乱啸之。说独哥，又喜热闹喧腾；说泊客，却会众人皆醉我独醒；还居然在群里以"啸爷"号之，占尽群友便宜。面如吃货，体如屠户，有铁棒喇嘛一样喝酒的气质，有所有文化人的口味，喝茶装禅宗，时间长了说着说着也一地鸡毛。

从外形到内心，像极了《水浒传》中的鲁提辖：

> 三人来到潘家酒楼上，拣个齐楚阁儿里坐下。提辖坐了主位，李忠对席，史进下首坐了。酒保唱了喏，认得是鲁提辖，便道："提辖官人，打多少酒？"鲁达说："先打四角酒来。"一面铺下菜蔬果品按酒，又问道："官人，吃甚下饭？"鲁达道："问甚么！但有，只顾卖来，一发算钱还你！这厮，只顾来聒噪！"酒保下去，随即烫酒上来，但是下口肉食，只顾将来开摆一桌子。

案头江山日月朗朗，可以大风兮如剑喉。不能到庙堂上挥斥方道，便到江湖上鲜衣怒马。

一如席勒所说：你不得不逃避人生的煎逼，遁入你心中静寂的圣所。只有在梦之国里才有自由，只有在诗中才有美的花朵。

他不断地寻找生命的坐标、思想的坐标、文化的坐标、价值判断的坐标。他用自己感受到的人间悲喜，用自己的各色之啸，尽情吐纳。

胡啸的"啸"之四

读胡啸的文字，就像读他的心路历程：烈士肝肠名士胆，杀人手段菩萨心。他的灵魂常常在历史的阡陌和俗世街巷间游走着，时而衣锦还乡，时而锦衣夜行，时而嬉笑怒骂，时而人情练达。每一篇作品的气场要么马鸣风萧萧，要么月下玉人来。

汉文讲究炼字炼句。王国维在《人间词话》中说："境非独谓景物也，喜怒哀乐亦人心中之一境界。故能写真景物真感情者，谓之有境界，否则谓之无境界。'红杏枝头春意闹'，着一'闹'字而境界全出。'云破月来花弄影'，着一'弄'字而境界全出矣。"

一般说来，"闹"字、"弄"字都属于炼字的范畴，然而王国维却把它们提高到境界的高度。

胡啸之啸，也将炼字炼句提升到境界的高度。

如：一刀下去，人头依然一脸灿烂。

如：那埙呀，直吹得雅丹垂头、大漠沙软。

如：懂得阳关的人，都带埙走，说是带不走关，便把阳关的魂牵走。

如：喀纳斯湖是上天赐予人类的一曲精妙绝伦的原始古典音乐。

再如："王爷"端起了酒。三巡之后，这个粗糙而庄重的汉子百般柔情起来，开始歌唱母亲、土地和爱情。

胡啸正是他笔下的这个"王爷"。

胡啸的"啸"之五

静下心来，嗅得出胡啸字里行间那股热辣辣、活泼泼、浩荡荡的真气。

当你的审美和精神与之同步时，你就是他作品中的一只远古的玄鸟，一把界定世俗的钥匙，放飞或者释怀。归于田园是他的精神内核和山水情怀，大隐之形在他说的人文里。

"拖条筇仗家家竹，上个篮舆处处山"显然是胡啸的另一种心情：

他在人文关怀的路上观奇涉险；他从想象力的飞升方面进行多种体验；他总想超脱苍白的年华，流放荒凉的岁月，抛弃混乱不堪的世俗生活，让自己畅游在花团锦簇的光景里，让自己的一生一世充满诗意。

追逐踏雪寻梅的浪漫，让绿叶陪衬让红花点缀，是他的最爱。

谁言群山壮阔，啸。谁说长河寂寥，啸。以短啸演绎恨海愁山；用长啸划破云水禅境。欲语还休，欲去还留，失手又搅碎那弯明月水影，只得依然独坐小楼中。

外长啸的那一边，是一叶舟、一片月、一壶酒、一溪云。短啸的这一边，是热血沸腾，是情系苍穹。

爱一座山，就从一棵树出发，看它几十年，看它如何一天天变老、变枯，变成一个顶天立地、傲雪凌霜的暮年壮士。

爱一座山，就从一条小溪流出发，看它的春夏秋冬，看它如何一步步走向壮大，走向远方，特别是遇到悬崖绝壁，一头栽下去，不管不顾，心里仍然只有远方。

他有时又叫泊客。我以为泊客只是他的向往，其实他很难做到。因为我理解"泊客"一词的核心内涵是：淡定从容加不动声色。

他的朋友黄爱和说"泊客"一词：从容止步，淡然暂寄；冷眼向洋，雨洒江天。

看世界，都是热风吹雨，能静下来吗？

胡啸的"啸"之六

这哥们究竟像谁？真的说不准，很纠结。

他似乎有一种与生俱来的别样慵懒，又有一点从容不迫的不是坏的那种坏。脸上有时冒着酒气与茶气，有时又泛着书香与墨香。

有时候他胸脯一拍，豪情万丈；有时候他唾星四溅，口若悬河；有时候疯狂的使命感在他体内燃烧，乃至激情四射；有时候他也会半入青山半入云，歌尽桃花扇底风。

当然，更多的时候，他是：墙角数枝梅，凌寒独自开。寂寞着，芬芳着，也惆怅着。

他有一点老炮儿的脾气，还有点流浪者的作派。

也可能是《笑傲江湖》中的那个令狐冲，初入华山时武功平凡，能否有人授之以"独孤九剑"，又有人授之以"普庵咒"，就完全看造化了。

毕竟是一个有着优雅气质的男子，毕竟是一个懂得深井游戏和江湖规矩的传媒人，所以我愿他的啸，是天马行空的啸，是大气游虹的啸，是清风出袖的啸，是明月入怀的啸。

是梅，便俏也不争春，只把春来报；是啸，便热泪欲零，长啸当歌；是歌，便隔水呼渡，长歌当啸。

胡啸的"啸"之七

狄金森说：只要一株草叶，就能再造出一片草原。从这个角度看，啸是夜航船，是梦游，是对现实的逃逸；啸，是月色下田野里孤寂的小径，是占老祠堂天井里石板底下的青苔，是春天里飘落的雪花。

说到底，啸是酒神赐予的那种醉，那种可以让人死去活来的醉；是若真若幻，是一种不可言喻的可能。

啸的外在形式可以当歌，内心深处，却是心灵孤独的苦行僧。

山涧的一块巨石上，立着一个汉子。他身边是瀑布的喧响，他头上是苍鹰在盘旋。一壶老酒，一根哨棒，一株虬松，坚硬的石壁中能听到花开的声音……

我记得在《追忆似水年华》中，那个小男孩久久地凝视着一棵杏子树，他发现它的繁华中有着这个世界的全部真理。

专注于美，深化对美的感受、观察与转换，美必将回馈我们更多的快乐、愉悦和惊喜。

或许，胡啸就像那个小男孩，他久久地凝视着这个世界，以啸的激情与浩荡，去完成自己美的追求与审美格调。

2016.6

山冈上的明朝

——"易堂九子"及其他

南昌和赣州，算得上是江西两座最重要的城市。

木秀于林，风必摧之。正因为最重要，南昌、赣州被战乱蹂躏的次数也最多。

元末群雄逐鹿，鄱阳湖硝烟从未间断。明清易代之际，南昌惨遭屠城，几乎成了人间地狱，东湖"蓬蒿十里，白昼多鬼哭"（顾祖禹《读史方舆纪要》）。赣州也惨遭屠城：城陷之日，无分土著、商贾，"皆屠之"，"其骨肉交道路，几与城齐，犬猯猯然走啮人骨"（曾灿《赠邑人杨君序》）。

从南昌到赣州，中间有一个过渡的去处：宁都。

（一）

"赣东之邑，宁为大，幅员之广，财赋之繁，衣冠文物之盛，甲于诸邑。"（乾隆刊《宁都县志》）

这是讲宁都繁盛。

"豫章（江西）居江湖之僻，虔（赣州）僻于豫章，梅川（宁都）又僻于虔。"（李腾蛟《半庐文稿》）

这是讲宁都偏僻。

既繁盛又偏僻，符合逃避战乱的基本需求：能满足日常生活起码条件，又不太为人瞩目。何况宁都城边，还有金精十八峰。峰峰奇特，相互沟通，景色壮观，迤逦绵延数十里。

翠微峰是金峰十八峰中的一座。孤峰突兀，四面刀劈斧削百十余丈。仅西南方向山脚到绝顶有一条裂缝可以攀援。勉强可供攀援处，处处见梯蹬交错、绝险丛生。到得山顶，虽然面积不是太大，却地势平阔，灌木丛生。如果结庐而居，二三百人生存没有问题。

上苍悲悯，为"易堂九子"创造了一个神奇的避乱空间。

（二）

所谓"易堂九子"，指明清交变之际宁都名流魏际瑞、魏禧、魏礼、李腾蛟、邱维屏、曾灿、彭任等七人，加上南昌避难来此的彭士望、林时益，共九人。他们在翠微峰上筑易堂讲学，是由"禧为之领袖"的一个士人群体。

在明朝时，他们几乎都"无官于朝，无禄于国"。也就是说，他们没有得到明朝的什么好处，不欠朝廷什么。

但是，他们却非要扶老携幼，到这座山冈上挑水种菜，躬耕自食；他们却非要攀岩钻窟，到这座山冈上讲学造士，火尽薪传。他们断然拒绝清廷高官厚禄的诱惑，非要到这座山冈上切劚读书，以为非常之寄；他们藐视异族的"薙发令"，头饰、服装、仪式、生活方式等均承以明朝规制；他们不理森严的文字狱，文章中拒用"大清""清朝"字样，纪年也只用明朝或南明年号，致使山冈上六十年烟火不绝，二三百号人俨然还生活在明王朝。

翠微峰，因之成为清代中国政治版图上的一处孤岛，在山河沦陷后的多半个世纪，"易堂九子"像灯塔，像火炬，照亮了沉沉夜空，照亮了无数人的精神家园。

无怪乎当时的著名学者方以智登临翠微峰，与"九子"相处两个多月后，临别时依依不舍，留下了八个字的赞叹：易堂真气，天下罕二。

（三）

"螳螂捕蝉，黄雀在后"这个典故，用在明朝末年是最恰当不过的了。

那时历史舞台正中央上的两大主角李自成和朱由检，杀得天昏地暗、演得如醉如痴。突然，没有文字、没有书籍、穿着树皮鞋子、人口不足汉人三百分之一的满洲人从大幕后面冲向前台，冷冷地看着李自成将朱由检逼得上了吊。正当李农夫洋洋得意地准备做春秋大梦时，满洲人又从斜刺里狠狠地踹了这个屁股还未坐热的新皇帝一脚，让他猝不及防，仓皇出逃，惨死在湖北与江西两省交界的九宫山另外一个农夫的锄头下。

野蛮先是将文明打晕过去，然后趴在文明身上，汲取养料，将自己变得文明起来。

像是上苍有意识的安排，两千多年时间里，有多少个蛮族遵循顺时针的次序进入中原汉地。先是西北方向的匈奴和突厥，再是北方的鲜卑和蒙古，这一回，轮到了东北方向的满洲人。一百多万人的满族，有九十多万争先恐后"从龙入关"，迫不及待地奔赴那处处奇山秀水、五谷丰登的辽阔腹地。他们不知道，几乎连根拔起的整个民族，像一片飓风中的树叶，在胜利的呐喊与狂喜中，掉进了汉文化的茫茫大海。

他们同样没有走出任何一个其他少数民族，入主中原后被强大的汉文化彻底改造乃至脱胎换骨命运的圆周率。

因为，文武之道，一张一弛，文明终究会战胜野蛮。

（四）

清朝的统治者非常聪明，他们当然知道汉文化的厉害。于是处心积虑，拿出了一整套比较高明的对付汉族知识分子的办法。一是杀鸡儆猴，大兴文字狱，对那些心存异念的桀骜不驯者严厉惩处。二是转移视线，寓监视于纂述，征召并组织大批学者编纂《明史》，纂修《古今图书集成》。三是抛出诱饵，除保留开科取士洞开功名利禄之门外，还设立博学鸿词特科，吸引硕学名儒到京城做官，坐收怀柔之效。四是统一思想，提倡程朱理学，扼杀读书人的个性，推进八股制艺，加重道德约束力。

这种又打又摸的招数果然有效，许多士人，纷纷就范了。

总有坚决不肯低头的：如黄宗羲、顾炎武、傅山、蒲松龄、曹雪芹和"易堂九子"等等。

他们也许只是万马齐喑的大地上划过的几道闪电，也许只是浊浪翻卷的大海中隐隐可见的几叶风帆。

（五）

冷兵器时代，每逢世乱，避入山中往往成为人们首选。

"易堂九子"率家小数百人登上翠微峰前后，江右南丰有"程山六子"，星子有"髻山七子"，广东顺德有"北田五子"。王夫之随其父隐南岳衡山，顾炎武卜居华阴县，孙奇逢避五峰山。这些士人们之所以有别于普通避乱的老百姓，核心价值在于：纵是乱世，仍在谋求"诗意化栖居"。

当然需要安全感的确立。翠微峰"山远望驯伏，近巉削，浑成一石，隐不见屋，乍至，非望见扶阑，疑无居人""闭关垒塞，一弱女子可抚千劲卒"（彭士望《翠微峰易堂记》）。如此隐蔽的所在，加上在各隘口处设栅、甃石、施楗以至设置檑木石炮等，"恍若他乡"的安全大堤是筑起来了。

当然需要组织的严密性，否则几百人怎么管理？据《翠微峰易堂记》载，山重禁有若干：居毋得杂，毋更室，毋别售，毋引他族逼处……毋，翻译过来就是"不准""严禁"的意思。我数了一下，仅这一段中所记的"毋"，就有 26 个之多。可见当时的山规之严。

物质基础和制度文化落地后，便容许在困境中坚持理想的践行。

（六）

理想是什么？理想是人们在实践过程中形成的有实现可能性的、对未来社会和自身发展的向往与追求，是人们的世界观、人生观和价值观在奋斗目标上的集中体现。

"易堂九子"的理想是什么？

梁启超先生说："他们的学风，以砥砺廉节，讲求世务为主，人格都很高洁。"（梁启超《中国近三百年学术史》）赵园先生说："我想告诉读者的是，那些消失在时间中、被由诸种文本删除的人物，曾经有过何等鲜活的生命，他们很可能如我本书中的人物，有声有色地、诗意地活在各自的时代里。"（赵园《易堂寻踪·后记》）

凡天灾人祸之际，人类的绝大多数必须依靠抱团取暖、整体行动才能脱离险境，摆脱危局。理想在险境中，是黑暗中的亮光，是危局中的旗帜。正是这几道闪电，这几叶风帆，这一线亮光，这一面旗帜，能让人感到历史荒原上还有一丝春色，让人触摸到崇高与平庸的实在分野。

不践行理想，就不可能成为历史壮剧的脚本，也不可能成为暗夜里照亮一代又一代人的精神传灯。

（七）

中国传统文化中的人文内核，在于人具有精神的禀赋和精神生活的践行。

立德立品，互相砥砺，彼此修身伐性，是为"易堂九子"日课，我以为亦是其"真气"之源泉。

关于此，邱国坤先生所著《易堂九子》有详细介绍：

"群体间的关系要处理好，首先得定个原则。为了克服'议论过高'、'意见互立'、'彼此不相知'、'不相厚'、'产生疑心'、'薄心'等弊病，以免导致解体。魏禧提出：'弟愚以为吾党之才与学，各有长短，而首在洞然见其胸臆，有知必言，有言必尽，互持而不相下，则与同堂平其是非，而其要尤在于心志亲切恳笃不可解，视数友者，如手足耳目之必不可阙少，则其有厚而无薄，有信而无疑。'（《复李咸斋》）有了这种思想原则，即使有了矛盾，也好解决了。

"且看他们是如何实行的。魏禧《彭躬菴七十序》中叙述到，他与彭相交'三十五年如一日，虽一父之子，无以过也'，'然吾两人山居，争论古今事及督身所过失，往往动色、厉声、张目，至流涕不止，退而作书数千言相攻谪。两人者或立相受过，或数日旬日意始平，初未尝略有所芥蒂'。他常常说，别人对自己的攻谪，'其言之切中，可奉为韦弦。而其不必中者，吾亦可储为药石也'。曾灿《魏叔子文集序》中说到魏禧对他的批评情况：'……而叔子以古文相督责，余有过失，每发声征色诋诃之，如严师之于童子。'魏礼《同堂祭彭躬菴友兄文》中追述彭士望道：'君子吾堂尤称畏友，能洗垢索瘢，攻吾侪阙失。吾侪亦籍以寡过，而博闻明识，洗发朗畅，更事多。'彭士望又这样概述易堂诸子的攻谪：'吾易堂谬以文章为天下所推，其稍稍明理道，识时务，重廉耻，畏名义，不为君子所鄙弃，其得力则在于燕居闻过，能互攻恶。'（《祭魏叔子文》）他还常说：'吾侪所谓上殿相争如虎，下殿不失和气者也。'他们就是这样相互规过攻阙并从中获益的，也是这样彼此奉为益友、畏友的。

"九子或因出游或因散处而未能相聚时，也常在书信中相互攻阙。邱维屏曾在《与魏冰叔书》中批评魏禧有'饰非拒谏'的毛病，魏禧竟'刊布其书闻天下'，以它作为'韦弦'。彭士望在《与魏兴士手简》中直言道：'名者，造物之所忌，今尊家肆取之，遂极一时之盛．然己似朱红灿烂，更无可加。惟待毁耳……’简中尖锐批评魏际瑞追名逐誉，告诫魏兴士（世杰）要‘深惧其盈’，并规谏其父。际瑞得简后，手自圈点，并粘置其石阁座右以作警策。际瑞遇难后三年，彭士望到石阁中还见到此简，追想其事，不禁‘对之流涕’。批评者如此披肝露胆，受批评者如此虚己受人，无怪乎他们能做到‘相知相厚’，‘隔千里而不疏，历患难死生而不变’。”

（八）

生命中的苦难逆境，不是每个人都能碰上。碰上了，智者就会在这种背景下去寻找适合自己的生存方式，并尽可能地将其演进为形而上——意义。

因之，苦难往往成为美丽的产床。

翠微峰的日子其实很苦，但“九子”带着他们的亲朋好友，却不断地将这些苦味滤去，将生活调理得有滋有味。

办学，在山冈上建易堂及诸馆授课课徒，是为“九子”延嗣之选。“考古以今用，练事以验理，求友以自大其身，造士以使吾身之可死。”

批评与自我批评，是为“九子”健身之选。“吾侪所谓上殿相争如虎，下殿不失和气者也。”还有种茶、采茶，还有对酒当歌，还有外出交友，还有吟诗作文，还有坐而论道。也有婚丧嫁娶，也有春花秋月，也有舂米汲水，也有空阶滴露，也有百感交集。

更令人称绝的是，在那种大动乱的时空关系下，“易堂九子”还成功地在翠微峰复制了一个桃花源。

金精群峰间有泉，亦名“桃源”。彭任写的《桃源记》，记得就是此泉。

魏禧在《桃花源图跋》中说：“桐城方密之先生世乱后常僧服访予翠微山。山四面峭立，中开一圻，圻有洞如瓮口，伸头而登，凡百十余丈，及其顶，则树竹十万株，蔬圃、亭舍、鸡犬、池阁如村落，山中人多著野服草鞋相迎向，先生笑谓予曰：‘即此何减桃花源也。’”

李腾蛟有一方石印，印文为“方寸桃源”，他解释说：凡世之治乱，生于人心。

寄兴山水，放情吟咏，去寻求一个与污浊、血腥、鄙俗、荒诞的现实世界而迥然不同的诗意世界，既是解脱苦闷、宣泄情感、释放潜能、实现自我的一条通道，也是心智由入世、厌世、遁世到归向自然、归向诗意人生的一种转换。

一般人在自由飞翔的愿望和现实的种种羁绊之间，总有几堵墙垣难以穿越。

然而，陶渊明穿越了，苏东坡穿越了，"易堂九子"也穿越了。

（九）

山冈上的明朝，是用散文笔调虚拟的一个象征。标题用"冈"而没有用"岗"，是因为翠微峰不高，冈，指山之脊梁。

易堂九子，如同承载他们的这座山峰一样，正是山之脊梁。

任天下于一身，托一身于天下。

"能知足者天不能贫，能无求者天不能贱，能外形骸者天不能病，能不贪生者天不能死，能随遇而安者天不能困，能造就人才者天不能孤，能以身任天下后世者天不能绝。"（魏禧《日录》）

这段话，我们可以看成"易堂九子"面对乱世的庄重宣言。

身逢乱世，一般士子的生存逻辑是：处处划界、时时警惕、天天敏感，把术数当智慧，把自闭当文化，把本土当天下。这种怯懦而又狂躁的硕鼠心态，也能够感染相当一部分人，他仍会在大敌当前，大难临头时抱成一团，形成一个起哄式的互慰群体。

所以萨义德说，最该指责的就是知识分子的逃避，所谓逃避，就是放弃明知是正确的、困难的、有原则的立场，而决定不予坚持。

只读书不思考，结果只能是糊涂；只思考不读书，结果只能是技穷。只学习不实践，结果只能是纸上谈兵；只实践不学习，结果又只能是"盲人骑瞎马，夜半临深池"。

常学、常思，必有所得，及时记录下来，不至蒸发流失。后人有缘遇上，或悲或喜，或智或愚，那都是造化，由不得人的。所幸的是，"易堂九子"因为学而思、思而录为我们留下了一笔丰厚的精神遗产。所幸的是，文明终究会战胜野蛮，"易堂九子"因为坚持对精神生命的选择，为我们提供了一个可能的历史样本。

谁都知道，人应当活得真实，许多人却把真实等同于现实。其实真实与现实最大的不同是，真实并不是去某个地方，而是人对于某个地方的某种态度。我想只有升华到这种层面，真实才会成为真正的生活信念。

生命中有着多少无辜与无奈，又有着多少悲欢与离合，但理想和梦想一定不能少了。因为这是情感的一种皈依，是灵魂的一种还乡，也是作为大写的人的灵魂深处，需要一种不可抗拒的召唤。

由是，当所有人都被迫跪下时，那唯一站着的一群人，自然就会成为耸立的丰碑。

从这个意义上看，翠微峰给我们的启示应该是：在绝望中寻找希望，于困境中营造意境。

虽千万人，吾往矣！

翠微峰

易堂九子

贾谊（上）

毛泽东很少为一个人或一件事写两首诗，但对贾谊例外。

七律·咏贾谊

（作于 1954 年）

少年倜傥廊庙才，壮志未酬事堪哀。

胸罗文章兵百万，胆照华国树千台。

雄英无计倾圣主，高节终竟受疑猜。

千古同惜长沙傅，空白汨罗步尘埃。

七绝·贾谊

（作于 1964 年）

贾生才调世无伦，哭泣情怀吊屈文。

梁王坠马寻常事，何用哀伤付一生。

此外，早在 1918 年所写的《七古·送纵宇一郎（即罗章龙）东行》里，毛泽东还提到过贾谊：

年少峥嵘屈贾才，山川奇气曾钟此。

再有，毛泽东在其炙手可热的上世纪五六十年代，多次说起贾谊。

有人提出，论中国古代的治国精英，吕尚和贾谊是不能被忘记的。

这一老一少出仕辅佐帝王，一个八十，一个十八。八十岁的是姜太公吕尚，十八岁的是贾太傅贾谊。

贾谊 18 岁即有才名，年轻时由河南郡守吴公推荐，20 余岁被文帝召为博士，不到一年便被破格提为太中大夫。但是在 23 岁时，因遭群臣忌恨，被贬为长沙王太傅。后被召回长安，为梁怀王太傅。却又命运不济，梁怀王坠马而死。贾谊深自歉疚，感到政治上无望，33 岁时忧伤而死。

贾谊的著作主要有散文和辞赋两类。散文如《过秦论》《论积贮疏》《陈政事疏》等都是名篇；辞赋以《吊屈原赋 》《鵩鸟赋》最著。

贾谊是中国历史上的传奇人物。他以其美德在当时未得到赏识，被认为是怀才不遇的典型。王勃在《滕王阁序》中就说：屈贾谊于长沙，非无圣主。刘长卿过贾谊故居时，也恨憾交织，写下：汉文有道恩犹薄 ，湘水无情吊岂知。

汉文帝对贾谊虽有提携，但力度远远不够，比较起来，还是恩薄了。

我倒以为，不是别人恩薄，而是自己命薄。天意难违。

2016.6.1

贾谊（下）

苏东坡为贾谊专门写了一篇评论文章：《贾谊论》。

有点惺惺相惜的意思了，却不仅仅是惺惺相惜。

陆游《不寐》诗云："困睫日中常欲闭，夜阑枕上却惺惺。"

苏东坡对贾谊失意的人生思考，不单是夜阑枕上，也在困睫日中，因为他同样是失意之人。

全文紧扣贾谊政治上的失意而展开，同时剖析了当时的历史背景，虚实结合、正反对比，用逐层推进的方式与坚定的语气来凸显贾谊的个性。全章的核心价值，是苏轼认为贾谊悲剧的原因在于不能"自用其才"、"不善处穷"、"志大而量小"，并强调"有所待"、"有所忍"的生命修养。

苏东坡让贾谊当自己的镜子，照亮了自己的灵魂深处，也照亮了失意后的人生道路。

比如自用其才；比如善于处穷；比如志与量的契合等等。东坡先生果然棋高数招。

放逐与回归，特别是被放逐后如何回归，的确值得许多才高八斗学富五车的人士思量。

末段总结文章目的：劝说人君遇到贾谊这样的人才，要大胆使用，不要错过时机；劝解贾生式的人，要自爱其身，要善于自用其才。

志大而量小，许多人就是这样，改都改不了。

自爱其身，自用其才，表面上谁都认为重要，其实并不去践行，也不知道如何践行。

连贾谊这样的大才，都没有明白这个道理。

贾谊的人生悲剧，我看是过于自恋，过于狂妄所致。

面对众人的夸赞，文帝的宠信，他飘飘然起来，高估自己的实力，丝毫不把周勃、灌婴这些开国重臣放在眼中，妄想让汉文帝一天之内全部放弃原有政策而制定新的宏伟蓝图。

一个圈子有一个圈子的游戏规则，不懂游戏规则的人，往往头破血流。

恃才傲物，是最为人们讨厌的毛病，写《过秦论》的贾谊，居然自己就看不到。

贾谊还违背了社会交往中的一个铁则：不谋尊，疏不间亲。

在构建宏大叙事时，意气风发，而一旦面对改革的失败，却无法接受这样的结局，在人面前说着说着便失声大哭，从此一蹶不振，抑郁忧愤而终。

哀莫大于心死。

"屈贾谊于长沙，非无圣主"。的确，非无圣主，己之过也。

情感与理性，永远是人类的两难命题。

性格决定命运，此言不虚。

由于不会自爱其身，贾谊的风流终成纸上的风流。

2016.8.12

妙悟山川

在庐山看雨，当然也是虚度光阴的一种。但是，世上任何事物，都是阴阳平衡、虚实相间的，虚度光阴其实也是在咀嚼光阴。

在庐山看雨，你不但能看出大山的丰富表情，还能看出人的一生，就像山中夏雨：来时一丝不挂，去时一缕青烟。

滕王阁旧事

公元 675 年秋，洪州阎都督借滕王阁修缮一新的机会，大宴宾客，其本义是让女婿吴子章在酒席之间当场作序，以展示文采，成就文名。

山西人王勃，那时已写出"海内存知己，天涯若比邻"这样的名句了。他去交趾探望父亲，此时恰巧途经南昌。阴差阳错，他也应邀出席了。

酒宴之上，来宾们都知道阎都督之意，纷纷礼让，实在让不了的，也就敷衍了事，把最佳位置留给东床。

聚光灯，照在吴子章身上。

这时，意外发生了。

二十七岁的小伙子王勃不明就里，抢在吴子章前面即席作赋。

江风簌簌，江水滔滔。

都督颇为不悦，以更衣（上洗手间）为名，拂袖而去。

王勃懵然不知，激情四射，奋笔疾书。

都督并未远去，他在后堂听人奏报席间动静。

"豫章故郡，洪都新府。"

不过老生常谈。都督撇撇嘴，用牙签剔出了一根韭花。

"星分翼轸，地接衡庐。"

都督不语，手中的牙签停止了动作。

"物华天宝，人杰地灵。"

都督忽然站起来，在小屋里踱来踱去。

"落霞与孤鹜齐飞，秋水共长天一色。"

好！此真大才也！

都督顾不得矜持，匆匆复席，立王勃之侧，随其笔起笔落，晃脑吟诵，不由自主。

"关山难越，谁悲失路之人；萍水相逢，尽是他乡之客。"

一个豪情与失意并存的问题青年，跃然纸上。

闲云潭影日悠悠，物换星移几度秋。阁中帝子今何在？槛外长江空自流。

人生聚散，大可平然视之。有时候，你想证明给一万个人看，到后来，你仅仅发现了一个关键的明白人，这就够了。

我在想，当年阎都督如果没有雅量，没有气度，缺乏审美高度，还会有这篇流传千古的雄文么？就像汪伦随李白的桃花潭诗不朽一样，阎都督也随王勃的滕王阁序之流传，不朽。

《滕王阁图》（元·夏永）

寒山寺

寒山是人名，不是山名，所以，寺不在山上。原先在姑苏城外，现在在苏州市的大街前。

> 月落乌啼霜满天，江枫渔火对愁眠。
>
> 姑苏城外寒山寺，夜半钟声到客船。

唐人张继的一首诗，让人对这座寺庙有一种难以言喻的情怀。

寒山寺属于禅宗中的临济宗。唐代贞观年间，由寒山、希迁两位高僧创建。一千多年内寒山寺先后五次遭到火毁（一说是七次），最后一次重建是清光绪年间。比二十多次重建的滕王阁幸运多了。

曲径通幽处，禅房花木深。

寺内古迹甚多，书张继诗的石刻碑文，形成了一个碑廊，各种书法，争奇斗艳。另外还有寒山、拾得的石刻像，文徵明、唐寅所书碑文残片等。

寒山寺布局与其他庙宇不同，没有去追求左右均衡，照墙和山门基本是一线相承，后边的大雄宝殿、藏经楼，并不在一条中轴线上，新建的普明塔院，则按南北向中轴线布局。寺中处处皆院，互相借景，错落相通，显得紧凑和精致。

赵朴初先生题曰："千余年佛土庄严，姑苏城外寒山寺；百八杵人心警悟，阎浮夜半海潮音。"

关于"夜半钟"的说法，历史上曾经有过争论。

北宋欧阳修认为唐人张继此诗虽佳，但三更时分不是撞钟的时候。南宋的范成大在《吴郡志》中综合了王直方、叶梦得等人的论辩，考证说吴中地区的僧寺，确有半夜鸣钟的习俗，谓之"定夜钟"。如白居易诗："新秋松影下，半夜钟声后。"于鹄诗："定知别后宫中伴，应听缑山半夜钟。"温庭筠诗："悠然旅思频回首，无复松窗半夜钟。"等，都是唐代诗人在各地听到的半夜钟声。至此，这场争论才逐渐平息。

枫桥边，桨橹荡过的地方，仍然涛声依旧，一张旧船票，却不能登上任何一条客船。

如果想在红尘深处参禅悟道，寒山寺是最好的地方。

墙内，梵音袅袅；墙外，色彩缤纷。

问道终南山

　　秦岭山脉横亘在八百里秦川的南面，像一条巨大无比的屏风，遮住长安，让他尽情地在屏风后上演各种剧目，比如王朝更迭，比如秦腔演进。

　　记得白居易当年找顾况，得八个字：长安米贵，白居不易。

　　终南山是神仙和隐士住的地方。

　　先秦的道家和神仙家，组织雏形是战国秦汉间的方仙道和黄老道。道教正式建立教团组织，是因为江西人张道陵张天师显身，应当在东汉顺帝年间。

　　王维诗称：

　　　　太乙近天都，连山接海隅。

　　　　白云回望合，青霭入看无。

　　　　分野中峰变，阴晴众壑殊。

　　　　欲投人处宿，隔水问樵夫。

　　终南山地形险阻、道路崎岖，大谷有五，小谷过百，连绵数百里。《左传》称终南山为九州之险，《史记》则认为是天下之阻。终南山，长安之险阻也。

　　宋人所撰《长安县志》载："终南横亘关中南面，西起秦陇，东至蓝田，相距八百里，昔人言山之大者，太行而外，莫如终南。"至于它的丽肌秀姿，那真是千峰碧屏，深谷幽雅，令人陶醉。

　　这里的故事，太多太多，怎么说也说不完。

　　"天下修道，终南为冠。"终南山自古是修道胜地，既是佛教也是道教的策源地。

　　"天之中，都之南，故名中南，亦称终南。"终南山，北抵黄河，南依长江，西遥昆仑，东指大海。祖师大德，多聚于此。站在终南山上，望长安红尘滚滚，繁华如梦，看秦岭层峦叠嶂，听古刹钟声。背后是大山，眼前是大佛，心中是大道，脚下是江山，关中平原，望不到边。

　　起承转合，留白浓疏。方寸间有大呼吸，叫境界。

"欲投人处宿，隔水问樵夫"，王维者也。"再来迷处所，花下问渔舟"，孟浩然者也。

古代，终南山是士大夫和知识分子进退朝野、"穷则独善其身，达则兼济天下"的退守之地。如今，它仍然是全国乃至全世界为数不多的、还存在住山隐修者的地方，听说当代隐者过了五千。

韩愈被贬往广东潮州，路过终南山，写下了"云横秦岭家何在，雪拥蓝关马不前"。这一联，景阔情悲，遮天蔽日，蕴涵深广，遂成千古名句。

被访道者，乃中国道教协会前会长、全国政协常委任法融先生。

八十岁，仙风道骨，色如红霞，声若铜钟，思路敏捷，目光炯炯。

终南山

漫谈江西文化（一）：赣文化与吴头楚尾

漫谈江西文化，这个题目很重要。4500万江西人，如果你对生你养你这片土地一点都不了解的话，那你当江西人就不合格，或者说你就不能算是真正的江西人。这话可能说得有点重，但是作为要求，特别作为对读书人的要求是一点也不为过的。

今天漫谈江西文化，就是想利用短短的一个多小时把江西文化理一根粗线出来。

赣文化

第一，江西文化和赣文化这两个概念，好多人肯定是搞不清楚的，认为赣文化等于江西文化。一般人肯定这么想，实际上这是不对的，至少不完全对。

赣文化是指一定的地域形成后随着变迁而有它的遗存或文化烙印的文化形态，比如现在已经划到浙江去了或是划到安徽去了，但原本的文化烙印深厚，一时半会难以同化。就像婺源一会儿划到江西，一会儿又划回安徽，但归根结底它还是徽文化的，因为婺源身上散发的，是浓郁的徽州文化气息。

赣文化，我理解为文化气场，是表述一个文化气场的概念。再如我们江西彭泽县，有一个村子在安徽省东至县境内，260人，面积1.8平方公里，地址也怪怪的：安徽省东至县青山乡转江西省彭泽县杨梓镇双彭村王屋组。四周都是安徽的村庄，这里的村民却按江西人的习俗生活。这个村，是历史留给江西的一块飞地，也是赣文化在地理安徽上的一个活的标本。

江西文化是指这个行政规划区域内呈现的主要个性与特质，当然与赣文化有很多地方重合，但是在个性与特质这个地方出现了分水岭。如婺源文化可以纳入江西文化，但是也应该划入徽文化。江西文化与赣文化如同一件两用衫，虽然同是一件衣服，却有不同功能和用途。

江西地理

第二，讲江西的地理，我们东边是怀玉山、武夷山。怀玉山是黄山的余脉，武夷山最高峰黄岗山2158米在我们江西境内。但是人们一说到武夷山去玩就是去福建，不是来我们江西。我们江西老是很被动，东西是我们的，主峰在我们这里，但是品牌给人家拿走了，游客的钱都让人家赚走了。这个后面我还会讲到。

我们南边是大庾岭、九连山，属于南岭山脉。西边是罗霄山和幕阜山，还有九岭山，三条山脉把西边和北边的一部分都挡住了。我的老家武宁就是在九岭山和幕阜山两大山系的夹隙中。

如果北边的大别山再往南走100公里，整个江西就是一个典型的盆地。还是上苍造物时，给我们留了一扇透气的窗户，它往后退了100多公里，在九江那个方向给我们留下了一个巨大的豁口，然后长江从那里通过，江西的盆地形态就不存在了，它成了一个我们南昌话叫"撮箕"的形状。

当然，也有人把江西地形描绘得美丽一点，说是像一副弓箭，赣江就像一支箭，搭在弓上。但是我想整个形态它还就是个撮箕。在江西这个撮箕上，水系相当发达，赣江、抚河、信江、饶河、修水搭起骨架，2400条大小河流交错纵横，大多流入鄱阳湖，形成鄱阳湖水系。据测算，平均每年经由鄱阳湖注入长江流到东海的水量达1400亿立方米，超过黄河、淮河、海河三大水系入海的总水量。地理形成使江西没有变成像四川那样的盆地，如果是个盆地搞不好就是第二个四川了。

我们在这个土地上生存是这样一种环境，换句话说，江西人是生存在水簸箕里的人。一方水土养一方人，水簸箕里的人，有在水簸箕里生存的独特方式、行为习惯和思维定式。江西的山川风貌就养育出我们这些能适应江西山川风貌的江西儿女。

吴头楚尾

第三个呢，江西文化非常独特，叫"吴头楚尾"，也叫"不东不西，不是东西"。不是东，也不是西，不是吴文化也不是楚文化。

江西历史上就从来没有成为地域政治中心，这是一个非常关键的因素。河北在战国时候有燕国赵国；山西有晋国；河南是魏国，周天子还在那里建都；江苏有南京六朝古都。汉朝第九个皇帝叫刘贺，只当了几十天就被废了，打发到江西做海昏侯，算是沾了点皇帝气。好不容易盼来一个南唐，中主李璟觉得南昌的风水比南京好，为避后周锋芒和"金陵王气黯然收"的风水，觉得应该迁到南昌来建都，宫殿都做了，准备搬过来。结果呢，李璟命不好，很快死掉了，加上大臣们反对的多，所以就没有正式搬过来。一个小朝廷的帝都梦就这样破灭了。

老南昌人都知道的，南唐皇城大体位于现在的中山路东段，西至东湖，北至上营坊。皇宫长春殿很可能在南昌保育院附近位置。南昌有的路叫衙前路、皇殿侧，都是准备皇城搬过来取的名。南朝还不是大朝廷，小朝廷都阴差阳错没搬过来，因此南昌从来就没有成为一个中心，尤其是"君临天下"的政治中心。没有中心就不是"东西"。中国人是认定成者为王败者为寇的，你没有成为中心你就不能制造规矩；不是中心就会边缘化，所以才不是"东西"。

对此我们要有清醒认识。一定的区域文化养成，要有相对长期稳定的行政区划或文化空间作为前提。而江西历史行政版图成建制非常晚。秦代开始搞郡县制，天下一共划了40多个郡，我们江西一个郡也没有，我们归九江郡管。但是，那时九江郡可不是现在的九江，而是古扬州，郡治不在我们这里。到了汉朝设立豫章郡。我们江西人很多拿"豫章"来说事，实际上这个豫章郡也是属于扬州，而且当时划入豫章郡的只有江西18个县，相当于现在的赣州是划在豫章郡的。现在江西有90多个县，大部分都不是豫章郡的。到了唐代就有一个正式的名字了，叫"江南西道"，"江西"这个名称从唐代开始有。但是江南西道不是一个行政建制，它是一个监察系统，就是监察官要沿着这个线路监察官员，一路巡视过去，就像我们现在的巡视组，但它不是一个行政区划。一直到宋朝，把江南西道改成江南西路。江西到了元朝才开始设置行省，可管辖区域离现在的版图也相去甚远。

元朝的江西行省管哪些地方呢？现在的江西只有九江、上饶、抚州还有赣州，是属于江西省的，其他的都不属江西省管辖。但是那个时候的江西省又很大，因为整个广东是归江西管的。到了明朝的时候江西行政区划才比较明确，江西省管78个州县，比现在还要小一点，现在有90多个县。到清朝基本上是延续的，到民国又改了一些。所以整体上看我们江西没什么王气。但是没有王气不要紧，我们有文化气，等下我会讲。

龙虎山	庐山
婺源月亮湾	滕王阁
赣鄱大地	赣鄱平原

漫谈江西文化（二）：赣菜与"老表"

　　我最近写了一篇文章叫《山冈上的明朝》，里面有一段话，意思就是无论哪个少数民族，从南北朝的鲜卑开始，然后是五胡十六国，再是元朝蒙古人，最后面是满族八旗，不怕他们当时如何勇武，如何野蛮，他们都会陷进文化的圆周率。他们把文明一拳打倒在地，然后骑在文明的身上，吸食文明的养料，最后想方设法让自己成为文明人。历史就是这样前进的，你看现在这些人都成汉人了。文化的力量太强大了，你开始打过来气势汹汹，结果后面就变成了我们民族的一部分。文武之道，武是火，文是水。这是水的作用，水和火不一样，他们是火我们是水，柔能克刚，水能覆舟，了不得。

　　综合上面讲的，江西文化有几个重要的特点。世界分东西，中国分南北。世界有西方东方，是两个完全不同的价值体系，不同的文化形态。你归纳了以后脑子里就非常清楚，就能够从同理心的角度去理解西方人，反过来你就可以看到西方人看待我们东方哪些是到位的，哪些是隔靴搔痒的。中国分南北，以前就是分淮河以南和淮河以北，当然这是地理分界线，后面又分成长江以南长江以北。南边与北边的人完全不一样，介绍你们看一套书《中国人》，那套书写各个地方人的脾气性格，写得蛮好玩的。

江西人特点

　　我们江西人有哪些特点呢？第一个是叫兼收并蓄，海纳百川。这是从正面说。如果从侧面说，江西人比较懒，创造力不强，喜欢拿来主义，跟着人家屁股后跑。

　　第二个，江西人不太排外。上世纪90年代初，有些外地朋友到南昌来，我带他们到一些馆子去吃饭，他们发现南昌的菜很好吃。我说你知道南昌菜为什么好吃吧？它是"兼容并蓄"的。它容人家，哪里来的它都欢迎，什么川菜湘菜粤菜鲁菜淮扬菜都欢迎。你有你的铜枝铁干，我有我的红花硕朵。南昌菜不但不排挤外面的菜，而且还愿学习，将各种菜好的部分拿过来，让南昌菜更好吃，更可口。但这样一来，特色也就减弱了，特色不鲜明的赣菜，尽管我们说好吃，但从来就没挤进过八大中国菜系。其他菜系可是很坚守的，不相信你把南昌菜开到四川去看看，开到长沙去试试看，他们会赶你走。江西人不会，所以江西菜就会越做越好吃。我们赣菜是没有理论家，没有好的传播途径，走不出去。可赣菜好吃啊。

我做过一个比较，如果往雅里靠，淮扬菜是比较好的，第二应该是粤菜，其他的我都觉得没江西菜好，也许是我太喜欢江西了。江西菜是"兼容并蓄"的，他把人家好的东西都学过来，最后变成自己的菜。我们赣南人可以把鱼肉做成饺子皮，哪个菜系做得到。毛泽东一次去赣南，一个蒸笼，四个小碟，吃得高兴，马上命名"四星望月"。他在那样艰苦的环境下为这个菜命名，说明那个菜打动了他。

第三个，江西的腹地文化和周边发展的不平衡性和多元性。江西因为没有中心，所以南昌的影响力非常有限非常可怜。江西周边，又被一些地域文化特色很浓郁的地方所环绕，这样就造成边际地区容易被其他文化吸附。到现在还是这样的。比如讲我们的萍乡就向着长沙，不相信你们调查一下，他们周末去长沙玩，一般不会到南昌来；然后九江是往武汉跑的；景德镇市往南京跑；上饶那边的往杭州跑。因为南昌没有当过中心所以缺乏吸附力。当然由于行政中心在这，"我让你开会你不能不来"，作为行政中心功能还是存在的。我这里说的是文化功能。

我们赣方言是以南昌话与抚州话为主的，所以南昌人不要笑抚州人，你们是一个体系的，我们学中文的都知道。整个九江是属于北方方言区，所以九江人讲话很容易变成普通话；吉安过去以后又是客家话，又不是赣方言；我们武宁、修水、铜鼓话很像湖南湖北话，不算赣方言的。所以赣方言辐射的范围有限，只有南昌跟抚州地区，语言的认同感又严重不足，更加不易形成强大的文化辐射。而边界地区体现相邻地域文化十分明显，那边是吴越文化，那边是楚文化，那边是徽文化。所以我们江西头皮都发麻，不知道从哪找起。从另一方面说，江西文化多元的一面，也就呈现出来了。

江西"老表"

下面我再谈一下江西老表。大家应该都清楚，江西老表有几个版本，第一个版本是元末明初和明末清初，江西人两次"江西填湖广，湖广填四川"。这两次历史上的先民大迁徙，改变了地域文化生态环境，开创了地域文化交融的新局面。

第一次是元末明初，朱元璋的大将徐达血战长沙，整整四年，田畴荒芜，人丁散失，基本上鸡犬不留了。明王朝确立后，就近从江西迁入大量人口，允许"占标占地"，恢复湖广（湖南湖北两省）生机。第二次是明末崇祯年间，有一个农民起义领袖叫张献忠，他非常残暴，到四川去把人杀得差不多了。

过去我们不说这个，说农民起义都是好的。不对的，农民起义有好的有不好的，特别张献忠到处杀人肯定不好。加上清军追杀农民军也滥杀无辜，致使四川（主要是德阳地区）人口殆尽，满目荒凉。人杀光了怎么办呢？接下来就是江西填湖广，湖广填四川。那次移民是这样的，当初都是一家一家迁过去的，留下来的不就是表亲了嘛，所以人家问他干吗去啊，他说看表亲去（表哥，表姐，表姑，表姨）。这是一种说法，我觉得很实在，有历史依据，比较靠谱。

第二种说法，元末朱元璋跟陈友谅在鄱阳湖打了十几年，朱元璋哪里打得过陈友谅。陈友谅那时候的人马差不多是六十万啊，朱元璋一共才二十万人，实力悬殊。但是朱元璋会用人。一个国家政权的建立它是需要三种人的，一种是真命天子。李自成就不是真命天子，他不会用人，他到了北京也不颁发制度。一个地方要有制度的，要治理这个地方。你忙着抢民女抢仓库，这不是土匪嘛，这不是天子，打下来了也做不了皇帝。第二个要有武将，就是能给你打仗的。第三个是知识分子帮你管理。清朝实际上远远的不如李自成和崇祯皇帝的知识分子多，清朝最后用了洪承畴，洪承畴为确立清政权立下汗马功劳，整个制度文化的建设都是由洪承畴一手完成的。

扯远了，转回来。说是朱元璋跟陈友谅打仗多次遇险，有一次躲在渔民的船里面。陈友谅的追兵追过来以后，看到一个人躺在那个地方，假装在那里发烧，上面还蒙着一块毛巾在那里，呼吸微弱。那个兵拿火把一照，问这是谁啊？渔民就说这是我表哥，得了痢疾，还传染。那群兵一看就赶紧走了。追兵走远后朱元璋就跟那渔民说："你救命之恩，我终生不忘，我当上皇帝后，第一，你这个地区我给你免粮，就不用交公粮了；第二，世世代代管你江西人叫老表。"这是第二个版本。

我觉得这两个版本都有点靠谱，因为朱元璋虽然没有什么文化，但还是知道知恩图报的，虽然他后来也杀了很多功臣。

　　"表"字本身是指木头的"木"，实际上这之前是讲一个图腾，就像天安门边上有两个"华表"，华表上面那个龙就是图腾。老，祖宗之谓。表，表亲。老表应该是图腾表柱的土话俗语转过来的，应该是图腾在江西族群中的记忆残留。

　　还有一种说法蛮好玩的，说我们江西人产风水师比较多，最早的风水师李淳风就是我们赣州人嘛。唐末杨筠松避居赣南，创立风水"形势派"。因为风水师都要拿一个罗盘的，那时叫表盘，动不动说请了个"老表"看风水。风水师是到处走的，所以是这样叫出来的。

江西老表
江西民居

漫谈江西文化（三）：稻作文明与陶瓷文化

江西老表特点

江西老表有以下六个方面的特点，我自己归纳的，不一定对，仅供参考。第一，温和守规矩，不敢为天下先。这决定了永远不会处于全局的中心地位，一般不会引领潮流。所以我们江西人当皇帝的没有，当大土匪也没有，最坏的坏人和最高的领袖都少见。第二个，不排外，但喜欢搞内斗。第三个，有小聪明缺乏大视野。这是盆地心态，所以做的事也多是小事情。第四呢，会读书，天文地理都知道，但缺乏创造力。

第五个，强烈的官本位意识。我在上世纪90年代到广州的时候，人家餐桌上都是讲我们怎么去赚钱。我们江西呢不管在哪个行当，一谈就谈当官，有强烈的官本位意识。所以江西人为什么做不了大事情，聪明才智都用到官道上去了，好不容易爬了几十年爬到一个官阶上，结果一反腐就进去了。

第六个，朴实厚道一根筋。我们南昌话有两个词用在特别典型的江西人身上非常适合，一个叫"鹅头"。我举个例子，王安石就是典型的一个"鹅头"，普通话叫"拗"。还有一个我不好翻译，叫"好K"，普通话叫"轴"。江西人性格里面很多人就是一根筋的。你说他坏么？不坏的，他就是这么个生存逻辑。你跟他谈事啊，他认死理，这根筋转不过来，你讲死了都没用。江西人身上差不多多少有这些特点，所以有人也总结了一段话说江西人"一会读书，二会养猪"。因为"鹅头"养猪是可以的，读书也是可以的，又不用创造。

我归纳的这些特点可能比较直白。我觉得敢于自我检点也是一种勇气，知耻近乎勇。知道自己的不足，我们可以更好地做一个江西人。

稻作文明

下面聊江西有哪几个很突出的文化现象，我归纳了八个，有两个不展开讲，主要讲六个。

第一个，可能有些人不知道，我讲的是"稻作文化"，不是道德的"道"，是水稻的"稻"。稻子养育了地球差不多五分之四的人口。万年仙人洞和吊桶环是1993年到1995年中美联合农业考古队发现的。2013年，美国第一期《自然》杂志正式公布，万年仙人洞的水稻是两万年前的。我们在万年发现了两种水稻，一种是人工栽培的，一种是野生的。所以万年仙人洞的考古发现就使江西的水稻成为世界水稻之祖，这是很了不起的，作为江西人我们一定要知道，记住。

第二，新干县有个界埠乡发现了战国时粮仓遗址，长是36.5米，宽是11米，是罕见的战国时期储备容值最大的粮仓遗存。这证明我们江西在战国时期就是很大的粮食产区。你想想没那么多粮食要粮仓干吗呢？中国最早的最大的粮仓在我们这里发现，了不起。

第三，我们在漫长的农耕社会里，是历朝历代的产粮大省。南朝的时候官仓三分之二的粮食来自江西；北宋时的漕粮五分之一来自江西；南宋的时候三分之一是来自我们江西；明朝的时候向朝廷的贡米达到250万担。我不知道你们有没有看到这样一本书，《一个省委第一书记夫人的回忆》，是水静写的，原来我们省委书记杨尚奎的夫人，可能好多人不认识。她长得漂亮，酒量也很大。水静回忆，1961年的庐山中央工作会，周恩来总理下庐山以后，省委领导接待他，总理是这样说的："你们江西能不能再支持我一下，我多喝一杯，你们多加一万吨粮食。"一连喝了一十八杯。后来领导回忆，周总理喝这一十八杯酒，救了好多人的命，当时光河南就饿死多少人啊。我们江西是鱼米之乡，在口粮方面是做了非常大的贡献的。如果我们没有粮食周总理再怎么喝酒我们也拿不出来粮啊，他不可能去陕西喝酒拿粮食啊。还是证明当时我们的粮食储量充沛。

还有，中国第一本关于水稻的专著《禾谱》是我们江西人写的，这个人是宋朝的曾安止。再有，中国现在出了个水稻杂交之父袁隆平，也是我们江西德安人。我在这里简单介绍一下江西的稻作文化，就是证明江西水稻文化完全立得住，也是值得我们江西人记住的。

陶瓷文化

陶瓷文化,我不展开,稍微提几句。不展开主要是不讲景德镇那些,因为景德镇大家耳熟能详。我刚刚讲的万年仙人洞的遗址,出土了一个新石器时代的陶罐,现在这个陶罐在国家博物馆,证明我们江西人新石器那个时候就会做陶。大家有时间可以去国家博物馆看看,这是我们江西人对民族文化的贡献。

第二个讲烧窑。鹰潭有个角山窑遗址,好多人可能不知道,总面积开挖到现在是一万多平方米。这是一个少见的商代窑厂遗址,那是在商代啊。景德镇那是宋代以后的了,是重孙辈啊。上次我到吉州窑去,吉州窑至少是景德镇的父辈。我们可以理一下景德镇之前江西陶瓷的历史。洪州窑不在南昌在丰城,洪州窑是东晋到唐代全国六大青瓷窑厂之一。到了宋代,吉州窑就跟北方的磁州窑并列成为全国最著名的两大民窑。宋以后才是景德镇。所以说我们的陶瓷不只是景德镇的,不是一枝独秀,而是遍地开花,江西大大小小的窑口遗址得十几个。在这里不展开,这是陶瓷文化。

铜业文化

铜业文化不只是青铜啦,还包括黄铜。铜业文化在我们江西非常重要。第一,新干大洋洲出土的青铜器,其数量之多,造型之美,铸式之新,为我国东南地区所仅见。中国南方地区,当初是叫作蛮荒之地的。白居易那个时候发配到九江做司马,说:"浔阳地僻无音乐,终岁不闻丝竹声。住近湓江地低湿,黄芦苦竹绕宅生。其间旦暮闻何物,杜鹃啼血猿哀鸣。"九江在白居易看来非常偏远,是被看作蛮荒之域的。但是大洋洲的发现证明了我们的文明可以推到商代。当然在唐代没有被认识、被挖掘出来,那时还不能证明我们不是荒蛮之地。大洋洲遗址就跟殷墟还有三星堆遗址并列为中国青铜器文明的三大奇观。大洋洲的分量就有这么重。

第二,瑞昌铜矿。瑞昌是商周铜矿的采冶地址,也是我们国家迄今为止发现的最早的铜矿冶炼遗址。冶炼我们也是最早的。

第三,汉代江西的铸铜业、筹钱业、铸镜业在全国遥遥领先。那个时候所用的钱基本上是我们江西人造的，妇女用的铜镜基本上是我们江西人做的。当时的饶州镜、江州镜、吉州镜风靡全国。建议大家去看九江博物馆那个铜镜博物馆，非常壮观。如今，德兴铜矿仍然是我们亚洲最大的铜矿，这都是有渊源关系的。当然安徽有个铜陵老跟我们争。我想这也没有关系的，反正东西摆在那里，大家可以品头论足。

景德镇制瓷

漫谈江西文化（四）：儒家与宗教

儒家文化

儒家文化是我们江西文化的重头戏。我刚刚讲江西人受地理环境的制约。江西人不能当中心，思想又受约束。受谁的约束呢？受儒家文化的约束。孔夫子弟子里面有一个叫澹台灭明的，南昌有个澹台路。好多人搞不清这个路由来，就是以澹台命名的路，就像阳明路是纪念王阳明的。蒋介石还是有些老思想的，听江西熊式辉的报告，说是要把乡贤都作为南昌的街道名，蒋介石大加赞赏，说熊式辉有文化。所以我们南昌的很多路都是用了乡贤的名字，什么渊明路、阳明路都是以乡贤命名。

澹台灭明长得很丑，但学习很好。孔夫子自己长得很丑，但是他看人家还是嫌人家丑，这很难讲清楚了。孔夫子前面讲课讲得好好的，后来子贡啊子路啊一看不对了，老师讲得一点积极性都没有了，就偷偷问他，他又不好说，最后问来问去说实话了，"那个澹台呢人是不错，学习也很用功，领会我的东西也很快，就是长得太丑了，我一看他的样子就讲不出来了，我克服了好久也没有办法。"那些学生明白了，就找澹台做工作，说："澹台哎，不能因为你一个人影响我们七十一个人，你现在学有所成了，就到外面自己讲学去吧。"澹台也没有办法，就自己夹着个包袱南下到了我们南昌。他也学他老师，从抚州啊吉安啊赣州啊招了七十二个学生来授课。这七十二个人学成后又到外面讲学。

以前南昌七个城门有一个叫进贤门，进的就是这个贤，是从七十二个学人进的澹台灭明的这个贤。还有个县叫进贤县。他来教的是什么呢？是《中庸》。所以江西人的启蒙教育是中庸，不能左也不能右，不能东也不能西，这是思想观念的影响。我是倾向于这个版本的，因为澹台灭明确实是在南昌讲过学的，当然我也加了些自己的小佐料进去，漫谈嘛，又不是历史考据，但是我觉得这个很有道理。

第二个是儒家教育里的宋明理学。因为孔孟之道贯穿下来是以儒家作为治理国家的主要文化阵地。就像毛主席说的，"领导我们事业的核心力量是中国共产党，指导我们思想的理论基础是马克思列宁主义"。指导我们以前思想的基础是儒家文化。儒家文化像一条大河，孔子是一种说法，到了孟子又是一种说法，到了董仲舒又是一种说法，到了宋朝明朝就到了另一个极端，到了存天理灭人欲的份上。存天理可以，灭人欲那就受不了了，所以后面才有了对儒家的大规模反击。思想潮流就是这样，走过了头才偏向另一个方向。

再后面是叫"江右王门"，就是王阳明的心学。我们很多的大人物，风云人物，用南昌话讲都是非常"作兴"（看重）王阳明的，蒋介石很"作兴"他，毛泽东也很"作兴"他，曾国藩也很"作兴"他。王阳明也的确厉害，能文能武啊。还有"易堂九子"，这个大家可能就比较生疏了，大家可以到我的微信公众号看看，我在那里会发关于"易堂九子"的文章，这里不展开了。

儒家文化的主要孵化基地靠讲学。讲学就得有书院，就像我们今天在这交流达成共识一样。所以当时江西的书院无论是规模还是质量，走在我国书院文化的前面。到现在四大古代书院，白鹿洞还是排在第一位。我们做过一个统计，江西历代的书院将近五千所，到现在还保存的书院还有五十多所，像鹅湖书院啊，白鹿洞书院啊这些遗址都还有，证明我们读书这条文脉还是生生不息。余秋雨写过一篇散文《十万进士》，大家不知道看过没有。中国从隋朝开科取士一直到晚清，一共有十万个进士，江西有多少呢，一共有一万一千名进士，也就是说江西人读书厉害，十个进士里面有一个江西人。所有的状元全国好像是五百多个，江西有四十六个，也差不多十一二个里面就有一个江西的状元，是好厉害的。这是讲儒家文化，这样梳理一下，大家就能很快地进入。

宗教文化

宗教文化，就是佛、道嘛。这两个江西都是根据地，都是大本营。首先是佛教文化。佛教传入中国跟道教的时间差不多，都在东汉。道教是东汉末年，佛教要靠前一点。大家知道传进来最早是洛阳的白马寺，但是有谁知道江西彭泽的安禅寺，临川的白山寺，浮梁的双峰寺，跟洛阳的白马寺是同时建的。这证明江西是最早接纳佛教文化的地方之一。我们可以拿出几个寺庙来跟白马寺去比的，但是这几个寺庙咱们江西人不知道爱护啊，白马寺现在威武雄壮，我们的寺庙却看不到踪迹了，遗址都找不到了。这就是我们江西人目光短浅呵，我们随便恢复一个就是江西的白马寺啊。

魏晋南北朝时期，庐山成为中国南方佛教文化传播的中心，许多著名寺庙纷纷建立，像西林寺、东林寺、归宗寺。因为寺庙的建立吸引了很多的著名高僧到这里，金巢做好了凤凰就来了。东林寺迎来了慧远大师，创立了净土宗，所以净土宗在我们庐山脚下的东林寺。西林寺建完了以后迎来了苏东坡，他在墙壁上写了个"横看成岭侧成峰，远近高低各不同。不识庐山真面目，只缘身在此山中"。假设那个时候西林寺没有建，苏东坡到哪去写呢，不可能写到松树上咯，他也没这个激情。西林寺的高僧听说苏东坡来了以后不题词不让走啊。老实说，苏东坡这首诗没有什么诗味的，但是很有哲理的。拖着不让走，反正一十六个字嘛，快得很。

隋朝中叶禅宗进入江西，最早进入江西的是三祖。大家可能都知道六祖慧能，都知道初祖达摩，但是最早进入我们江西的禅宗是三祖。这个人叫僧璨。他到这里来大约是公元 600 年，他到吉州为一个叫道信的僧人受戒，这是禅宗第一个大师进到我们江西。到了六祖慧能的时候，七祖行思、八祖道一的时候，这都是禅宗的大家，禅宗叫五家七宗，其中三家四宗就发生在我们江西。哪三家四宗，萍乡杨岐宗、宜丰临济宗、洞山曹洞宗，宜春沩仰宗，还两个宗不在我们这里，一个叫云门宗一个叫法眼宗。这就很清楚了，禅宗的主要大本营都在我们江西。为什么有七家呢？就是杨岐宗分为两家，一个是杨岐一个是黄龙，也叫"七叶"，所以"五宗七叶"是这样来的。禅宗故事很多的，在这里也不展开，但是都非常有意思，大家可以去看看。

我举个小例子，宝峰寺为什么这么有名，就是它的主持马祖道一。他做了什么事呢？当初和尚是没有庙，是游方的，有个名字很好听叫"化缘"，但实际大家都知道，就是讨饭嘛，讨饭总是没尊严的。另外人不聚在一起，像和尚一万多个，但一辈子也碰不到面那怎么进行思想交流呢，思想没有交流佛教怎么进步呢？所以马祖道一说和尚要自食其力，要有自己的道场，大家要在一起交流生活，就像成立读书会一样的，这样大家才有进步。宝峰寺的价值在这里。奉新的百丈寺价值在什么地方？就是第一次给和尚定了规矩，叫百丈清规，百丈清规就给全国所有的和尚定下了规矩。和尚也要立法，百丈寺就是立法的地方，所以百丈寺到现在也是长盛不衰。一个地方要立足要有你的核心价值，不是你这个庙建的有多么辉煌，多么壮丽，关键在于你的核心价值在哪里。

道教文化，一个是张道陵张天师，大家都知道，另外一个就是梅岭西山有个乐官伶伦，他是搞音乐的，是中国音乐的鼻祖。伶伦是在那个地方修道，空闲的时候研究了音乐。还有就是万寿宫的许真君，还有麻姑山那个麻姑，翠微峰的张丽英，这都是道教的著名人物，都是江西的。有一个成语讲"一人得道鸡犬升天"就是说许真君，就在我们南昌边上，发生在万寿宫。江西还有很多教派很多高人，这个我都不一一展开，这是宗教文化。

马祖道场（靖安宝峰寺）｜鹅湖书院

万寿宫

塔尔寺（一）

藏传佛教格鲁派创始人宗喀巴的诞生地，正是湟中县。

湟水，藏语即宗喀。宗，宗曲，喀，河口。罗桑扎巴就出生在湟水的河口，所以人们尊称他为宗喀巴。

塔尔寺始建于公元1377年，距今已有600多年，寺院和配套设施多建于两面山坡上，从空中望去，其实就建在莲花山的花瓣上。

整个建筑群以大金瓦寺为中心，大经堂、弥勒殿、九间殿、花寺、小金瓦寺、居巴扎仓、丁科扎仓、曼巴扎仓、大拉让、大厨房、如意宝塔等9300余间（座）依次排开，错落有致，布局严谨，风格独特，气势恢宏。

寺庙还有大拉让宫（吉祥宫）、显宗经院、密宗经院、医明经院、十轮经院、酥油花院、跳神舞院、活佛府邸、如来八塔、菩提塔、过门塔、时轮塔等等。

走进塔尔寺，仿佛走进了佛国的一座城池。

古刹盛世重光，梵呗钟磬响亮，佛苑法缘殊胜，弘法利生传扬。

殿内佛像造型生动优美，超然神圣。栩栩如生的酥油花，绚丽多彩的壁画和色彩绚烂的堆绣被誉为"塔尔寺艺术三绝"，寺内还珍藏了许多佛教典籍和历史、文学、哲学、医药、立法等方面的学术专著。每年举行的佛事活动"四大法会"更是热闹非凡，游人如织。

当地人称，塔尔寺先有塔，后有寺。藏语称为"衮本贤巴林"，意思是"十万狮子吼佛像的弥勒寺"。

作为中国西北地区藏传佛教的活动中心，塔尔寺在中国及东南亚享有盛名，历代中央政府都十分推崇其宗教地位。

明朝对寺内上层宗教人物多次封授名号，清康熙皇帝赐有"净上津梁"匾额，乾隆皇帝赐"梵宗寺"称号，并赐予大金瓦寺"梵教法幢"匾额。

三世达赖、四世达赖、五世达赖、七世达赖、十三世达赖、十四世达赖及六世班禅、九世班禅和十世班禅，都曾在塔尔寺进行过宗教活动。

宗喀巴之所以牛，还因为达赖、班禅都是他弟子。

由此，我将塔尔寺喻为藏传佛教的故宫。

由于我女儿陈梦雯博士的缘分，这次我们西行团一行人受到了塔尔寺的超规格接待。

先是寺院的扎西主任亲率两辆城市吉普到西宁机场迎接，献哈达，然后一路介绍当地民俗风情和藏传佛教文化。

一个自己不太熟悉的想象世界和物理世界，犹如惠风轻拂，让我们激动不已。

郭璞说，人之所知，莫若其所不知。诚然。

活佛乘坐的凌志吉普，这些天变成我们专门座驾了，带我们上拉脊山，下倒淌河；带我们看美丽的青海湖，领我们品尝青藏高原的美酒佳肴。

关键还在于带着我们看原子城，看王洛宾写《在那遥远的地方》的发生地：金银滩。

尊贵的拉科仁波切是清朝八大驻京活佛之一，在北京雍和宫设有专门府邸。

我们到时，拉科活佛在他的书房接见我们，为我们加持灌顶，赠送我们珍贵礼品并当场开光。真的深深感动。

近距离瞻仰宗巴喀金身，献上酥油灯，让人感到大慈大悲的救苦救难者，竟是如此亲切可近。

头天没见到的小金瓦寺，藏语称"旃康"，是护法殿。第二天一早，谢热小师傅便带我们补上了。

小金瓦寺上下三层，底层和中层面阔七间，进深五间。底层为三面封闭的殿堂，中层为明窗式，在藏式双层平顶建筑上增建面阔三间的汉式歇山顶单檐建筑。

殿内有佛像、鎏金宝塔、经卷、白马标本等。院内两侧和前方有绘满各式壁画的壁画廊，为两层藏式建筑。

寺院管委会的昂秀主任、官确主任还专门安排了会见，对于酥油花、壁画和堆绣组成的塔尔寺艺术三绝在国外成功展出给予了高度评价。

告别塔尔寺时，又见酥油花雕塑栩栩如生，令人流连不已。

陈梦雯博士仅仅帮塔尔寺主持了藏艺三绝在法国巴黎和德国柏林的展览，能有如此回应，不能不说是佛光普照。

深深感恩。

宗喀巴·唐卡

塔尔寺（二）

塔尔寺藏艺三绝，名不虚传。

壁画、堆绣都非常好，但我认为酥油花最佳。酥油花利用酥油雕刻塑形，成千般姿态，化万般柔情，栩栩如生，美轮美奂，特别是高达数十米的酥油花雕塑，让人仰慕，让人叹为观止。

酥油花用酥油为原料，雕出各种佛像人物、山水河流、亭台楼阁、飞禽走兽、花卉林木等。每年农历正月十五展出时，由民族管乐器为主组成的花架乐队，便演奏出庄严肃穆的乐曲，用以烘托宗教气氛。

酥油花有严格的气温要求：

温度高了，会化成酥油；温度低了，会折断脱落。因此，我们只能看到新近的作品。

历史上有过的精彩绝伦，都是如烟往事。

塔尔寺壁画是我国壁画宝库之一，遍绘于寺内的主要殿堂，尤以瞻廊、回廊、前廊等处为多，据介绍，全寺保存完好的大小壁画有千余幅。壁画颜料妙在全采用石制矿物染料，色泽绚丽，经久不褪色，这也是塔尔寺壁画的一大长处。

塔尔寺壁画属藏传佛教体系，画风与汉画绝然不同，具有浓郁的印藏风味。堆绣是在布幔上用各色布块（绸缎）粘贴、堆砌大小佛像和花卉图案。这是塔尔寺独有的地方民族手工艺品。

堆绣题材以表现佛的各种活动为主，人物、山川、花卉、鸟兽均依据佛经故事制作，配各色衬景，造型生动、立体感强，做工有许多绝妙之处，妙在何处，暂时保密。

其实这都叫经变。

经变指描绘佛经内容或故事的图画，又称变相和佛经变相。其取材多与当时流传的佛教思想有关，如南北朝时期的经变多采自小乘经典，宣扬自我牺牲的精神，呈现朴拙的风格，内容以本生经变相、佛传故事居多。

隋唐以后，大乘思想盛行，诸师更创新义、立新派，以致其内容富于变化，有维摩诘经变、本行经变、金刚经变、金光明经变等类，这在当时，都是中国美术史上相当特殊的创作。

宗喀巴大师早年学经于夏琼寺，16 岁去西藏深造，改革西藏佛教，创立格鲁派（黄教），成为一代宗师。

传说他诞生以后，从剪脐带滴血的地方长出一株白旃檀树，树上十万片叶子，每片叶上自然显现出一尊狮子吼佛像（释迦牟尼身像的一种），"衮本"（十万身像）的名称即源于此。

宗喀巴去西藏 6 年后，其母香萨阿切盼儿心切，让人捎去一束白发和一封信，要宗喀巴回家一晤。

宗喀巴接信后，为学佛教而决意不返，给母亲和姐姐各捎去自画像和狮子吼佛像一幅，并写信道："若能在我出生的地点用十万狮子吼佛像和菩提树（指宗喀巴出生处的那株白旃檀树）为胎记，修建一座佛塔，就如与我见面一样。"

第二年，也就是明洪武十二年（1379 年），香萨阿切在信徒们的支持下建塔，取名"莲聚塔"。此后 180 年中，此塔虽多次改建维修，但一直未形成寺院。明嘉靖三十九年（1560 年），禅师仁钦宗哲坚赞于塔侧倡建静房修禅。17 年后的万历五年（1577 年），复于塔之南侧建造弥勒殿。至此，塔尔寺方初具规模。

三世达赖向仁钦宗哲坚赞及当地申中、西纳、祁家、龙本、米纳等藏族部落昂索指示扩建塔尔寺，赐赠供奉佛像，并进行各种仪式。从此，塔尔寺发展很快，先后建成达赖行宫、三世达赖灵塔殿、九间殿、依怙殿、释迦殿等。经四世达赖指示，万历四十年（1612 年）正月，正式建立显宗学院，开坛讲经，标志塔尔寺成为格鲁派的正规寺院。

把中国的故事讲给世界听，也是一种修行。

博大精深，了不起的藏艺三绝。

匡庐秋意

九江城下毛毛雨，庐山上就全部是浓浓的大雾了。

驾车登山，跃上葱茏。浓浓的雾里左盘右旋，二十多公里的山路终于用四十多分钟完成。

宿 179 号别墅，很舒适。原先董必武老人住过。

有朋友问，你不是在山上有房子吗？怎么又花钱去住别墅了？

答，只住一晚，要打扫卫生，整理被褥，可能会把长途旅行的老伴累出毛病的。

大雾笼罩着的庐山，什么也看不清楚，秋天同样隐在朦胧中。

但我想，我这次庐山之行精心策划、安排，应该就是最浓的秋意了。

天道实难测，人间重晚晴。不是吗？

看到老伴躺在沙发上那种惬意随性的样子，心里特别欣慰。

179 号别墅的午夜时分，我，居然醒在浓浓的秋意里。

水中望月、雾里看花也是一种美。

曲胜过直，忍胜过躁。冲击力由内在的情感冲荡中来，胜过外在的强力；美从曲折迷离中得到，胜过直白的美感。

茫茫雾海中驾车上庐山，虽看不到满山满岭的丹枫红叶，却又是另外一种体验，那就是："花影吹笙，满地淡黄月"。

白罗帐似的盘山公路上，左转弯，花叶扶苏，淡云拂地；右转弯，光斑绰约，树影参差。有的拐弯处忽然就没有了雾，猛地抬头望去，山野田畴，江河湖塘，黄绿相间，尽收眼帘……

苏东坡有一首《水龙吟》词，写的就是这种体验：

似花还似非花，也无人惜从教坠。抛家傍路，思量却是，无情有思。萦损柔肠，困酣娇眼，欲开还闭。梦随风万里，寻郎去处，又还被、莺呼起。

不恨此花飞尽，恨西园、落红难缀。晓来雨过，遗踪何在？一池萍碎。春色三分，二分尘土，一分流水。细看来，不是杨花，点点是、离人泪。

朦朦胧胧，迷离恍惚，在现场又似在梦里。

中国古代诗论画论：谢榛，作诗"妙在含糊"；董其昌，作画"正如隔帘看花，意在远近之间"；恽南田，作画"山水要迷离"；戴熙甚至说，"阴阴沉沉若风雨杂沓而骤至，飘飘渺渺若云烟吞吐于太空"。

微茫惨淡，天机灭没，曲径通幽，雾敛寒山，何尝不是匡庐的秋意？

秋意美的核心价值是可以与人生大的阶段类比的。

冥冥中似乎注定着可以用季节喻人生。如果说童年少年是春天，青年壮年是夏天，那么，六七十岁的人便是秋天了。

相对于春的艳丽，夏的繁华，冬的死寂，秋是一位洞明世态、人情练达、壮志未酬的智者。

秋天是成熟的季节、收获的季节、充实的季节，也是淡泊、宁静、惹人相思的季节。自然界的万物，经过了春天的勃勃生机，经历了夏天的繁华茂盛，不再以受人赞美为荣，不再以受人宠爱为乐，默默地奉献，默默地充实，默默地接纳人类的愁思，默默地归依大地准备经受寒冬的洗礼。

每一片凋落的叶子，就是你从身上减掉的一件事情。

秋是寥廓，秋是奉献，秋是充满诗意的季节，有"红于二月花"的枫叶，有"桂子日中落，天香云外飘"的桂花，还有"此花开尽更无花"的菊花……纵然是凋零的花草，枯败的枝叶，在秋天，也不失为一种英雄主义的浪漫色彩。它们旋舞着，以轻盈的姿态拥抱大地，飘落于大地，以求达到与世无争的豁达与解脱。枝头也好，泥土也罢，都是叶的归宿——"落红不是无情物，化做泥土更护花"。暂时的沉默，是为了更绚丽的春天，孕育着更美的梦和更远的远方。

秋是最善变的。一会儿"秋高气爽"，一会儿"秋云不雨常阴"，一会儿"巴山夜雨涨秋池"。所以芦花一入秋，便白了；心头一落秋，便愁了。

秋是斑斓，秋是色彩，秋是醉颜。

我的印象里，庐山秋天最浓烈的，植物园第一，如琴湖第二。

第三，仿佛漫山遍野皆是。

刚刚退休的人，应该是初秋的感觉。

庐山秋

春和夏一般情况下，是看不懂秋的。似乎也不需要看懂。

冬看得懂，但她不说。

秋天，最易让人触景生情。"枯藤老树昏鸦／小桥流水人家／古道西风瘦马／夕阳西下／断肠人在天涯。""元曲四大家"之一的马志远，用了寥寥 28 个字，把他对秋天的感觉写到了极致。透过他生活的背景，也许能够发现他孤独的端倪。"只识弯弓射大雕"的后裔们，给孔子的故乡拉起了专制集权的黑幕，人分十等，列第八等的是娼妓，第九等的就是如马致远一样的儒生了。他在孤独的流浪生涯中，留给后世的，是一部哀怨的戏剧《汉宫秋》和这一首精致的《秋思》。马志远那时的世界，应该没有春夏，只有带霜的秋天。

秋天的性格是桀骜的。"落霞与孤鹜齐飞，秋水共长天一色。"名列"初唐四杰"之首的青年才俊王勃，早在《滕王阁序》之前就以其独树一帜的不羁诗风蜚声朝野。想那个秋天，身处上流社会的意气书生，吟唱着"海内存知己，天涯若比邻"，为赴蜀上任的杜少府送别，是何等的洒脱放达。然而，怀抱着年轻岁月的激情与放荡，嬉笑怒骂里，却开罪了元勋国戚。王勃在度过一段屈辱的牢狱时光后，远离了那个锦衣玉食的上流社会。重阳节的滕王阁上，细听渔舟唱晚，远眺过雁惊寒，少年王勃，写下了恢宏的绝唱。谜一样的王勃，留给秋的，是一朵桀骜的浪花。

秋天，《红楼梦》中有林黛玉一首诗："秋花惨淡秋草黄，耿耿秋灯秋夜长。已觉秋窗秋不尽，那堪风雨助凄凉……"

我想，这些都可能只是那个时代人们对秋天的感叹。

秋天，还有"寂寞梧桐深院锁清秋"的轻叹和"帘卷西风，人比黄花瘦"的感慨，那可是李清照们多愁善感儿女情长的"小资"情调。

秋天，尽管有秋思，有秋愁，甚至有秋悲，但那不应是秋的本质，或者说就不是当代秋的境况，当代的秋天是让人充盈着喜悦与希望的。

翻滚的稻浪，饱满的果实，是大自然赐予在春风中播种、夏日里耕耘的人们的。

一年一度秋风劲，不似春光，胜似春光，寥廓江天万里霜。

悲哉秋之为气也，萧瑟兮草木摇落而变衰。

一个"霜"字就包含了丰富多彩的画面，它既指"万山红遍，层林尽染"的霜叶，也指"鹰击长空，鱼翔浅底，万类霜天竞自由"的霜天。这样的秋景比起"暮春三月，江南草长，杂树生花，群莺乱飞"来，实在是更有一番风味在心头。

春和夏，没有经历过秋，故不会懂得秋的心思，秋的心情，因而也是没有办法去与秋同行的。

所谓"养儿方知父母恩"，是因为有切身之体验也。

活到了可以称之为"秋"的人，不但应该是"万类霜天竞自由"中的一员，而且还要是最斑斓最夺目最动人的那一簇。

让春和夏为你的呈现而注目，让冬天为你的到来而满心欢喜。

如果你还不是其中的一员，那你不是羁留在夏天，就是提前进入冬天了。

这样不好，违反了自然律。

由是，到庐山去赏秋，我们便为自己找到了最好的理由。

巴西高原的阳光

巴西文化符号：狂欢节。巴西生活方式：踢足球，桑巴舞，海滩，烧烤，音乐。这个神秘国度到处洋溢着热情和狂野。据说还是烟民的地狱，嬉皮士的大本营，以臀大为美，吃豆饭。据说还有"胸罩"航空公司，"绑定爱情"巫术。阿嚏……巴西……都是自在客的生活方式？

上帝赐予了巴西一条亚马逊河。这条流量最大、流域最广、支流最多的河，是世界河流中的大哥大，比尼罗河、长江、密西西比河三条大河的水量加起来还大好几倍。因为有了亚马逊河，巴西的淡水资源占到全世界的八分之一。水是生命之源，巴西人不必为水奔波劳碌，既不需要沙漠上造绿，也不需要南水北调。他们只需要快乐、浪漫与狂欢；只需要桑巴、足球与烧烤。诗人到这里，绝对没有写《凤阳歌》的冲动，也不会有黄河决堤后那种凄惨悲怆的感觉。

圣保罗之夜。圣保罗位于巴西南部，是巴西 26 个州之一。圣保罗州由 645 个市组成，分为 13 个大区。大圣保罗区由圣保罗市及周围 38 个卫星城组成，面积8051 平方公里，人口 1780 万，是巴西和南美最大、最现代化的工业、商业、金融、科技和国际交通中心，相当于中国的上海。这里晚上八点，除酒吧外，所有的店铺都会关门，街上除了汽车，很少有闲逛的人。

纺锤树。巴西和其他南美国家一样，在干旱较严重的地方，生长着一种南美洲特有的植物——巴萨尔木。这种树中间粗，两头细，像纺锤一样，因此叫"纺锤树"。它特别轻，有抗干旱的本领，一棵 10 米高的纺锤树只要一个人就能举起来。我记得中国画表现过胡杨，其实纺锤树非常入画，取个好听的名字，把其抗干旱的精神融入进去，比用国画干巴巴地表达国外建筑或其他无内涵的景物要好多了。中国画的表述，一定是要有精神内涵的，而这正是国画的迷人之处。

亚马逊河千万年的冲刷，造就了世界上面积最大的冲积平原，这是上苍赐予巴西人的又一件礼物。巴西占据了亚马逊平原的三分之一，南美洲的一半面积。850 多万平方公里的国土没有戈壁荒漠，没有不毛之地，如此辽阔广袤，如此富饶丰沃，处处是人间乐园。两亿人口的巴西，人均耕地是中国人的两倍，尚未开发利用的土地相当于中国可耕地的总和。这里，整个基调是绿色的，阳光的，怡心养眼。

教堂、广场、蓝天、白云、铜像以及高高的槟榔树相互映衬，展现出一种特别的美感。圣保罗大教堂始建于 1913 年，直到 1954 年才建成，并作为庆祝建市四百周年的活动对外开放。它的前身是殖民时代的大教堂，整个工程由马克西米利亚诺建筑师设计建造。在艺术特点上，它融合了哥特式和文艺复兴时期的风格。教堂的地下墓室安放着包括原印第安酋长在内的名人灵柩。每扇玻璃窗上都反映着圣经里不同的宗教主题。里面还有多达一万个声管的意大利管风琴以及包含 65 个小钟的大套钟。教堂前面的广场从 16 世纪开始，就一直是每次盛大宗教游行的出发点，止中央的"零起点"是测量圣保罗和其他城市距离的起点。但是，久而久之，该区域却是圣保罗最危险的区域，集中了乞丐、小偷、抢劫犯、毒贩等，连当地人都不敢随便去此处游玩。说它是一个美丽的危险区域比较妥当。

海与山的交响，垂直的海拔，大山中的高速公路。巴西烤肉，美到垂涎！

到巴西，不能不提足球。巴西历史上几乎没有发生过战争，但人作为社会动物，又需要英雄来崇拜，怎么办？只有靠娱乐来产生了。于是，足球产生了男神，桑巴舞产生了女神。在巴西，升学、升官、发财等等仿佛都不能让人兴奋起来，只有足球、桑巴和狂欢等重口味活动，才能搅动人的动情区。

2014.8.21—28

巴塞罗那

　　巴塞罗那于我而言，不是因为这座城市举办过奥运会，而是因为这里诞生了米罗、达利、毕加索，还有高迪。在世人眼里，高迪是具备惊世才华的"疯子"，而崇尚自然的他却说："只有疯子才会试图去描绘世界上不存在的东西！"孤僻沉默、衣衫褴褛、成天工作、无浪漫史，这十六个字是高迪的生存写照。有原创力，在技术上做大胆的突破，并运用精彩、独特而且深富创意的装饰，让每一件作品从建材、型式，到门、角、窗、墙等任何一处细部，都独一无二，他也因此得到"建筑史上但丁"的尊称。创造力是人类的本质力量之一，高迪则是体现本质力量的杰出代表。到巴塞罗那，如果不去瞻仰高迪的建筑作品，只能证明离人的本质太远。

巴塞罗那

问道武当山

　　问道武当山，云端琼楼间。岁月如可问，无疑在峰巅。从篡逆到普照天下，坐稳数百年江山，朱棣的关键词是：在合适的时间，合适的地点，用合适的色彩涂抹那段不忍细看的历史。

　　武当山是著名的道教圣地，也是太极拳的发祥地。其明清古建筑群被誉为"挂在悬崖上的故宫"，与山川交相辉映，更加彰显这一道教仙山福地的紫烟缭绕，神秘空灵。

　　登武当山金顶看云海：擎天一柱耸翠微，青壑丹崖长相依。紫霞仙草临瀑旰，登上天台看云飞。四面白浪吞岁月，万山来朝数星稀。会当孤峰凌绝顶，世事总与玄关违。云浪滔滔接天际，仙歌玄曲听依稀。紫霄金殿松涛中，神武大帝薄雾里。逍遥河谷试逍遥，展旗雄峰仍展旗。问道还须登武当，太极拳脚有真谛。

　　金顶，被道教视为天界，即天庭与人间的分界处。古时朝拜武当山的信士到此，就相当进入了天宫的大门。今日登顶，山风飒飒，极目江汉，群峰环峙，苍岭如屏。不禁有句涌上心头：鸿鹄摩天势自然，如若强求招灾愆；欲告人间自在客，青山到处白云生。

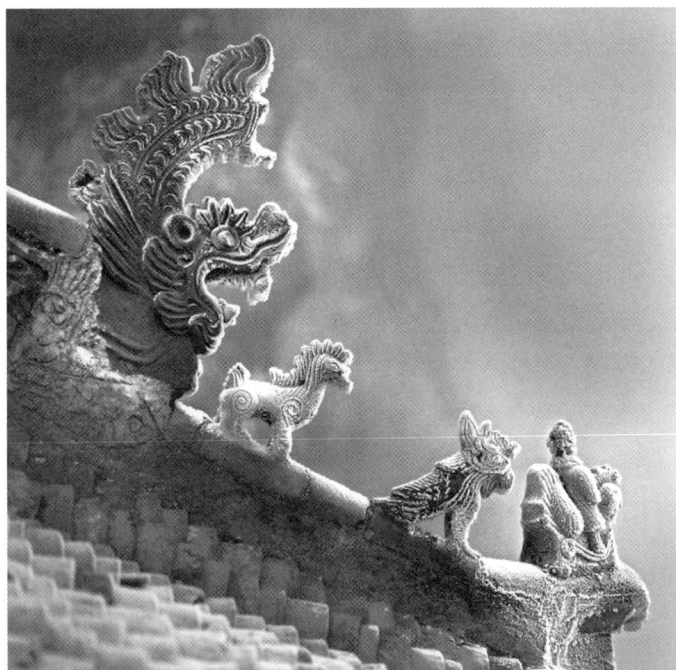

云南的云

　　年轻时写过一首诗，《我是山，你是云》，说男人应当如山，威严、浑厚、庄重、深沉；女人应当如云，灵动、飘逸、妩媚、多姿。从这一理念出发，云南的云宛若一个美丽动人的女子。

　　云南的云，看起来是静止的，凝固的，颜值变数大，就像云贵高原本身，容易使人产生神秘感。

　　云朵在天空优游时，一分散淡，三分从容，十分绅士，像极了我心目中的自在客。

　　时间在这里很丰沛，空间在这里很辽阔。

　　难怪说云南是云彩的故乡，是一切云彩的故乡。

　　一切云彩的生死、爱恨与聚散，应该都发源发生在这里了。

　　而飘浮在其他地方的那些云彩，就是流浪者和过客，因为对它们，我们真的不屑一顾。日常偶然的匆匆一瞥，不会认真地关注过它们，更没有关心过它们。

　　这种对身边风景和人事的忽略，应该是常人常有的精神盲点和审美缺失。

　　还需要申明的是：这里不是云低，而是海拔高，再有空气污染少。天空看得清晰，你便觉得云低了。

2015.9.20

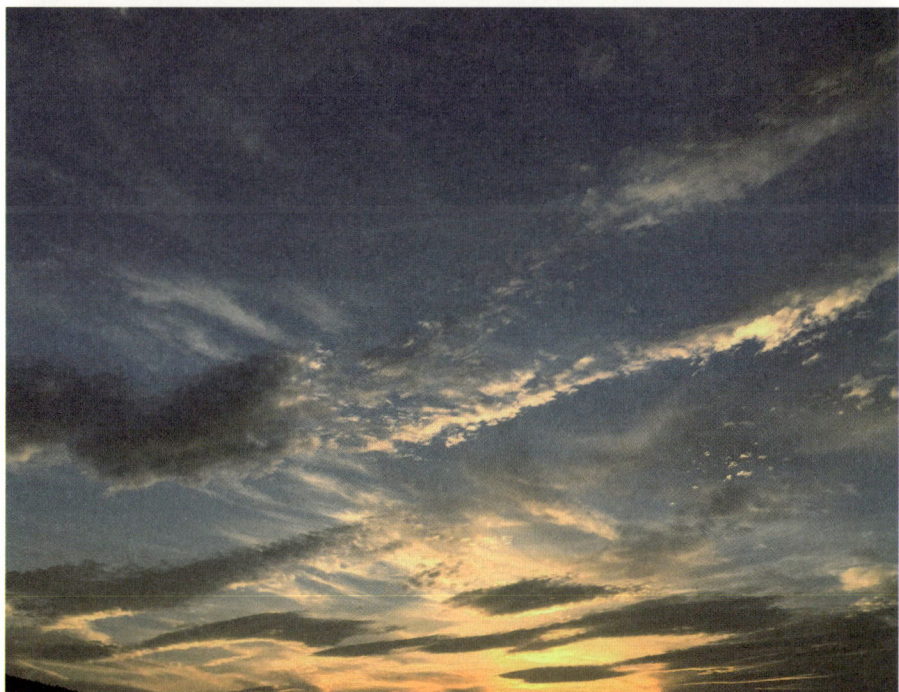

到云南去看云

中国很多省区以山川河流命名，只有云南是以天上的云彩命名的。所以，到云南，千万记得留心：去看云。

云南的云煞是好看。天空瓦蓝的底色，衬出的云格外引人注目。要么显得特别白皙，要么排出独有的阵形，一旦染上色彩，就更加如诗如画如痴如醉如梦如幻。

就这样站着，看云。你会觉察到水的苦乐年华，你能体悟到人的浮生无边，你一定会放飞自己的想象，让思绪，信马由缰。

红土高原上空，分明是另外一个世界。天，依然是碧澈巍然的天；云，却成了闲人，成了散漫的羊群，成为自在客，成为慢生活的表征。三五成群，或卷或舒，悠悠。有的在一起嬉戏，有的散开去踱步，有的一时兴起，编排出各种各样的舞蹈，曼妙可人。白得那样一致，那样纯洁，那样柔和，那样和蔼可亲。

云南的云，当然也会呼风唤雨，也会电闪雷鸣，也会招摇过市，也会疾走飞渡。但绝大多数时间，是从容的、淡定的、优雅的，显得尤其萧散本真。

在佛家看来，世上所有的学问分有漏和无漏两大类。凡不能让人超越生死、跳出轮回的学问都属有漏，反之为无漏。有漏学问只具备相对真理性。站在生死界面来咀嚼，有漏解决生的疑虑，无漏解决死的困惑。萧散本真四字，让世上多少事以不了了之。

到云南去看云。此中山林故土，石竦亭立，民隐由经眼过；诗情画意，云开塔峙，余怀乐与人同。

到云南去看云，像品普洱那样去品人生。有联云：行路最难，才数起水驿山程，稍安毋躁；入关不远，莫忙逐车尘马足，且慢为佳。

到云南看云，会看出白云苍狗，会看出岁月悠悠，会看出柳暗花明，会看出灵魂如何去进行自我救赎，自我修行。

到云南去看云吧。我们江西人，写过《桃花源记》的陶靖节先生早就说过：此中有真意，欲辩已忘言。

游西山大觉寺

大觉寺位于北京市海淀区阳台山麓，始建于辽代咸雍四年（1068 年），称清水院，金代时大觉寺为金章宗西山八大水院之一，后改名灵泉寺，明重建后改为大觉寺。

坐西朝东的建筑形制，是该寺庙区别于汉人寺庙特点之一，表达了契丹人的日神崇拜理念。

该寺又以灵泉、古树、玉兰、环境优雅而闻名。"大觉寺八绝"大多以奇树为托，分别是：古寺兰香、千年银杏、老藤寄柏、鼠李寄柏、灵泉泉水、辽代古碑、松柏抱塔、碧韵清池。寺中雕像极有品位，匾额也不错，尤其浓荫蔽日的环境，恍若与大都市隔绝。到北京无数次，第一次到大觉寺，真心感觉不错。

山西平遥双林寺

天下寺庙很多，双林寺是独特的那个。

山西平遥双林寺，"供奉"有两千多尊彩塑造像。这些彩塑代表了中国明代雕塑的高峰，构思巧妙，气势磅礴，生动传神，栩栩如生，被誉为"东方彩塑艺术宝库"。

双林寺彩塑的绝妙之处，首先是人神共位。其次是形神兼备：佛祖慈眉善目，观音隽逸超尘，金刚瞋目裂眦，菩萨明眸善睐，主子派头十足，奴婢神气活现。每尊雕塑，都是精品，无不表现得恰如其分；罗汉和众生的形态更为多彩，或知睿深邃、闭目思禅，或神色飞扬、高谈阔论，或嬉笑怒骂、左顾右盼，仿佛重看《三言两拍》，大明王朝的街头巷尾，当年情景活泼再现。第三是创意大胆，使得高高在上的神灵走下神坛，与凡夫俗子同喜共怒，走出一条庄严肃穆的寺庙世俗化、凡人化、民间化之路。

中国儒释道文化，在这里同台演出人间大戏，确乎寺院中的雕塑博物馆，且原汁原味。

我那天参观完，坐上车，真的半天没有回过神来，至今仍在咀嚼回味。

2015.7.15

山西平遥双林寺

夏季到庐山来看雨

是这样的一个季节，这样的一场雨。好像已经许久许久，不去注意雨、特别是山中雨的来龙去脉了。在城市里生活，五光十色，车水马龙，谁还会去关注雨呢？而庐山的雨，尤其是夏天的雨，的确是值得关注的。

先是雨点，忽然就轻轻地敲打窗户，窗户轻轻地回应着，像手指蹴到了琴的弦，发出有节奏的声音，噼啪、噼啪，声声入耳。

再是风起。风不响，只是让云狂奔，让树木花草颤动，山岭之间，顿时风云际会：风追着雨，雨赶着风，风和雨联合起来，追赶着山岭山洼里的各种形状的云，像草原上的牧马汉子，在暴风雨来临前，赶着他的牛羊，狂奔。

慢慢地，风停了，只剩下了雨。雨没有了舞伴，便不再疯狂，放缓脚步，用她的丝织成一张大网，罩住大山，从云层一直垂挂到地面上。

这时，从玻璃窗向外望去，天地间像挂着无比宽大的珠帘，迷迷茫茫一片。雨落在对面的屋顶的铁皮瓦上，溅起一朵朵水花，一层薄烟立即将红房顶笼罩起来，为那团红，晕上银灰色的裙边。

庐山的夏雨性子急，喜欢毫无预兆的来，又喜欢突然收住脚步，拂袖而去。令人想到人生的突兀与无常，舞榭歌台，风流总被，雨打风吹去。

夏雨渐渐走远。远处一个个红房顶隐在绿涛中，烟云弥漫，海市蜃楼一般。一座座山峦站在云端上，隐隐约约、忽高忽低，如同人间仙境。

在庐山看雨，当然也是虚度光阴的一种。但是，世上任何事物，都是阴阳平衡、虚实相间的，虚度光阴其实也是在咀嚼光阴。

在庐山看雨，你不但能看出大山的丰富表情，还能看出人的一生，就像山中夏雨：来时一丝不挂，去时一缕青烟。

庐山听雨

宝峰禅寺

出靖安城西行，越谌母岭，穿大梓河，忽见禅楼栉比，梵宫林立。迎面一座大牌楼四柱三门七檐，琉璃瓦顶，额坊中书赵朴初先生亲题的"马祖道场"四个大字，庄严巍峨。

宝峰寺背靠石门山的宝珠峰，左右有二山环抱，整个山形若九龙竞珠，是谓"九龙荟萃"。原中国佛教协会会长一诚长老撰联：宝峰净域，法雨源流，天下丛林从此起；马祖道场，宗风广被，西来大意个中求。此联点出了亮点，即该寺为天下丛林源头，马祖道一的归骨之地。

马祖之禅可以概括为三句话：心是佛；非心非佛；平常心是道。这是三重递进关系，首先强调众生皆有佛性，不外求，也不要痴于各种迷障，而是直指当下，明心见性，顿悟成佛。第二是专门为破除人们对成佛之心执着不舍而立。体会到自心的圆满自足，又不起成佛之念，才是佛的正途。平常心是道，此之谓也。马祖道一圆寂后，其弟子怀海傍墓结庐，以报恩守孝之心修行，终建奉新百丈寺，立《百丈清规》，成就又一代高僧。

宝峰寺设有虚云纪念堂。虚云大师长髯垂胸，咖趺打坐，双目微张，似乎在作"你是谁？你从哪里来？要到哪里去"的哲学思考。法像两边，虚云大师自撰联一幅：

坐阅五帝四朝，不觉沧桑几度；历尽九磨十难，了知世事无常。

虚云在世 126 佛岁，多有开示。例：

生命可置之度外，因果不可昧于毫厘。

生日又云母难日，自哀未遑，切不可作寿庆贺。

以智慧明鉴自心，以禅定安乐自心。以精进坚固自心，以忍辱涤荡自心。

以持戒清净自心，以布施解脱自心。

坐禅要晓得调养身心。若不善调养，小则害病，大则着魔。

用功的人要善于调和身心，务使心平气和，无挂无碍，无我无人，行住坐卧，妙合玄机。

宝峰寺内设有江西佛学院，听者甚众。

且说马祖道一先到南岳衡山，从怀让大和尚处取得南宗禅法后，曾回归过蜀地什邡，众乡亲迎之，热闹非凡。其中一老婆婆忽然说："将谓有何奇特，元是马簸箕家小子。"与耶稣返乡的故事如出一辙。马祖叹曰："劝君莫还乡，还乡道不成。溪边老婆子，唤我旧时名。"呵呵，若不是那老婆婆多句嘴，伤害了马祖道一的自尊，恐怕宝峰寺就不在江西，而在四川了。

马祖一生共建寺院丛林48座，故有"马祖建丛林，百丈立清规"之说，载之史册有名有姓的马祖法嗣共有139人之多，其中成为禅宗宗匠者达84人。所以，由马祖、怀海师徒创立的禅门宗风，在中国禅宗史上被称为"洪州禅"，随后则开出了沩仰宗、临济宗、杨歧宗、黄龙宗等著名的禅宗宗派，至今禅风广被，绵延不绝。南禅自马祖始开始燎原，几占中国佛教半壁以上的江山。宝峰寺也因之成为禅林重镇。

2015.9.5—7

宝峰禅寺

山水清音如琴湖

　　每次到如琴湖，都有水面初来云脚底的感觉。从空中鸟瞰，如琴湖就是卧在庐山西谷怀抱中的一把小提琴。风吹过，便会拨动她的琴弦。

　　上世纪八十年代为她写过一首诗《如琴湖夕照》：

> 金色的山岗，
>
> 金色的树林，
>
> 金色的花朵，
>
> 金色的小亭。
>
> 如琴湖，一把金色的小提琴。
>
> 晚风拨动了琴弦，
>
> 掠过一串金音。
>
> 几个游人醉了，
>
> 变成雕塑，
>
> 被夕阳镀上一层金粉。

　　记得那是一个秋天的傍晚，我从牯岭街经河南路回家，见西天的云彩映红了湖面，满眼金色，顿时惊愕不已，恨不能有个相机将此景拍摄下来，作为永久的纪念。可是，那时候哪有钱买相机呢？踏着夕照中的山路回家，一路上寻词造句，方有了这几句，以为在用文字与雕绘者争长。几十年过去，现在重游如琴湖，更加觉其随物赋形、妩媚动人。

2015.9.10

如琴湖

从白鹿原到《白鹿原》

原，作原。

关中平原的山，多为秦岭山脉。站在平地看，是山，登上去，则是平原。为了区别平原，又叫原。

白鹿原在蓝田，原上有五个乡。东靠终南山东段的箦山，依偎在终南的怀抱，南临汤浴河与岱峪河汇入浐河再向北转入渭河，北依辋川灞河，三面环水。南北宽约9公里，东西长约20公里，原面平坦，从东南向西北分布。土地肥沃、空气清新、四季分明。

白鹿原因有白鹿出现而名。《后汉书·郡国志》载："新丰县西有白鹿原，周平王白鹿出"。《水经注》《太平环宇记》也有："平王东迁时，有白鹿游于此原，以是名"。

白鹿原在当代真正有名，是因为陈忠实的长篇小说《白鹿原》。

由于透析了国人心灵与欲望裂变，这部小说得以获奖并广泛传播。它是白鹿村族长白嘉轩困顿磨难中秉承一生的仁义守己，是族长继承人白孝文被教化压抑后的放浪形骸，是长工鹿三的铮铮铁骨和卑微认命，是其子黑娃对低贱人生的愤怒不甘，是乡绅鹿子霖追逐权益的放纵奉迎，是其子鹿兆鹏把握命运的自觉变革，而让天下所有男人乱性的田小娥，既勇敢地追求天下所有女人最基本的幸福，又不得不在生存的压迫下委身于一个又一个男人，直至悲剧的来临。

真的到了白鹿原，不知何故，李白的那首《菩萨蛮·平林漠漠》总是如影随形，久久挥之不去：

平林漠漠烟如织，寒山一带伤心碧。暝色入高楼，有人楼上愁。

玉阶空伫立，宿鸟归飞急。何处是归程？长亭更短亭。

此词写的是深秋暮色之景，细细咀嚼，会浸染在一种离愁别绪之中。其结构呈网状，情景交织，句与句之间紧密相扣，再联系眼前的景致，会出现一个浑然天成的意境，仿佛就是白鹿原那两个家族世代恩怨的写照。

　　《道德经》中说，不争是大道。无论是人与人之间的际遇，或是人与风景之间的际遇，求得适意、自足、忘情，方叫立地成佛。

2015.11.18

龙岩·连城

大山深处的连城县是革命老区和客家文化名城,是客家人的聚居地和发祥地之一。

连城境内东西两侧均为崇山峻岭,层峦叠嶂,道路崎岖起伏。查资料,发现这里在民国以前,千余年来陆路无车马可代步,出门全靠步行,虽然爬山越岭,备尝艰辛,却是比较安全。水路也因溪流短促,滩多水浅,除放排筏顺水漂流竹木外,可供船舶运输的仅朋口—新泉溪数十公里。难怪客家人逃避战乱,要选择这里作为栖居地。当年的红军,也把这里当成根据地。

真是一个山穷水尽、坐看云起的地方。

王维诗:中岁颇好道,晚家南山陲。兴来每独往,胜事空自知。行到水穷处,坐看云起时。偶然值林叟,谈笑无还期。

民国时期,开始修通龙岩—连城—长汀、永安—连城—朋口、连城—宁化3条公路,但坡陡弯急,路况极差,桥梁损毁缺修,通车率很低。

正因为闭塞,连城的山水张开温暖的怀抱,让那些在乱世无路可走的人,寻找到柳暗花明的生机。

客家的先民们一代又一代,在这片桃花源似的热土上播种耕耘,创造出不同于中原,也不同于当地的异样文化,哺育出一批又一批优秀儿女。

山河表里。山水是表,文化为里。我改张养浩词,献给第一次谋面的连城:

峰峦如聚,波涛如怒,山河表里龙岩路。望西都,意踟蹰。

伤心历史经行处,宫阙万间都做了土。兴,百姓苦;亡,百姓苦。

筚路蓝缕,开疆拓土。柳暗花明,躲过劫数。任你天地移,我自耕与读。且看天上月,苍茫照围屋。蓬山千万里,几人能透悟?

现在,这里可以行进动车了,不久还会有高铁。这束现代文明之光,将山遥水远的苍老连城,一下子照亮在了世界的眼前。

连城,走过岁月的长河,回眸,居然符合最近网上流传的四句话:健康是最大的利益,满足是最好的财产,信赖是最佳的缘分,心安是最大的幸福。

冠豸山

记得小时候，听母亲与外公对话，都是讲的客家话。我基本听不懂，但懵懂感觉到，我生命中至少有一半，与客家有缘。

独角兽我是知道的，《西游记》里有，可不是独角鬼王，而是太上老君的那条青牛，叫独角兕王，本领很大。

独角兽的学名叫獬豸（xiè zhì），是中国古代神话传说中的神兽，体形大者如牛，小者如羊，类似麒麟，全身长着浓密黝黑的毛，双目明亮有神，额上通常长一角，所以又叫独角兽。

獬豸懂人言知人性。它常常怒目圆睁，辨是非曲直，识善恶忠奸，发现奸邪贪腐的官员，就用角把他触倒，然后吃进肚子。人间往往多不平，所以，老百姓往往把獬豸看作是勇猛、正义的守护神，是司法"正大光明"、"清平公正"的象征。

冠豸山，算是客家人心中的一座名山了，有着"客家神山"以及"生命神山"之称。

其实獬豸形象是人类蒙昧时代以神代法的见证。相传在春秋战国时期，楚文王曾获一獬豸，照其形制成冠戴于头上，于是上行下效，獬豸冠在楚国成为时尚。秦代执法御史带着这种冠，汉朝也是这样子。

显然，冠豸就是獬豸冠的简称。

丹霞连绵，睡卧如兽。石是山的骨骼，水是山的脉搏，鸟是山的歌喉，云是山的衣裳。而公正廉明，则是山的灵魂。

天地玄冥，江湖夜雨。多少年来，冠豸山为客家人默默地遮风挡雨，给了客家人安全感与归属感，仿佛就是天造地设的石围。

冠豸山，客家人的守护神。这里，风能进，雨能进，男人能进，女人能进，只有坏人不能进。

一般认为，客家的大本营有四州：惠州、梅州、赣州、汀州。

外公不在了，母亲也不在了，我不知道他们来自客家哪一支，哪一个营垒。

有人说，世间所有相遇，都是久别重逢。时速二百公里的赣瑞龙动车开通在即，我终于见到了这尊大神。冠豸山，向你致敬！

向伟大的公正廉明，致敬！

2015.12.9

冠豸山

汪山土库

汪山土库地处南昌市新建区大塘坪乡汪山岗，有"江南豪宅，民间故宫"之称。

汪山土库往往引起歧义，不了解的人以为是个土围子，其实是一群青砖大瓦房。

据称，鄱阳湖地区把大型的青砖瓦房称为"土库"（本字为"土毂"，音 [tu-kuk]，《玉篇·土部》："毂，土墼也。"），由于地处汪山，故名"汪山土库"。

我以为还是叫"程家大屋"靠谱。

程姓，一种说法是以国为姓。伯符在西周前期被封在程地，建立了程国。程国人都姓程。

三家分晋，程婴的后裔迁往赵国首都邯郸。秦汉时期，鲁国人程郑举家迁往蜀郡邛崃（今属四川省），且有其他程姓迁往浙江乌程和江西南昌。总之，早在秦汉时期，程姓已在大江南北地区生息繁衍。

存孤全义，倾盖论交；玉色金声，祥云瑞日；重黎聪哲，休父疏支。是为程氏家训族望。

有"程门立雪"典故。旧指学生恭敬受教，现指尊敬师长，比喻求学心切和对有学问长者的尊敬。

典故出自《宋史·杨时传》："至是，游酢、杨时见程颐于洛（今洛阳），时盖年四十矣。一日见颐，颐偶瞑坐，游酢（音 zuò）与时侍立不去。颐既觉，则门外雪深一尺矣。"

程家大屋（汪山土库）由"一门三督抚"的清代湖广总督程矞采、江苏巡抚程焕采、安徽巡抚程楙采等九兄弟筹资兴建。

有权有钱又有想法，事情就好办。

程氏兄弟想子孙孙封闭起来饱读诗书，世世代代博取功名，前后花了差不多 70 年的时间来建这座大围屋。道光元年（1821 年）开建，至咸丰年间（公元 1851 年）初具规模，光绪年间完全建成，至今已有 190 多年的历史。整个建筑占地 108 亩，内有房屋 25 幢，1443 间，说是民间故宫并不为过。

这是一座异常奇特的建筑，有江西民居的味道，又有徽派建筑的影子，有客家土楼的元素,还有清朝宫廷建筑的风格,堪称江南一绝。外观青砖黛瓦,封火山墙,气势恢宏、巍伟壮观;内部巷道纵横、花楼重门。身置其中,冬暖夏凉,舒适宜人,晴无日晒,雨不湿鞋。木雕、石雕、砖雕皆精美绝伦,神采飞扬。

走在大屋里面,仿佛进入了八卦迷魂阵。

程家大屋(汪山土库)以深厚的文化底蕴和怪诞造型,孕育了一个曾经叱咤风云的豪门望族,培养了好几代文彦俊士,社会名流。林则徐曾书一联馈赠:湖山意气归词苑,兄弟文章人选楼。

建筑以祖堂为中心,东西展开,南北朝向,地势前低后高,9幢排开,7幢退后,有通风、采光天井572个。幢与幢相携、进与进相连、巷与巷相通,巷道交错、庭堂深邃,祖堂、保仁堂、谷贻堂、光裕堂、诵芬堂、稻花香馆、醉月楼、望庐楼、接官厅等等,不胜其数,各尽教化功能,尽显门庭风流。

最近南昌挖掘的海昏侯墓葬,就在离程家大院(汪山土库)不远处。

在传媒的鼓噪下,海昏侯墓葬已经声名鹊起,而汪山土库却仍然养在深闺人未识,常常门庭冷落车马稀。

窃以为程家子弟不到程家大屋(汪山土库)祭祖朝圣,终为憾事;学建筑设计的不知道程家大屋,亦要抱恨。

如果有机会有谁能为程家大屋拍摄一部纪录片,善莫大焉。因为汪山土库也就是程家大屋,天下罕见。

汪山土库

景德镇纪行（一）

2016 年 3 月 17 日　阴雨

从南昌到景德镇，现在方便了。出城东，上高速，一个多小时便到。

景德镇位于黄山、怀玉山余脉与鄱阳湖平原过渡地带之间，明清之际就与广东佛山、湖北汉口、河南朱仙镇并称为"中国四大名镇"。

正是千年窑火的煅烧，造就了中国引以为自豪的陶瓷帝国。

而今的高速公路，修在鄱阳湖的河湖港汊之上。

汽车先是疾驰在一望无际的湖滨地区，渐渐地，就能看见山地扑面而来。

山近了，景德镇就快到了。

有诗曰："莫笑挖山双手粗，工成土器动王都。历朝海外有人到，高岭崎岖为坦途。"

山上有瓷土，有柴，还有水流，山垅里可种庄稼可种茶。这样的地理环境，先养人，再养陶与瓷，足可让烧成的瓷器沿着东江、昌江走向鄱阳湖，走向长江，通往大海。

景德镇生产瓷器的历史很长，唐代烧造出洁白如玉的白瓷，便有"假玉器"之称。在宋代获殊荣，宋真宗将年号"景德"赐给景德镇，于是景瓷驰名天下。之后，历元明清三代，成为"天下窑器所聚"的全国制瓷中心。到得清康、雍、乾三朝，瓷器发展到历史巅峰："白如玉，薄如纸，明如镜，声如磬"。尤其到了晚清至当代的瓷上装饰，融工艺、书法、绘画、诗词于一炉，成为文人雅士和殷实人家的至爱。

无论从哪个角度看，景德镇都适宜宏大叙事与微观体察的双重描绘。

漂泊者落脚的驿站？瓷上绘画大师的摇篮？成功者飞跃的支点？失意者沉戈的伤心地？

它辉煌、有序、规整、富有生机、名动天下；又嘈杂、混乱、肮脏、钩心斗角、唯利是图。

高贵而猥琐，富丽堂皇又庸俗不堪。让人既恨又爱，欲罢不能。

如果说人类中的一部分是灵魂漂流的一族，那么，景德镇这座城市，很适合灵魂漂流。

景德镇纪行（二）

2016 年 3 月 18 日　多云

景德镇四面环山，母亲河昌江青罗玉带般自安徽祁门蜿蜒而来，穿城而过，遇城南的岚山西折，转而流向鄱阳湖。

上世纪六十年代以前，景德镇未通火车，连汽车都很少，进出物资大部分靠舟楫。十里江岸，十里码头。晨光熹微，车水马龙人声杂；夕阳激滩，纤绳绷直号子响；夜幕低垂，满河桅杆两岸灯；日出雾散，一江风顺一江帆。

来自四面八方的人们，围绕着昌江讨生活，安身立命。

安身：在某处安下身来；立命：精神有所寄托。安身立命，指生活有着落。

瓷器，是景德镇人安身立命的最大依托。

剑桥大学教授李约瑟博士称景德镇为"世界上最早的一座工业城市"。康熙六十一年，法国传教士昂特雷科莱（殷弘绪）说景德镇有 100 万人口，3000 座窑。《浮梁县志》也记载："列肆受廛延袤十数里，烟火近十万家。" 记录了当年景德镇的盛况，嘉庆年全国财政收入 4013 万两，景德镇 610 万两，其中民窑就有 600 万两。

昨晚酒后，朋友陪着，沿昌江散步。

春江水暖。清澈灵动的昌江，越发显得曲折有致姿态婀娜。

世界所有的河流中，恐怕只有昌江有瓷滩。瓷滩，瓷器堆就的滩头呵。

日复一日，年复一年，装卸，倾倒，藏匿……十里河床里，尽是青花、粉彩、釉里红……

清人凌汝锦有一首《昌江杂咏》：

重重水碓夹江开，未雨殷传数里雷；
春得泥稠米更凿，祈船未到镇船回。
百种佳瓷不胜挑，霁红霁翠比琼瑶；
故家盆盎无奇品，不羡哥窑与定窑。

诗写得一般，却把当年水上岸边的瓷都面貌勾勒了出来。

到处都是瓷。景德镇的孩子们纵使与水嬉戏，还是离不开瓷。

蓝田玉暖日生烟，瓷亦如此。与瓷厮磨久了，器皿里便有了自己的体温，还有荡漾如春的往事。

晚风拂面，心却沉溺在这满盛瓷器的昌江。水中浸泡着多少朝代，多少风流。灯光映照在江面上，升起一种时光之外的感觉。作为景德镇的过客，只能素而不浊，淡而含蓄，婉转细腻地看，有时还要驻足，凝视，像前世的因缘。

夜的黑，渐渐浓了，两岸灯火阑珊，恰如水点桃花，闪烁着瓷片的温润。

景德镇纪行（三）

景德镇陶瓷学院，现在叫景德镇陶瓷大学。

这是一个老牌大学了。学校前身为 1910 年创办的中国陶业学堂，算起来有一百多年的历史了。

该校校训为"诚朴恕毅"。四个字分别取自《易经》《论语》和屈原的《九章》。说实话，我不认为这四个字有什么特别之处。

景德镇陶院出了不少人，在中国陶瓷艺术界风生水起。只可惜"大师"太多，学者、科学家和工程师太少。

景德镇陶瓷学院，毕竟不是景德镇陶瓷艺术学院。

不管怎样说，景德镇还是因为有了陶瓷学院，才有了学术的高地，才有了源源不断输送创新能量的发动机。

社会学认为，温饱问题解决以后，物质条件对幸福的边际效应迅速降低。于是，注重实用功能的日常陶瓷渐次让位于具备观赏功能的艺术陶瓷。

所以，大家都拼命投奔艺术，生怕慢了节奏。

不仅仅是陶瓷学院，景德镇几乎家家户户都与瓷有染。

在景德镇观瓷，特别是宋代瓷，其实就是在观看劳动者的精湛手工制作过程，就是在近距离聆听瓷的声音，如同听到了花朵的绽放。而拍摄一件艺术品从泥到器的成型，就是在记录一个地域文化的演进。

青花、玲珑、粉彩、颜色釉，合称景德镇四大传统名瓷，加上薄胎瓷、雕塑瓷，算是六大瓷品品牌。

瓷上绘画，现在风头正劲。

一百年以后看，能成为第七尊铜像吗？

昨天下午到了进坑的东郊学堂，见到了北京大学考古系毕业的黄薇女士，听了她滔滔不绝的理想，她五彩斑斓的梦，觉得如果在景德镇安个家，有诗意栖居的可能。

景德镇纪行（四）

2016 年 3 月 20 日　晴

刘晓玉和她的宝泥房（上）

我到景德镇，一般都会到宝泥房坐坐。看看晓玉的父亲刘品三先生和他们父女俩新创作的吉州窑瓷。

宝泥房是吉州窑瓷在景德镇的一座离宫。

刘晓玉留学东洋，用了整整八年时间在日本东京艺术大学攻读文化遗产保存学，获博士学位。回国后在景德镇陶瓷大学任教，目前是景德镇传统颜色釉瓷烧制技艺非遗传承人，江西省吉州窑陶瓷烧制技艺传承人。她对吉州窑情有独钟，全身心都扑在吉州窑瓷的研究和探索＼创新上，经常探访古窑址收集资料，并且为配制出与古瓷相仿的原材料反复实验。同时，她仔细研究烧制技术，不断读书求艺，在创新中传承古典之美。

为了吉州窑的那个"伊"，刘晓玉"消得人憔悴"。

吉州窑瓷用黑釉烧制，与景德镇瓷器的风格有天壤之别。一白一黑，仿佛白天与黑夜，让人深得阴阳平衡之理和岁月轮回之妙。

民间剪纸艺术经过创造性的移植，成为吉州窑独特的装饰符号。剪纸贴花纹样追求纹样图案与釉色肌理相结合，使装饰更加具有人文精神。木叶纹样追求天人合一的效果。彩绘瓷主要技法，表现在笔画随意、风格朴实、色彩柔和、含蓄内敛里。

每一件木叶纹盏精品的出现，都非常不易。一般人能掌握它的工艺流程，却不能够完全掌握它的最终结果，谁知道一窑下来，有多少可用之材呢？正因为木叶纹盏的形成条件苛刻，所以至今它仍停留在小作坊式的手工生产制作方式上，不能大量生产。

刘晓玉的作品以彩绘瓷和黑釉瓷为主，她秉承吉州窑瓷的传统特色，同时加入自己经过思考和实践后的新元素。她的梦想其实很简单，就是让更多的人了解吉州窑，用自己的努力使这项传统技艺更具影响力和竞争力。

吉州窑位于江西吉安县境内，离景德镇有点距离，刘晓玉经常自驾汽车，奔波于吉景之间，非常辛苦。

吉州窑是我国目前保存完好的古名窑遗址之一。它始于晚唐，兴于五代、北宋，盛于南宋，衰于元末，是中国古代黑釉瓷生产中心之一，在中国陶瓷史上占有十分重要的地位。

正因为当年的妙龄女子刘晓玉将吉州窑看成了情郎，吉州窑便将传承衣钵的大愿，许给了她。

一晃，将近十年过去。

山也不是那座山，河也不是那条河了。

到景德镇看吉州窑瓷器，我以为最好的去处是：刘晓玉的宝泥房。

景德镇纪行（五）

2016 年 3 月 20 日　晴

刘晓玉和她的宝泥房（下）

不期而遇叫邂逅。

邂逅一：在宝泥房，无意间遇上了写《地下江西》的作者铱人女士。她不是与生俱来就喜欢考古发掘的，聊天后方知竟然是 CCTV10《探索与发现》的"勾引"。

从此陷入已经远去的历史谜团中不能自拔。

邂逅二：内子属猴，今年本命年。品三先生见状，取出所绘寿桃猴盘一只，以为贺。生动，简洁，朝气，吉祥……喜从天降，乐不可支。

宝泥房共有三处：景德镇宝泥房；吉安县吉州窑宝泥房；南昌宝泥房。各有各的特色，各有各的用途。

这些宝泥房我都去过，总体印象就是花间的那壶老酒：吉州窑的醇香，在醉倒过无数脚印的地方弥漫，被一个女子用心血酿成许多花瓣，开出簇新的妖媚。

在宝泥房品瓷论道，颇有古人引退归里之感。所谓谈笑远红尘，记曾数度来游，尽品题邓尉梅香，鄱阳春色；木叶开瓷上，试看经纶小展，也管领雨中桃树，槛外昌江。

我们无须与时光对峙，只要照亮它们便已足够。

景德镇这座城，在宋朝人的眼中已然绽放如花，到乾隆年间开到荼蘼。今天，在无数洁白如玉景瓷的映衬下，宝泥房里黑漆漆的吉州窑瓷，成为一个风姿绰约的传奇。

南朝宋人殷芸讲了一段小故事，说是四个人邂逅神仙，分别陈述诉求：第一个人想发财；第二个人想当扬州刺史；第三个人想骑鹤成仙；最后一个人是腰缠十万贯，骑鹤下扬州。

最后一个人把前面三个人的愿望全部囊括了，大才呵。

当下亦有机会：

宝泥房的女主人刘晓玉，尚待字闺中。

景德镇纪行（六）

2016 年 3 月 21 日　雨

在景德镇，大师泛滥成灾。

其实国家一开始就把评选标准弄拧巴了。以艺术陶瓷为例，艺术陶瓷三大块：材料，器型，瓷上装饰。我们评大师，只评瓷上装饰这一块，而且在这一块中又偏重在瓷上绘画。

于是，荒诞离奇的事情频频发生：一方面大师遍地，一方面文化恶性退化。不识几个字，能画点画的人都被评为"大师"。

传统中国画对画家的要求，五条基本标准：诗、书、画、印、经。那么对大师呢？

"大师"这个词所包含的最重要禀性，朱大可先生认为是强大的文化原创力和价值体系的建构力。

由是，一些非常有分量的艺术家不敢自称也不让人称自己为大师。

著名京剧表演艺术家、梅派传人梅葆玖先生在收徒仪式上郑重言道："有些年轻人称我为大师，我说：'胡说！我不是大师，我是干活的！'真正的大师是我父亲，是四大名旦，四大须生，是杨小楼这样的前辈艺术家！我希望我们的民族能够真正认清什么是大师的标准。各行各业都是如此。"

清华大学的白明早是知名陶瓷艺术家了，且在西方国家影响很大，他从来就不喜欢人家叫他大师。

大师是塔尖上的人物，任何时代任何社会都是极少数。

一个地方一年评出 50 多个大师，只能成为历史的笑柄。

对大师的泛评，导致了"大师"这个词的污名化。大师已经沦为调侃、戏谑、讽刺乃至骂人的字眼。

一个一个正面的、严肃的语言词汇，被解构，被剥去外衣，被历史丢进垃圾桶，是中国文化的耻辱，是制度建设的悲哀。

文化价值体系的严重分裂，凸现了公共审美尺度正在接受前所未有的挑战。

雨纷飞。车过瑶湖，南昌城在望中。

坯房

进坑的水车

明月山斫酒

酒是酿造出来的，何为斫酒？

呵呵，这是近年来一种新的造酒法：幼竹时将酒注入竹节中，让酒与竹一同慢慢生长，一年或数年后，伐之取酒，谓之斫酒。

七闲竹酒产于宜春明月山，色泽金黄含绿，清澈透明，即有一丝丝药材的芳香气息，又有高粱酒基久居竹节中的山野清香，小呷一口，浓厚、绵柔、醇滑、甘甜……

从温汤镇上山，到处是竹。风吹过，竹叶婆娑，风情万种。

不是每根竹子都能植入酒的，就像不是每个人都符合条件当兵一样。春日里，合作社员进山，挑可望长成壮实伟岸大竹的幼竹将酒注入，每根竹最多只能植一节到两节，多则无法承受。我们喝一节酒，往往就是整根竹的全部营养。

亲手将竹斫下，取出酒，用小竹节做成小酒杯，立高峰远眺，临风把盏，一览宜春小，其喜洋洋也矣。

白居易在其《忆江南》诗中曾记载过一种竹叶酒，云：江南忆，其次忆吴宫，吴酒一杯春竹叶，吴娃双舞醉芙蓉，早晚复相逢。

人非土不立，非谷不食。以传统的社酒形式来祈求丰年，庆贺收获，酬神谢祖，是汉民族重大的祭祀活动。可惜现在差不多失传了。

于是，有人准备在宜春明月山，举办首届斫酒节。

还记得王驾的那首《社日》吧：鹅湖山下稻粱肥，豚栅鸡栖对掩扉。桑柘影斜春社散，家家扶得醉人归。

天才创意，神奇产品，梦幻舞台。宜春一位有影响力的朋友如是说。

张潮说：胸中小不平，可以酒消之。世间大不平，非剑不能消也。

届时，上竹山亲手斫一筒竹酒喝，到山下温汤镇泡一个热气腾腾的温泉澡，洗心革面，濯足濯缨，肯定会别有一番滋味在心头。

2016.4.16

在明月山：斫酒

筑卫城遗址（上）

大美无言的江右山川，总是向人们不断地展现她的物华天宝、人杰地灵。

海昏侯大墓的帷幕尚未落下，筑卫城遗址又向我们隐隐走来。

樟树市城区东南9公里的洪光塘村大姑山土岗，一处我们江南随处可见的山岗。如果没有风与云的际会，谁能知道这是一处包括新石器时代、夏代、商代、西周、春秋、战国六个时期的文化堆积，谁能知道这是上限距今约4500年，是国内迄今为止保存最完整的早期文明大型土城之一。

谁又知道这可能是江西乃至整个长江流域文明的元典标识。

没有专业人士引导解读，到这里绝对·无所获。在我们这些外行看来，无非是一处长满了草的沟沟壑壑，是一个理想的放牛场。

还好，文博专家、樟树市文物局局长李昆先生亲自为我们导览。

李昆很专业，也很投入。在他的引领下，我们攀木制台阶，登上了约有十几米高的土城墙。

放眼望去，蜿蜒的土墙上芳草萋萋，间或有几丛荆棘附在土墙上恣意地生长。古城的轮廓清晰，但空阔寂寥，仿佛回到了古代。云在天边挂着，只有几只牛在悠闲地吃着草。一湾几近干涸的河水穿城而过，带来了几分动感。

李昆如数家珍，筑卫城在他的叙述中渐渐明晰生动起来。

据清同治九年《清江县志》记载，该地"乡民筑城自保"，"筑卫城"因此而得名。该遗址东西宽410米，南北长360米，总面积14万多平方米，有六个城门可以进出。城外有护城河，城内有内河，将筑卫城一分为二，呈现一河两岸的形制。

内河的西南部有疑似祭祀房屋遗迹及祭祀广场，估计是政治中心；河的东北部是居住区，漫步其中，俯身还能拾得刻有各种纹饰的陶片；城内有城中城，城外有城外城，城的东面还有陶窑遗迹；西边是盐井。

整个土城布局合理，功能齐全，构思巧妙，充分展现了生活在这里的赣地先民的聪明才智，他们和中华大地上其他的先民一样，用勤劳与智慧，在这块土地上创造了一个奇迹。从时间上看，它比新疆的楼兰古城、古罗马的庞贝古城更早，是我国保存最完整的早期大型土城之一。

如果证实，那么中华文化的奠基者，是否可以这样表述，除了周人，还有赣人？！

这可是让我们江西老表想起来就会亢奋的事情。

据李昆先生介绍，1947年秋，江西省文物考古调查的先驱饶惠元先生利用假日领着樟树中学的学生采集标本时，在这座土岗上惊奇地发现了气势宏大的筑卫城。1974年，北京大学历史系考古专业师生和江西省、樟树市文博工作者，在筑卫城遗址进行考古发掘，获得上层为商周文化遗存，下层为新石器时代晚期遗存的两个不同时期的地层，从而就此翻开了樟树地区人类文明史的"地书"。

地书里，到底书写着什么？是周原？还是美索不达米亚？这是一个部落，还是一个城邦？原住民？还是迁徙一族？他们祭祀，用礼器还是食器抑或酒器？

1974，翻开了地书的扉页，当然，仅仅是第一页而已。

2016.5.12

筑卫城遗址（下）

震撼：人类的确是这个星球上最强大的力量。

对于今天而言，这座土城当然算不了什么，可放在几千年前，却绝对是一个巨大而宏伟的工程。

文化是一条河流，是一个不断被创造的过程。

社会形态是变化的，文化模式也是变化的。但筑卫城设计概念中体现出的天人合一，体现出的爱与敬畏，是不变的，甚至是神圣不可侵犯的。

我注意到被青草覆盖着的城邦轮廓底下，肯定留存着先人们的原居情结。原居情结主要涉及人与土地的情感关系，情感浓烈到一定程度，便酿成乡愁。

原居情结里住着的，不仅仅是出生地，不仅仅籍贯，更多的应该是一个人长期的空间记忆。当居住地的格局、习俗、语音等等认知图绘进入到个体的记忆皮层后，这个人才会生成原居地认同，也就是原居情结。

我还注意到筑卫城里面的祭祀建筑与公共空间。祭祀建筑与公共空间优先，证明当时的城邦意志与权力想象，应该是一套自成体系的符号语言。

只有当人们有意识地去梳理历史时，历史才会显现。

你去，或者不去，筑卫城就在那里，散发无尽的谜一般的疑团。

平均寿命只有30余岁的原始人类是怎样完成这一浩大工程的？

城邦布局如此巧妙合理，还会一江两岸山水摆布，莫非神授？

还有几何形印纹陶之谜、筑土墙之谜、古城的引水之谜、议事房之谜、沉没的独木舟之谜、暗道之谜、红烧土文化堆积之谜、古城群落之谜、墓葬之谜等等等等。

全面破译筑卫城仍然是专家们的使命，而我们，则期待云开雾散的绚丽时刻。

意义不言而喻：

在汉文化圈，尽管帝国的版图不断地变化，但皇权的地理中心基本都处在黄河流域，这便使得长江以南地区的文明演进，长期处于主流视野的边缘。

而近百年来江南地区的考古发掘，正在将被误判的历史校正回来。

筑卫城大量的遗迹、遗物以及文化堆积，充分说明，江西樟树市境内在距今

4500—5000 年前已出现了原始村落、原始城市。城内的先民们过着原始农业生活，渔猎、手工业也很发达。

这里出土的印纹陶片，其纹饰有圆圈纹、漩涡纹、绳纹、曲折纹、回字纹等，多达 40 余种。有关专家根据各时代的纹样特点，结合附近的营盘里遗址和樊城堆遗址的材料，通过考古地层学、器形学分析，初步排出了南方古代文化发展的编年序列，揭示出了南方古代文化发展史的阶段性和规律性，确认筑卫城是江南地区目前印纹陶遗址"核心"地区的著名遗址，于是，这不仅在地层上推翻了上个世纪六十年代以前的"三叠层"说法，而且否定了印纹陶在过去都被看成是新石器时代晚期文化的观点。

筑卫城遗址更重大的意义还在于，它以无可辩驳的实物资料，推翻了长期以来不少学者认为的江南地区进入奴隶社会的时间要晚于中原的观点，对于全面正确地认识中华文明有着十分重要的作用。

文化面对的三大问题，人与自然的关系，人与人的关系，人与自身的关系，都有望从这座城市遗址中得到深入的解读。

这就不仅仅是考古工作者的事情了。

筑卫城遗址，一本有待继续研读的中国南方文明史地书；一番江右历史文化遗产的大气象。

2015.5.13

江城武汉（上）

武汉三镇循长江、汉水的交汇点而建，高楼大厦参差于两河四岸。

我因为黄鹤楼和李白的那句话记住了武汉。李白说：眼前有景道不得，崔颢题诗在上头。

崔颢是谁呵？那么牛！

后来知道了，崔颢写的那首《黄鹤楼》还真不错，诗云：

昔人已乘黄鹤去，此地空余黄鹤楼。

黄鹤一去不复返，白云千载空悠悠。

晴川历历汉阳树，芳草萋萋鹦鹉洲。

日暮乡关何处是？烟波江上使人愁。

此诗描写了在黄鹤楼上远眺的美好景色，乃吊古怀乡之作，被选入《唐诗三百首》。前四句写登临怀古，后四句写站在黄鹤楼上的所见所思。诗虽不协韵律，但音节嘹亮不拗口。诗歌信手而就，一气呵成，成为历代所推崇的珍品。

严羽《沧浪诗话》评："唐人七言律诗，当以崔颢《黄鹤楼》为第一。"

呵呵，按现在的诗词格律来要求，严羽先生显然过誉了。

武汉四季分明，夏天酷热，为中国三大火炉之一。

没有空调的夏夜，满街巷全是竹床、蒲扇和肉乎乎的男女老少。

那时我在庐山工作，看到一身臭汗上山的武汉人，觉得他们好可怜，老天对他们真的太不公正了。

其实庐山人也可怜，到冬天冷得寒号鸟似的。

武汉人喜欢吃，印象里到处都是吃的，像司门口户部巷、阅马场首义园、虎泉夜市、鲁磨路农家乐一条街、光谷步行街、风光村渔家乐一条街、徐东秦园路、汉阳腰楼堤、汉口天地、万松园、吉庆街大排档等等，莫不人头涌涌，乐在其中。

玩的地方也多：长江大桥，黄鹤楼，户部巷，红楼，辛亥革命纪念馆，昙华林，欢乐谷，宝通寺，湖北省博物馆，东湖磨山，听涛景区，海洋世界，武汉植物园，东湖梅园，九峰动物园，汉口江滩，江汉路步行街，中山公园，解放公园，武汉博物馆，武广商圈，古琴台，汉阳江滩神话园，晴川阁，归元寺，武汉动物园等等，到处摩肩接踵，醉入花丛。

上世纪九十年代的一天，出差武汉，专门到黄鹤楼看对联，多江风浩荡之作，如：

我去太匆匆，骑鹤仙人还送客；兹游良眷眷，落梅时节且登楼。（钱裝山作）

胜地谬持衡，每怀太白高风，叹千古文章，无意休教轻下笔；仙踪经换劫，重话辛家故事，幸一时际会，有缘仍许再登楼。（彭味之作）

湖北麻城人陈国瑞时为清廷的地方总兵（军区司令），史学界认为他是流氓无产阶级的代表人物之一，勇猛无畏，多有战功。却终因打架斗殴、抢劫贪腐等被流放黑龙江，客死异乡。他在黄鹤楼题的一联最有特色：

黄鹤飞来复飞去，白云可杀不可留。

这厮可能是杀红了眼，连白云都要赶尽杀绝！

军阀气、流氓气、戾气、粗气、霸气，五气交互，跃然江上。

陈国瑞让人将此联刻在黄鹤楼时，肯定不会想到这是自撰的耻辱碑。

2016.5.17

江城武汉（中）

武汉是一个有争议的城市。

民间有一联流传甚广，叫"天上九头鸟，地下湖北佬"，是贬是褒，理解不一。有人说状湖北人聪明，有人说形容湖北人"鬼"。

我以为聪明与鬼的成分都有。

武汉有个东湖，名气远不如杭州的西湖。上世纪五十年代，当全国人民还在为吃饱肚子着急时，他们竟然就会动脑袋想办法，为东湖胜过西湖造势，凡大领导大文化人来了，就哄着人家题字写诗。

"行吟阁"三个字，是郭沫若写的；朱德老爷了一高兴，也写下了"东湖暂让西湖好，今后将比西湖强"。

武汉话吐字清晰，抑扬顿挫，听起来很有派，他们自称"汉话"。而许多外地人不这样认为，总是抱怨武汉人讲话粗声粗气，一副逞强显能的样子。

人们谈到武汉，往往挂在嘴上的总是"大、乱、差"三个字。

说到大，武汉肯定不是中国最大的城市。论城市人口，它比不上北京、上海、广州，甚至比不上成都；论面积，也只能算是中国最大的城市之一，还是靠后排的。但在武汉人心目中，中国只有两个城市的前面能冠以"大"，其一是上海，其二就是武汉本身。

"没有杀不死的猪"，武汉人的口头禅。说这话时，那眼睛珠子是往上翻的。

武汉之"大"，或许是因为它的地域特征给人以"大气"的感觉。在这座城市里，既有大江大河，也有大湖和山陵。滚滚长江纵贯市区，串起武汉三镇，滔滔汉水分割汉口汉阳，这里可能也算是中国湖泊最多的大城市之一，沙湖、南湖、东湖等大湖分布于城区，周围还有不计其数的小型湖泊，其中的东湖是中国最大的城中湖。整个城市具有一种左拥两汉（汉口汉阳），右抱武昌，城中有湖，湖水绕城的格局。立黄鹤楼之巅远眺，真有"极目楚天舒"的感觉。

说到乱，似乎与武汉人的性格有关。他们在精明之外，自有一种放达不羁、豪爽冲动的特质，因此就显得大大咧咧，并不像某些自然环境不好的城市那样善于藏拙。所以武汉不像北京那样宏伟整齐，也不像上海那样精致洋气。当你走进武汉的街道，就会产生"乱"的感觉。

武汉的司机大大咧咧，遵章意识不强，开起车来又"猛"又"刁"。"猛"是说他们性子急，喜欢开飞车，只要路况允许，他们就会把车开得让人提心吊胆。"刁"是说他们在拥堵的车道上善于"钻空子"，只要有点空隙，他们就会设法让自己的车立刻钻进去上。因此，在武汉的街道上，经常可以见到汽车你追我赶、就连公共汽车在路上遇到乘客招手，只要没有警察，也敢随便停车。此外，电驴子、三轮车到处乱窜，行人随意穿马路的现象也很普遍。

这种乱象，让生活在更加杂乱无章环境里的南昌市民无比欣慰，文明路上，毕竟还有一个大块头蛮兄弟一路同行。

武汉人经商头脑活络，是能让人吃了亏后还要千恩万谢的那种。当年武圣路文化市场卖盗版书，新书基本都是按定价四分之一批出的，多讲几句好话，人家没准就定价的五分之一给你了，你能不感激吗？

你一转身，卖家便冲着你的背影一乐，认真数起钱来。

经过这些年建设，"差"字在武汉真的很难觅到踪影了。

中国古典哲学讲阴阳平衡，我觉得武汉的阳刚之气太烈，就像南京的阴柔之气过盛一样。

2016.5.19

江城武汉（下）

不管武汉如何进行城市升级，我还是觉得它的江湖气很重。

九省通衢的武汉是个大码头，各色人等聚集的环境造就了武汉人的江湖气，更要紧的是，它虽然在地理上位居中国中部，却远离政治中心，很少受到庄严肃穆的庙堂束缚。因此，武汉人在保有九头鸟灵气的同时，还带有一种楚人的野性和蛮气。

野性和蛮气使他们尚自由，爱冲动，无拘束，脑子里没有多少"礼"感、"规"感，说话大声武气，做事豪放洒脱，性格火辣，冲动起来天王老子都不在话下。这种性格使武汉从来都是一个容易"着火"的城市，从武昌首义到二七罢工，从上世纪二十年代的大革命到六十年代的"百万雄师"，都淋漓尽致地展现了他们身上那种火辣冲动的个性。

江湖人特别要面子。要"面子"是武汉人的软肋。"面子"使他们的价值判断经常出现偏差：面子不是钱，却比钱重要。

高消费，讲排场，摆阔气，人情风愈刮愈烈。据调查显示，武汉市民用于"送礼还情"方面的开支呈直线上升趋势，三十年来，最高年份人均增长百分之三十以上，最低年份人均增长也达百分之十八。远远超出人均生活费增长的速度。

江湖人讲迷信，武汉人也热衷此道，这里不展开。到归元寺、黄鹤楼留心一下便知。在武汉，6和8两个数字最吃香，随时随地说不打紧，2、3、4要在合适的时候说。

锱铢必较，让人觉得武汉人不好打交道。就连一般在中国总是被人高看的外国人在武汉也领教过这种厉害。上世纪末流行英语口语课，一位外教说起他曾经在汉口的经历还耿耿于怀。他在中山大道上走路不小心，踩了一位年轻人的脚，连声说对不起，可那位年轻人横眉冷对半天，坚决不买账，非要反过来踩了他一脚，这才扬眉吐气地走了。

武汉是一座热辣辣的城市，著名的火炉。白天是太阳的热，晚间是人潮的热。它充满一种平民城市的激情和活力。它坦荡而不做作，懒散而富有情趣，它不排外，你在这里几乎没有外乡人的感觉；它有个性，你在这里可以听见尖锐而爽直的言谈，却很少听到肉麻的谀辞；它见多识广，又经常沉溺于自我的冥想，当然，有时你也能听到他们自吹自擂，但比北京的出租车司机差远了。

尽管武汉高楼林立，骨子里透出的烟火味道还是很重，连早餐都称之为"过早"，人人一碗热干面，热、烫、香、干、辣，像极了武汉人的性格。

找家书店照例很难，民间小吃却到处都是，既讲究又不讲究：星级的、铺里的、街边的……

啃鸭脖子的人招摇过市，一边脸上贴着手机大声说着什么，一边嘴上挂着油渍，表情极其丰富。喧闹、动人，生机勃勃，永不厌倦。

雪小禅说：这样的武汉，像一锅沸油，日夜地烧着，不像上海，似一锅冷油，永远的冷艳。

2016.5.20

通天岩（上）

通天岩在赣州城西北郊，很近，出城后十几分钟便到了。

这里主要保留着唐朝至民国时期的石龛造像和摩崖题刻，故有"江南第一石窟"之称。

王阳明先生讲学的观心岩值得一看：小小的崖洞里，先生正在为其弟子陈九川、邹守益等人讲授"致良知"。

弟子们肃立，他们是懂得师道尊严的。

沿石阶行不远，是忘归岩。南宋赣州的提点坑冶（官名，管造币）李大正题有"天际尘清，寒谷生春"八个字，毕恭毕敬，可见李提点对通天岩心存敬畏，也是对阳明先生的敬畏。

王阳明也有诗，曰：青山随地佳，岂必故园好。但得此身闲，尘寰亦蓬岛。西林日初暮，明月来何早。醉卧石床凉，洞云秋末扫。

爱与敬畏，恰恰对应着有所为有所不为。

现在太需要敬畏了，那么多人在无法无天！

核心景观是通天岩。

在天然山壁的环绕下，多组造像呈现在悬崖之上。佛祖如来作禅定状，左文殊，骑狮；右普贤，骑象。沿这组造像向两侧延伸，则是五百罗汉，一个个表情各异，法相庄严。

南宋赣州知军胡榘有诗曰：万龛石佛坐观空，安用悬崖架梵宫；纵使风雷窒岩窦，此心元自与天通。

通天岩景区，还有广福禅林，有蒋介石准备关押张学良的双桂堂，苏东坡与阳孝本见面的阳公祠等。

踏在风雨过后有些湿漉漉的山路上，一线阳光从树隙中漏出，忽然觉得自己仿佛在时间之外。

通天岩虽然氤起云烟，却也是孤芳自赏，它骑一匹岁月的快马，绝尘而去。

通天岩（中）

说是王阳明任南赣巡抚时，经常到通天岩广福寺，有时会与惠明法师玩对对联的文字游戏。

一般都由惠明出对，王阳明作答。

惠明指着王阳明，说：

古有李守仁，今有王守仁，手中一本《太公法》，不知是兵家？是佛家？是道家？

王阳明沉思片刻，反指惠明，答：

古有卜惠明，今有尹惠明，手中一本《金刚经》，不知是胎生？是化生？是卵生？

老和尚一听，上前抓住王阳明的三绺头发说：

三叉如鼓架。

王阳明挣脱，用手指和尚光头道：

一秃若锣槌。

两人皆大笑。

转入三王殿，惠明法师指三尊佛像：

三尊佛像，坐象，坐虎，坐莲花。

王阳明答：

一位师父，念经，念佛，念观音。

两人出庙门，惠明指门前的一口方塘：

池水本无忧，因风皱面。

王阳明远眺丫山，随口答：

丫山原不老，为雪白头。

按照对联要求，王阳明这些对不能算上乘。这也正常，我们不能要求红案师傅白案也做得出类拔萃。

对联是一种讲究格律的文学样式，有其基本的格律要求。所谓对联格律（简称联律），是指对联写作的一些基本规则和格式，其核心要求是对仗。

王阳明答惠明的第一联，就完全没有对仗。

不过，民间传说的想象力还是十分丰富的，作为文学的有效补充，就像存放记忆的一张旧存折，不经意间放在抽屉某个角落，某一日突然翻到，利息虽不多，却也带来一种喜出望外。

这时，这对子是不是王阳明对的，惠明是否与阳明对过对子，都已经无所谓了。

但通天岩景区不能缺少这些名人轶事，少了，自然景观就不能演进为人文景观。

2016.5.28

通天岩（下）

广福寺岩顶，有一个神奇的漏米洞。

相传，这个洞在过去，每天都会漏出一些白米来，不多不少，正好够广福寺的和尚香客一天食用。

忽一日，一个在厨房里烧火的和尚起了贪念。他想，如果能把这个漏米洞凿大些，那不是可以漏出更多一些米吗？米，可以卖钱的呵。

他还真的就这么干了。

洞凿大后，一连漏了三天三夜的砻糠，便什么也不漏了。

赣州城里到现在还流传着一句俗话，叫：和尚贪心吃砻糠。

贪嗔痴，被佛门视为三毒。

有毒吗？当然。越是有诱惑的东西越是有毒。

这和尚用贪念之绳，勒死了漏米洞，也勒死了整个寺庙的粮仓。

闻到了阴冷的室内，有散发出的后悔药味；从岩上滴下的水，像是那和尚深深的悔意。

荀子说，道者，体常而尽变，一隅不足以举之。凡人之患，蔽于一曲而暗于大理。

四月里，杏花开了梨花开。贪嗔痴，无药可医。

2016.5.31

通天岩

铁柱万寿宫（上）

多次参加《万寿宫博物院陈列大纲》专家评审会，对这座南昌古建筑有些认识。

古建筑是一座城市的记忆，是城市历史的见证者，它承载着这座城市的文化积淀。一旦损毁，文物本体及其承载的历史文化信息都将不复存在。

新时期以来，各地城市的高楼大厦如雨后春笋，誓与天公试比高，让人心生畏惧。与此同时，掩映在一条条老旧街道里的往日建筑，又恰似一曲曲忧伤的挽歌，正伴随着铲车和推土机的轰隆声渐渐地远去、消逝，最终化为灰烬，化为故事，化为传奇。

铁柱宫又名妙济万寿宫，在南昌市翠花街西。始建于晋，祀净明道所尊祖师许逊。

这里不仅蕴藏着一个地域文化湮没已久的荣耀，也铭刻着数千年的悠悠岁月和往事依稀。

万寿宫有井，与江水相消长。有铁柱，传为许逊所铸以镇蛟螭之害。唐咸通年间（860—873年）赐名铁柱观。北宋真宗大中祥符二年（1009年），改名景德观。政和八年（1118年），改名延真观。南宋嘉定（1208—1224年），改名铁柱延真宫。

在南昌的城市变迁及文化史上，万寿宫占有独特重要地位，是最能展示南昌赣商文化、道教文化、移民文化和市井文化的特色街区。

万寿宫古街区历史遗存丰富，共由11条街道和巷道组成，所有街巷均具有历史渊源，形成丰富的历史肌理。3条街道围合成的街区包括：北侧的中山路、东侧的翠花街和南、西侧的船山路。街区内尚有8条街道和巷道，包括翘步街、合同巷、萝卜巷、棋盘街、醋巷、万寿宫巷、萝巷、广润门街。

岁月的年轮已湮没了历史的痕迹，但是，时间抹不掉的是曾经筑就的荣耀。在南昌城的历史长河中，没有一座地方能够像万寿宫那样，留给南昌人无尽的想象；没有一座建筑能够像万寿宫那样，铭刻着江右商帮最为绚烂的年华；没有一座宫殿能够像万寿宫那样，寄托着南昌人永远的牵挂与思念。

这里冒着最正宗的南昌气息。如果说滕王阁是南昌的文学地标，八大山人纪念馆是南昌的艺术地标，天香园是南昌的环境地标，那么，万寿宫牵手绳金塔，就是南昌的民俗地标。

孺子亭、洗马池、系马桩，六眼井、三眼井、犬井头，这些曾经多少代南昌人真实的生存空间，不但记录着市井小民的家族变迁，也书写着人物不同命运的悲欢离合。

一个人的记忆就是一座城市，时间腐蚀着一切建筑，把高楼和道路全部沙化。

修复铁柱万寿宫，其实是给南昌包扎一种叫"乡愁"的伤口。

文化是城市的灵魂。多数人在一个城市停留的理由，是因为这座城市有足够的历史记忆。

铁柱万寿宫（中）

江西师范大学方志远教授领衔的专家团队，编制了一个比较翔实的陈展方案，内容丰富，脉络清晰，资料完备。

序厅。

第一篇：祖庭源流（第一部分许真君信仰，分"真君事迹"和"千年信仰"两个单元阐述；第二部分祖庭沿革，分"净明宗坛：西山玉隆万寿宫"和"天下宗盟：南昌铁柱万寿宫"两个单元阐述。）

第二篇：雄播天下（第一部分汹涌移民潮，分"江西填湖广"、"湖广填四川"和"浩浩荡荡江右商"三个单元阐述；第二部分遍地万寿宫，分"海内分布"和"见证传奇"两个单元阐述。）

第三篇：游子家园（第一部分他乡中的故乡，分"联谊同乡"和"公益济困"两个单元阐述；第二部分故乡来的使者，分"遍地弋阳腔"和"风俗播四方"两个单元阐述。）

第四章：情系神宫（第一部分浓浓乡情，分"难忘乡梓"和"建设家乡"两个单元阐述；第二部分历史记忆，分"省内民众的记忆"和"移民后裔的怀念"两个单元阐述。）

结束语。

经过此番梳理，万寿宫的来龙去脉、前世今生就很清楚了。

据说，以前南昌人每逢外地亲友到来，一般都会陪着他们到铁柱万寿宫逛逛，不但要绘声绘色地"唆泡"一番，还要感受摩肩接踵、川流不息的热闹繁华，欣赏周遭小吃店环绕、百姓无拘束晃悠的民俗民情生态。

又据说新中国成立前万寿宫周边茶楼酒肆常常爆满，南昌人喝酒、吃茶、搓麻将、看戏、练武、拜许真君……忙得不亦乐乎。

在这繁华的街区，人们心甘情愿大把浪掷的，不仅是钱，还有光阴。

一个字，爽；一句话，我们南昌也是有来头的。

那些曾在南昌万寿宫居住多年的耄耋老人，说起万寿宫故事就滔滔不绝，如数家珍。许真君"擒蛟降龙"治愈了水患，造福了百姓，成了百姓心中的神仙"福主"。百姓聚集于此顶礼膜拜，鼎盛的香火历久不衰，造就了万寿宫周遭闻名遐迩的商贸繁华。

每年农历八月初一，各地信众敲锣打鼓潮水般涌来，终日爆竹震耳不绝，至夜香烛映壁如昼，为福主升天的庆祝活动与为家人祈福的祷告活动，循环往复，通宵达旦……使这里成为迄今"老南昌"风土人情、社会风貌保存最为完整也最具代表性的老街区。

盘根错节的人际关系，不好不坏、亦好亦坏的言行举止，善善恶恶的利害冲突，沉浮起伏的人物命运，弥漫在铁柱万寿宫的墙角瓦缝间。

翠花街、罗帛市、棉花市、箩巷、合同巷、带子巷、油巷、醋巷……这些老街巷穿越城市的历史向我们走来，也必然在创新的建筑中延续古城的记忆。

还据说万寿宫在南昌人心中，如同北京人心中的王府井，上海人心中的城隍庙，南京人心中的夫子庙……位置甚高。

后来，后来万寿宫就不见了，残骸埋在了地下。

又后来，名义上恢复了，叫个万寿宫商城。

他们不知道，商城不是万寿宫的内核，只是附着在周遭的衍生物。

万寿宫是皮，商城是毛。皮之不存，毛将焉附？

王府井、城隍庙、夫子庙……都在。

我们得到的，可能是我们从未拥有的，但我们失去的，或许就是我们需要苦苦寻觅的。

由是，南昌市政府决定在原址恢复铁柱万寿宫，善莫大焉。

不过，叫万寿宫博物院终是不好，民间的江湖的市井的世俗的东西，非贴个庙堂的标签，不伦不类，何苦来哉？！

2016.8.4

铁柱万寿宫（下）

岁月中不经意的东西，有时最能留住神秘而又奇异的光辉。

我以为，铁柱万寿宫留住的，不是宗教，不是商帮，也不是零碎的名人轶事片段，而是南昌人的乡愁。

城市是"靠记忆而存在的"，如同故乡要靠记忆存在一样。所谓乡愁，绝不仅仅是对乡村的牵挂和思念，而是故乡、故园甚至故国之恋。

每个人都有属于自己的故乡，有的是生于斯长于斯的故乡，有的是心灵的故乡，也有两者兼而有之的故乡。

城市和乡村、传统和现代、实物和精神、本土和他乡，都是城市记忆和乡愁中相互渗透的要素。

城市有记忆是因为它有完整的生命历史。从胚胎到童年，从少年到青年，从青年到中年，从中年到老年，从老年到暮年。一代代人创造或毁灭了它的局部之后又纷纷离去，却把记忆留在了城市巨大的躯体中。

承载这些记忆的既有物质的遗产，也有口头的非物质遗产。

这两种遗产的最大功能，便是替人们追忆逝水年华。

城市的最大的物质性遗产是一座座建筑物，一片片历史街区、遗址、老街、老字号、名人故居……有的地方只剩下地名了。其实地名也是一种遗产，是祖宗留下的一枚化石。纵向，它记录着城市的脉络与传衍；横向，它展示阔广而深厚的阅历。这纵横之间，总是交织出城市独有的个性和身份。

我们总说要打造城市的"名片"，最响亮和最夺目的"名片"，就是城市历史人文的个性与身份证明。

名片是附着在身份证明上的，没有身份证明做基础的名片，与"明骗"何异？

我们还说要留住乡愁，乡愁是什么？

说穿了，乡愁就是对故乡的思念之情。城里人也罢，乡下人也罢，都有一块生他养他的地方，都有童年少年时人与人相处的物质环境记忆，如果物质环境没有了，想不起来了，找不到蛛丝马迹了，人就会觉得心里空落落的，就会发愁。

用文学语言来形容："乡愁是春天染绿时，妈妈割下第一茬韭菜，为我们包的水饺，那是妈妈的味道；乡愁是夏天酷热时，我们下河洗澡，上山摘野果，那是家乡的味道；乡愁是秋风翩跹时，我们跟着父母来到田间地头，收稻谷掰苞谷挖红苕，那是收获的味道；乡愁是雪花飘舞时，我们和小伙伴打雪仗堆雪人，那是童年的味道。"

乡愁就是那些曾经触摸过的物体、参与过的活动、互动过的场景，曾经燃起过青少年时代憧憬的触点，是童年少年散落一地，稚嫩而懵懂的时光碎片。

朦胧的乡愁附体在地理环境、文化娱乐、历史街区、文物古迹、民居样式、特产小吃、社会习俗等等众多物质的和非物质的文化遗产上面，这既是形成一座城市记忆的有力物证和精神纽带，也是一座城市文化价值的重要体现。

一些城市所谓的"旧城改造"、"危旧房改造"过程中，往往实施过度的商业化运作，大拆大建，许多积淀了深厚人文信息的历史街区不复存在，一些名人故居或传统民居被无情摧毁，造成城市文化空间被破坏、历史文脉被割裂，最终导致城市记忆的破碎甚至消失，乡愁被放逐而流浪远方。

乡愁是具体的、可感的。它不仅仅是一种惆怅和忧伤，而关键在于让人有根的感觉，给人以自信，予人与有脉的暗示，让人想自强。乡愁体现了一种乡土情怀，不仅包含了对老宅、旧街、古井、古树等等的惦念，还包括了祖辈、亲人、故旧、伙伴等等之间的亲情维系。

老乡见老乡，两眼泪汪汪。本质上是共同的乡土记忆所唤起的文化认同感。

我想，我的老家武宁县，见过老县城，见过南渡街，见过东渡塔，见过浮桥，见过修河北岸银色沙滩，见过观音阁下点点白帆的武宁人，和只见过新县城的武宁人，肯定是两种决然不同的乡土情结。

我还想，铁柱万寿宫文化街区对于南昌人而言，也像一缸久藏的窖酿，越品越香醇。

万寿宫发掘现场遗址

松门别墅（一）

人一怀旧，房子一有故事，便老了。

松门别墅是一栋老房子，位于庐山牯岭的月照松林，因为散原老人住过，就充满了磁性，充满了想象，充满了文化气场。

月照松林，是庐山的一处景点。她在上万棵松树的簇拥下，那么矜持，那么淡泊，那么安详。

欣赏月照松林这样的风景，需要心情的准备，需要有与山对话的愿望。

无数个月夜，我曾独坐在松林里的大石上，听泉声，听松涛，听月光森然地歌唱。

月光盈盈地降临时，会发出细嫩的声响，有点像雪化着地，貌似没有声音，其实不然，响动还是有的。

笑脸，猫步，一片一片来临，一片压着一片，一片连成一片，重重叠叠，覆盖在地面上。

松林间的月光却是清冷的，碎片化的，斑斑驳驳，朦朦胧胧，如幻如梦。

像银色的海，茫茫无涯，一直铺到天边。

月照松林就是海边的一处渡口了。

松门别墅就是渡口的那只小船了。

缘分是路，灵魂的相印是路标。有缘人，走在洒满月光的路上。

如果说渡口是佛精心设计的一个局，那么，月照松林便是文曲星下的一盘棋，找得到找不到，渡不渡得过，能不能成为一颗棋子，全在自己的修为。

有旧可怀，对于人而言，诚然是幸运的。

为了有旧可怀，我们必须学会去爱，爱生活，爱文字，爱艺术，爱值得爱的人。

百梅望重，五柳名高。

人心中应该没有理所当然，只有心甘情愿。

2016.8.13

松门别墅（二）

1730 年，也就是雍正八年，不知什么缘故，客家人有一部分从东南方开始往回迁徙。

陈公元在回迁的队伍里，携着妻子儿女从福建上杭出发，漫无目的地到处寻找新的栖居之地。

走着，走着，人渐渐地少了；走着，走着，不知不觉由闽入赣。

仍然是走不到头的炊烟田畴，仍然是望不到边的崇山峻岭。

好地方，都有人家了，差地方，养不活家人。

他们如风吹散的蒲公英四处飘零，经九岭大山飘到幕阜大山里时，也是神使鬼差，居然在一个名叫护仙源的山沟里停下了脚步。

护仙源，好名字。陈公元环顾四周，见青山四合，层层叠叠地挡住了山外的喧嚣和战乱，他深深地呼出一口长气。

他站立的脚下，是一个比护仙源更小的地理名称，叫竹土塅，也叫竹塅。

数百年后的如今再去看，我们会发现，竹塅村地处这个小盆地的边上，陈家老屋依山而建，林木繁茂，屋前是一片田垅，面积约有数十亩。

屋子后面的那座山，长得很是奇特，不高，愣头愣脑的样子，全被树木竹林遮掩。

小溪在村前汇合，是为"三水合一"，据说风水特好。

大山为屏，绿水为伴。先是风餐露宿，筚路蓝缕，后是结棚栖身，种蓝草为业。

半个世纪过去了。

终于拆掉了茅棚，一栋名为"凤竹堂"的砖瓦房立在了竹土塅。

于是，江西的修水，便出了陈宝箴，出了陈三立，出了陈师曾，出了陈寅恪，出了陈封怀。

缘深重。这条逶迤蜿蜒的秀丽河流，自黄庭坚后，修水的名人文化又第一次以家族的名义，扬帆起航。

松门别墅（三）

陈三立是"陈门五杰"承前启后的重要人物，近代同光体诗派创始人。

他是晚清维新派名臣陈宝箴的长子，国学大师、历史学家陈寅恪和著名画家陈衡恪的父亲，是著名植物学家陈封怀的爷爷。当年他与谭延闿、谭嗣同并称"湖湘三公子"，与谭嗣同、徐仁铸、陶菊存并称"维新四公子"，被誉为中国最后一位传统诗人。

陈三立1892年（光绪八年）壬午乡试中举，历任吏部行走、主事。1898年"戊戌政变"后，他与父亲陈宝箴一起被革职。1937年发生"卢沟桥事变"，北平、天津相继沦陷，日军欲招致三立先生。三立先生为表明立场，绝食五日，不幸忧愤而死，享年85岁。

陈三立生前曾刊行《散原精舍诗》及其《续集》《别集》，死后有《散原精舍文集》十七卷出版。

庐山牯岭河南路602号——松门别墅，是陈三立先生1929年至1933年住过的地方。

我与散原先生有缘，修水和武宁原为一县，他母亲还是我们武宁人。按江州义门陈的派行，我与陈公元先生一辈，散原先生按辈分该称呼我太爷爷了，呵呵。

我在庐山工作生活二十年，住医生洼。松门别墅就在我家山顶上，相距不过五六十米，算是近邻。

水流千遭，悲欢离合。一千年前分庄，义门陈南船北马，各奔东西，其中的一支，谁能知道若干年后竟会神奇地在牯岭的月照松林间不期而遇。

说实话，散原先生主张的同光体诗歌我并不喜欢，但并不妨碍我喜欢他这个人。

喜欢他的骨气，喜欢他的风度，喜欢他的教子方式，更喜欢他的苦读。

光当公子哥儿是不会有多大出息的，毕竟，宝剑锋从磨砺出，梅花香自苦寒来。

2016.8.22

松门别墅（四）

松门别墅建于20世纪20年代，占地面积约170平方米，为德国式大坡屋面。

别墅建在牯岭的牯牛脊背上，旁边有个著名的风景点：月照松林。

坐南朝北看，左边是西谷的大林沟和如琴湖，右边是东谷的大月山与长冲河。

风景这边独好。

沿着河南路走到庐山月照宾馆前的分叉路，再踏石阶往东折，在岭上可以看到几组巨大的天然裸石，其中一块朝西，刻有"虎守松门"四字。再往北看，那一栋醒目的红雨淋板的两层楼，就是松门别墅了。

我在上世纪80年代的许多诗作，便在月照松林附近写成，像《松涛》《蝉》《如琴湖夕照》等。那时，我只喜欢散原先生这个人，不喜欢他的同光体。

人总是要有个窝的，狗也一样。这个窝里放着稻草，就是稻草味；放着棉花，就是棉花味。

我想散原先生松门别墅这个窝里，散发的肯定是书卷味。

好山好水好养人的精气神，不知散原先生在月照松林间，褪去了多少焦虑与浮躁，酿出了多少如醉如痴的文字美酒？

该别墅由挪威人建造。

1929年陈寅恪用留学国外滞寄的"官费"为其父陈三立购买，取名"松门别墅"。1930年陈三立迁居北京，该别墅由陈寅恪二哥陈隆恪居住。后来又由陈寅恪大哥陈衡恪之子、庐山植物园创建者之一的陈封怀居住。

后来，陈封怀调任广州华南植物园，于1959年将该别墅售予江西省文艺工会，现在产权归庐山管理局所有。

现在，这栋别墅移交给庐山博物馆了，我以为乃明智之举，"陈门五杰"在天之灵定当感到欣慰。

散原老人　｜　松门别墅

西北望：秘境湟中（上）

湟中之所以可以称为秘境，是因为有很多历史与我们国家民族的大事联系紧密，且很少为外界知晓。

青海地广人稀。地大，总面积有72万多平方公里，相当于4.5个江西省的面积。人稀，总人口才500多万，相当于江西省人口的十分之一。

青海因境内有国内最大的内陆咸水湖——青海湖而得名，简称青，是长江、黄河、澜沧江的发源地，故被称为"江河源头"，又称"三江源"。

所谓青藏高原，应该是以青海、西藏为主而命名的。

青海东北部由阿尔金山、祁连山数列平行山脉和谷地组成，平均海拔4000米以上，蕴藏着丰富的冰雪资源。位于达坂山和拉脊山之间的湟水谷地，海拔在2300米左右，地表为深厚的黄土层，是主要的农业区。

拥有50万人口的湟中县，应该是青海省的人口大县了。它就在西宁市的旁边，是古代丝绸之路、唐蕃古道的途经之地。

湟中以汉民族为主，另有回、藏、土、蒙古族等。

县城位于湟水谷地，大南川、小南川、康缠川、云谷川等河流呈扇形汇集湟水河，自西向东流过县境。

秦汉以前，湟中属"羌戎之地"。

东晋和南北朝时期，湟中和青海东北部地区一样，先后在前凉、后凉、南凉、西秦和北凉等地方割据政权的统治下。

湟中一段时间归鄯城县辖。唐朝末年，湟水流域被吐蕃占领。

湟中县为西北黄土高原和青藏高原过渡地带，属青藏高原凉温半干旱地区，境内三面环山，祁连山的余脉娘娘山雄踞西北，拉脊山脉绵亘西南。境内沟谷错纵、山川相间，地形地貌比较复杂，地势南、西、北高而东南略低，海拔2225—4488米。

如果说秘境能诱发人产生神思，那么，我对湟中的兴奋点在于：塔尔寺、西羌文化和卡约文化，以及中国内地与吐蕃（西藏）的关系。

西北望：秘境湟中（下）

湟中是大军阀董卓的根据地。

由于《三国演义》的缘故，董卓进京的故事妇孺皆知。

西汉末年宦官专权，十常侍之乱时，袁绍建议大将军何进召董卓进京，铲灭宦党，谁知却引狼入室。后何进死于乱军之中，董卓废少帝立献帝，独掌大权。

董卓威震长安的西凉兵，就来自古凉州，而湟水流域是古凉州的重要组成部分。

想当年，汉人董卓为割据地方，曾经到西凉羌人聚居的地方周游，结识了很多羌人首领。之后这些羌人中的首领去拜访他，他都用心接待，曲意逢迎。久而久之，董卓在羌人中就有了很好的名声。

后来董卓带兵打仗的时候，得到朝廷的赏赐都分给手下兵将，因此在军队中名声又不错。后来爆发北宫伯玉为首的羌人起义，朝廷派出去的大将皇甫嵩又因为得罪宦官而被免职，于是董卓就顺理成章接替了皇甫嵩，获得了西凉兵马的控制权。

董卓进京的基础有三：一是在羌人中有重要地位；二是掌握了西凉兵；三是在朝廷中花重金买通宦官。

远去了刀光剑影，消逝了鼓角争鸣。

历史为湟中留下了一串串深深的足迹：塔尔寺、老爷山、药水滩温泉、卡约文化遗址、三棵榆、南滩古城墙、多巴国家高原体育训练基地、西羌文化遗址、盘道小水峡、南佛山。

塔尔寺就坐落在湟中县城边，规模宏大，仿佛是另外一个县城。

站在开满格桑花的高处俯瞰，一边塔尔寺，一边湟中县城；一边俗世，一边净土，只隔了中间这座经幡飘扬的山冈。

立高处，可以领略八瓣莲花的山势之美，感悟古刹氤氲的祥瑞之气。

2016.9.1

湟中

西北望：金张掖（上）

张掖，甘肃省辖市，以"张国臂掖，以通西域"而得名，位于中国甘肃省西北部，河西走廊中段。张掖古称"甘州"，即甘肃省名"甘"字由来地，素有"桑麻之地""鱼米之乡"之美称；盛产小麦、玉米、水稻、豆类、油料、瓜果、蔬菜；工业有煤炭、机械、纺织、酿造等十余个部门；土特产品有元葱、苹果梨、乌江米、红枣、发菜、丝路春酒等。

张掖东连陇右关中，西通西域，沿黑河可以北去漠北、南达青海，是河西走廊上名副其实的十字路口，古代是丝绸之路上商贾云集之地，滚滚财富涌向这里又散往四方，此外发源于祁连山的我国第二大内陆河——黑河，在张掖浇灌出片片绿洲，使这里物产丰饶、人烟稠密，因而才有了"金张掖"这个称呼。

河西走廊长千余公里，宽十里百里不等。这里曾是中西方贸易的最主要通道，所谓"丝绸之路"是也。

季羡林先生说，世界上历史悠久、地域广阔、自成体系、影响深远的文化体系只有四个：中国、印度、希腊、伊斯兰，再没有第五个。而这四个文化体系汇流的地方只有一个，就是中国的敦煌和新疆地区，再没有第二个。

不到河西走廊，便不知道唐代的边塞诗，汉代的丝绸之路。

这回探访张掖，寻边塞诗，也寻丝绸之路。

2016.9.17

金张掖

西北望：金张掖（中）

驱车前往马蹄寺。

这是一个被历史特别眷顾的地方，也是一个被历史深深遗忘的地方。

有朋友问，为何叫"西北望"？答曰，取东坡先生《江城子·密州出猎》词意：会挽雕弓如满月，西北望，射天狼。

马蹄寺位于肃南裕固族自治县境内（裕固族为甘肃张掖所特有少数民族），离张掖市市区65公里，集石窟艺术、祁连山风光和裕固族风情于一体。石窟由胜果寺，普光寺，千佛洞，金塔寺，上、中、下观音洞七处组成，共有70余处窟龛，始建于北凉。马蹄寺因传说中的天马在此饮水落有马蹄印痕而得名。传说中的马蹄印迹现存于普光寺马蹄殿内，成为镇寺之宝。

据说，从前有一个民族很弱小经常被别的民族欺负，可有一个国王不想被别的民族欺负，就带领着子民奋起反抗，一直打到了张掖的肃南县的一个地方。有一天，国王安排军队去休息，自己去观察一下周围的情况。他到一个巨大的山洞口，正准备休息一下再观察，可从山洞口飞出来一条龙，吓得国王的马跳了起来，骑马返回部队，石头上却留下了一副完好无缺的马蹄印痕。第二天一大早，国王带领军队到了那个巨大的山洞口，看见了那副马蹄印，于是国王便命令军队在这修一座寺院。这座寺院大约花了3年的时间才修建完毕。修好后，人们问国王为寺院取什么名，国王说就叫"马蹄寺"吧！因为我的宝马在这座寺旁边的石头上留下了一副深深的马蹄印。人们听了国王的解释就全然明白了。

还是觉得没说清楚，仍然很神秘。

为什么神秘呢？因为马蹄寺修建在大山的悬崖峭壁之上。又有一种传说，马蹄寺是汉朝著名的霍去病建造的。它取名马蹄寺是因为上马蹄寺的石阶旁边有一块大青石，大青石上面有一个马蹄印，传说是霍去病将军骑的马留下的。山下前寺院当中有一个很大的香炉，佛堂里面供着千手观音等佛像，但是，最吸引我的还是寺院左侧的一口井。那口井里面的水很清很凉，所有的游客都会舀上一勺喝上几口。听寺院的和尚讲，井水虽然很清很凉人喝了却不会拉肚子，相反还能治百病。我很想看看井底到底有什么让井水如此神奇，但井深不见底。这口神秘的井叫饮马井，传说是霍去病将军饮马的地方。

霍去病（公元前140—前117年），汉族，河东平阳（今山西临汾西南）人，西汉名将、军事家，官至大司马骠骑将军，封冠军侯。

霍去病是西汉名将卫青的外甥，善骑射，用兵灵活，注重方略，不拘古法，勇猛果断，善于长途奔袭、闪电战和大迂回、大穿插作战。初次征战即率领800骁骑深入敌境数百里，把匈奴兵杀得四散逃窜。在两次河西之战中，霍去病大破匈奴，俘获匈奴祭天金人，直取祁连山。在漠北之战中，霍去病封狼居胥，大捷而归。

元狩六年，霍去病因病去世，年仅24岁（虚岁）。武帝很悲伤，调遣边境五郡的铁甲军，从长安到茂陵排列成阵，给霍去病修的坟墓外形像祁连山的样子，把勇武与扩地两个原则加以合并，追谥为景桓侯。

果然是霍去病留下的马蹄印，那还了得？

沿着峭壁上的石阶向上攀登，可以走进悬崖峭壁上悬挂的马蹄寺。寺的周围分布着大小不等的洞窟，每一座洞窟都修建在高高的石壁上，里面供着不同的佛像。原来，这就是人们常说的千佛洞。

不能不惊叹，古人利用自己的智慧在悬崖峭壁上修建了这些佛教建筑。鬼斧神工不过如此。也许，这也是马蹄寺显得神秘的又一个原因。

攀三十三重天，见无数菩萨。

悬挂的寺庙，本身就很神秘。加上历史风云变幻无常，再加上地处大西北地阔天远……于是，洞中才数日，世上已千年的事情便自然而然发生了。

张掖城里的苦命人对马蹄寺有别样的期待。他们异口同声说马蹄寺的菩萨最灵，对乡下人最好。

但他们也说，没去过马蹄寺的人，那里的菩萨没法如影随形保佑你。

这话我信。

由此，去过马蹄寺和没去过马蹄寺的人，最大的差别不是脚下生不生风，而是头上有没有一道光晕。

修到一定程度，佛光便在自家头上罩着。

想到这里，我的嘴角漾起了笑意。

西北望：金张掖（下）

到了晚上，我们到张掖火车站候车，准备去敦煌。

张掖与内地城市的文明距离，在晚上显出来了。

一是候车大厅里的椅子上横七竖八躺着人。一个人占了大约三四个人的位置，脸上毫无愧色。看来，画地为牢、占山为王的观念似乎已然成为张掖人的集体无意识。

车站的工作人员不管不问，仿佛司空见惯。

二是火车站外面的广场上，停着各式各样车辆，拉客。有司乘人员就在广场边上的小树丛里大小便，也没有人管。

街上的路灯昏暗，让人不敢走远。

火车站，真的是城市的窗口。城市管理者，一定要盯着呵。

因为候车的这个夜晚，"金张掖"在我心中变成"黑张掖"了，与我后来去的敦煌，不可同日而语。（按说，张掖是地级市，比敦煌这个县级市规格要高。）

可见，文明的台阶不能完全按城市的大小和级别高低去铺设。

诗意人生

早已过了耽于幻想的年轮，但还是喜欢在下雨的日子，一个人坐在窗前，一杯茶，一支烟，数雨滴，听雨。看远山，云卷云舒。

诗意就在身边

儿时便读了许多唐诗宋词，到年轻时又去读魏晋骈文与明清散文，还包括大量的欧美诗歌与哲学论著。现在想来，它们可能与现实的世界有些遥远，却给了我很多的美好想象和对理想的憧憬。那时博闻强识者多，我也算其中之一吧。记得从庐山的家中到上班的地方，步行单程在 40 分钟，一天四趟，有 160 分钟是一个人独步的时间，刚好可以用来记诵诗文，久而久之，那些句子一不小心就会冒出来，让我受益良多。现在倒可以慢慢地反刍，细细地体会了。经过岁月的磨砺沉淀，它们开始让自己的生活变得越来越有诗意。

自从德国思想家提出"人，诗意地栖居在这块土地上"以来，许多贤达便把这一动议看成了个人摆脱庸俗社会的寄托。这也不错，人的生命深处，不都蛰伏着或多或少的诗意吗？这里的诗意，不仅仅指一种艺术现象，更多的应该是解决人生价值和意义的重要标准。如果诗意人生是我们的终极目标，那么，有限的生命就在此找到了归依的渡口。

诗意的世界是作为一个与现实庸俗世界的对立面提出的。既然这个世界没有意义，我们就要创造出意义。人之为人，自然不仅仅是能够改造自然，而更在于他能顺应自然，在个人或社会生活中，构造出希望和梦幻的符号，去圆梦，解梦，去求得暂时的解脱或永恒的觉悟，对自己进行一次又一次的审美陶醉，让幸福与快乐仙女般纷纷从天而降。

在有限人生苦涩、焦虑、绝望的沉沦中，自持智慧，赋志淡泊，追寻诗意人生的"活在当下"，一旦进入了自在这个自由王国，那操持百业的纠结，那尽于百年的有限，那看不见前路的悲凉，便会被我们超越。我们就会进入"心静自然凉"或"心远地自偏"的安逸状态。

想起苏轼的词来："村舍外，古城旁，杖藜徐步转斜阳。殷勤昨夜三更雨，又得浮生一日凉。"诗意其实是你生活中看到的一处景致，一段会心的对话，一节音乐，一个微笑。人有万般欲想，与其胡思乱想，倒不如看看身边的一草一木，秋水残阳。

诗意就在你身边，关键在于你愿不愿意与她携手同行。

七夕：献一束用金色记忆编织的玫瑰，给我的老情人

这是老伴 1974 年在上海拍的。离现在整整 40 年。那时她 18 岁，我 20，都是如花似朵的年轮。我们就是那年在上海认识的。我由庐山电信局派往上海 520 厂学习纵横制交换机，她由彭泽 6301 厂派往上海柴油机厂学习做潜艇上用的柴油机。那时候，我真的没有想到，她能成为我的妻子，相伴永远。

庐山显然是我们共同的第二故乡。我们在这里整整生活了二十年，喜怒哀乐、甜酸苦辣，各种滋味都经历了。但现在，我们对庐山只有甜的回忆，苦的怒的酸的辣的，都被岁月筛掉了。我家的旁边，就有这样的林间小道，而散步，是我们几十年的功课，沟通、理解、宽容、勉励，都在信步闲庭时自然生成。我以为这是维系婚姻大坝的必修功课。

我母亲早就告诉我：男无女，家无主，女无男，身无主。我调到南昌工作后，妻子还在庐山。只要我不出差，星期天不是我去看她，便是她来看我。她来看望我时，会给我做好吃的，洗衣服和被褥。我无以回报，又没什么钱，遇上合适的天气，会用自行车驮着她，到郊外饱览春色。

我老伴年轻时应该是美女，起码在我心中是美女。女人都喜欢浪漫，美女更喜欢浪漫。而当时我们的经济条件，是远远不能为浪漫买单的，只能在自己的作品中设置浪漫，只能到大自然中寻找浪漫。这张照片难道不就是蒋大为先生唱的那个"在那桃花盛开的地方"吗？

年纪慢慢大了，经济上也渐渐宽裕了，只要有机会，我会陪着我这辈子生命的另一半，去游历，去体验，去加固我们心的长城。因为我记得一句话：因为我们今生有缘，因为十世修得同船渡，百世修得共枕眠。

这是与老伴在老家武宁县柘林湖畔的最新留影。时间真是不会饶人的，转眼间，我们都老了，老伴早退休，我也快退了。往事历历在目，想起叶剑英的两句诗：老夫喜作黄昏颂，满目青山夕照明。

那么，什么是我们的满目青山呢？老伴将我仍旧看成她眼中的青山，这是肯定的。我把老伴仍旧看成山中的云，这也是肯定的。因为我还记得当年为她写的

那首诗，《我是山，你是云》；因为叶芝写的那首《当你老了》深深地埋在了我的心底：多少人爱你青春欢畅的时辰，爱慕你的美丽，假意或真心；只有一个人爱你朝圣者的灵魂，爱你和我风雨同行后脸上留下的岁月刻痕。（最后一句是我改的。）

　　七夕：但愿人长久，关山度若飞。

2014.8.1

品　秋

秋，旋转着，响亮着，让我们强烈地感觉到斑斓的存在，让我们知道，成熟的美是怎样使人心醉的。

春日如茶，秋阳似酒。皆可饮，均能醉。

没有春的娇稚，没有夏的热烈，也没有冬的冷漠。秋，静美、萧瑟、成熟、淡泊，如夕照，如晚晴，是一个让人感觉到有些凄美的季节。

秋，正是这样一点点悄无声息地吃掉残存的绿，直到一片金黄，直到一片洁白。

气候转凉是秋，天空晴朗是秋，颜色变化，更是秋。

诗意总在斜阳里，秋光常存浩荡中。

一个既空旷又丰满的深秋，就这样从初秋中秋一步步向我们徐徐走来。我们被秋阳浸透、洗涤，被辽远充盈、引领，从而在感动中完成仓储的清空与骄傲的充值。

中午，秋阳懒洋洋地勾出窗外的这片风景。把自己安顿在这样的环境中，静静地在书中与各色人等对话，听耳边小鸟的啁啾，码一篇《生命的多情与无奈》的文章，便觉得真的与这世界温暖相拥了。

红映树而林密，光照林而影稀。尽头，可是长川雁渡？可是灵涌空门？可是篷窗如寄？可是烟带遥岑？凄然若秋，即是对大自然的眷恋，也是对岁月如歌的回眸。

真想一头扎到深秋里去，编一排唐诗的篱笆，石鼎烹酒，举杯邀山，相看两不厌；真想沿着这金色的小路，踏枯叶的平仄，听秋虫的旋律，寒潭晒网，曲径携琴，让心白云般荡漾起来，汲山川之静气，探林泉之幽深。

酒

尽其心者，知其性也。知其性，则知天矣。酒，实在是一个意味深长的精神载体，它可以将人的生存状态由常态调整为异态，把理性掌控下的各色顾忌、各种包袱摧赶掉，疏离角色，还原本我，复塑童真，重新获得上苍原本就赋予了自己的生命体验。

历史上，哪个文人是酒仙？经比较，李清照一生诗词 114 首，与酒有关的 57 首，占比百分之五十，排名第一；陶渊明 142 首，与酒有关 56 首，占比百分之四十，排第二；杜甫 1400 首，与酒有关 300 首，占比百分之二十一点四，排第三。李白占比仅为百分之十一点三，只能屈居第四。

酒，常常能将人的生存状态从常态调整为异态。

这种借力于酒神的饮品一经发现，便成为人类寻欢作乐、改变一个时段生存状态的最好借口与理由。在西方，酒神是神圣的；在中国，酒仙、酒圣是值得景仰的。因为，谁不愿意欢乐，谁会放弃对欢乐的追寻呢？谁又愿意痛苦，谁不会对痛苦唯恐避之不及呢？

读书（一）

"上有天堂，下有苏杭"，是为民谚流播广泛。今有湖南学者李元洛先生将其改成：上有天堂，下有书房。对读书人来说，确乎如此。每天文化于其中，坐拥书城，顾盼目雄，不停地与先哲先贤对话，游目驰怀，心织笔耕，何让于一方英主。有一个好书房，读书人的梦。

人的素质养成，一般来自一些看似缓慢且与工作没多大关系的事情。如读书；如与智者交友并经常聊天；如听音乐，看展览；如旅游或品茗等。素质养成是春雨润物细无声，暴风骤雨一般难以奏效。

读书是聆听智者的独白，读书是另类世界的精神行走，读书是万籁俱静时的窃窃私语，读书是肉眼闭而心眼开的逍遥巡游。"北窗下卧，遇凉风暂至，自谓是羲皇上人。"读书时光，生命中快马轻裘的一段旅程。

晚饭后因雨雾，只能在房中读书。忽悟到书是有不同功能的，有的书可帮忙，有的书只能帮闲。有的书教你建功立业，有的书陪你打发光阴。读多了前一种书，人会变得目光炯炯；读多了后一种书，人会变得随意散淡。前一种书如同太阳，后一种书好比月亮。如果人是地球，太阳月亮都要，阴阳才算协调。

读书有种种方法。苦读，头悬梁、锥刺股。强读，凿壁借光、囊萤映雪。长读，数十年如一日，坚持不懈。骨读，读书百遍，其义自见。我倒是比较欣赏陶渊明的读书法："好读书，不求甚解；每有会意，便欣然忘食。"此为雅读，不为名读，不为利读，符合五柳先生的生存状态和生命节拍。

张元济先生说："几百年旧家无非积善，第一等好事还是读书。"人生两件必做的工作，一是积德，做善事，二是读书，读好书。读好了书，诗文就会自动流淌出来，人家认为好的就会帮你传播，可以去影响更多的人；读好了书，体内的善也能被激活，仁爱得到自然扩散，便积了德。

现代人才学中有一个理论叫"蓄电池理论"，认为人的一生只充一次电的时代已经过去，只有成为一块高效能蓄电池，进行不间断的、持续的充电，才能不间断地、持续地释放能量。在一个能量互换的时代，等待别人白白输送能量，无异于守株待兔。

朱光潜谈读书方法：第一，凡值得读的书至少须读两遍。第一遍须快读，着眼在醒豁全篇大旨与特色。第二遍须慢读，须以批评态度衡量书的内容。第二，读过一本书，须笔记纲要精彩和你自己的意见。记笔记不仅可以帮助你记忆，而且可以逼得你仔细阅读。

金庸曾说：我跟年轻的朋友，有一句劝告主要是，希望你们养成读书的习惯，读书中找乐趣，这个乐趣人家剥夺不了的。而且你遇到任何挫折，有个习惯是读书的话，什么失败什么挫折，都看不在眼，不放在心上，而且永远觉得一生很快乐。金庸这话有道理，与好书交朋友，一辈子不会遭暗算。在书中找乐趣，永远不会欠别人的情，大家都知道，人情债最难还，也还不清。

读书不但要过眼，还要走心。

中国人认为灵魂有两个组成部分：魂气与神魄。所谓魂气归于天，神魄归于地。灵魂的这两个维度，既不是感受器官，也不是认知器官。它们仅与人心相对应。不经过心的洗礼，知识就不是知识；不经过心的打磨，感受也不是感受。

心有灵犀、会心会意、禅悟等等，都讲的是这个道理。

人生至乐，无如读书；人生至要，无如交友；人生至爱，无如父母；人生至理，无如自在。

读书（二）

读万卷书，行万里路。这是我们祖先总结出的人生信条之一。读书是深度，行路是广度；读书穿越时间，行路拓展空间；读书与古人交流，行路与今人交流。在基础天赋几乎同等的情况下，天才与超级天才的差别，在于你读书行路后对世界的感悟和对人生的理解。

有一种温暖，叫要与书为伴；有一种判断，叫不以貌取人。外表上一栋不起眼、仿佛被遗弃的建筑，孤寂地站在海边，这便是孤独图书馆。海浪、沙滩、仙人掌是一种景观，海浪、沙滩、书、世界，组合在一起，成了另外一道景观。

读书，本质上是一种获取他人已预备好的符号、文字并加以辨认、理解和分析的过程。这种过程需要全身心投入，需要一个好的环境。面对大海读书，是另一种方式的面壁，是一种追根穷源的内心探索，是无言的召唤和漫长的期待。

有点空闲，能在这个外貌不起眼、里面很温馨的空间里，坐上一天半天，一杯茶，或一杯咖啡，看书或者看海，甚至发呆，心情会大好。你不但被氛围牵着，油然进入书的天地，与古人当代人对话交流，你还会被智慧引领，体验到一段美丽而柔软的快乐时光。

读书（三）

汉书下酒。

今年没有年三十，只有年二十九，权且当年三十过了。年之尾，谈谈书与酒，看诗酒江湖在我心中如何荡漾。

书生死读书的典故很多，什么"凿壁偷光"，什么"囊萤映雪"，什么"负薪挂角"，什么"刺股悬梁"等等等等，不一而足。

让我印象最深的是"汉书下酒"的故事，比较另类，比较可爱，比较好玩。

说的是宋代的苏舜钦。

宋人龚明之《中吴纪闻》卷二有"苏子美饮酒"一节，说到名士苏舜钦"汉书下酒"："子美豪放，饮酒无算，在妇翁杜正献家，每夕读书以一斗为率。正献深以为疑，使子弟密察之。闻读《汉书·张子房传》，至'良与客狙击秦皇帝，误中副车'，遽抚案曰：'惜乎！击之不中。'遂满饮一大白。又读至'良曰：始臣起下邳，与上会于留，此天以臣授陛下'，又抚案曰：'君臣相遇，其难如此！'复举一大白。正献公闻之大笑，曰：'有如此下物，一斗诚不为多也。'"

白话翻译：苏舜钦为人豪放不受约束，喜欢饮酒。他在岳父杜祁公的家里时，每天黄昏的时候便读书，并边读边饮酒，动辄一斗。岳父对此深感疑惑，就派人去偷偷观察他。这时，他正在读《汉书·张良传》，当读到张良与刺客行刺秦始皇，抛出的大铁锤只砸在秦始皇的随从车上时，于是拍案叹息："真可惜呀！没有打中。"满满喝了一大杯酒。又读到张良说："自从我在下邳起义后，与皇上在陈留相遇，这是天意让我遇见陛下呀。"他又拍案叹道："君臣相遇，如此艰难！"又喝下一大杯酒。杜祁公听说后，大笑说："有这样的下酒物，一斗不算多啊。"

苏舜钦以书为下酒物，当然因为是《史记》写得生动，但也让其直率可爱的书生风采跃然纸上了，真的是"书中自有千钟粟"，后人知道了读书之乐乐莫如此，于是"读书佐酒"的事迹亦传为美谈。

苏舜钦以书佐饮，我以为合乎自在客标准。后世也多以其为楷模。陆游以书佐酒，他在诗中写道："欢言酌请醑，侑以案上书。虽云泊江渚，何异归林庐。"

屈大均诗中亦有"一叶《离骚》酒一杯"之句。清代后期曾做过礼部侍郎的宝廷也有诗云："《离骚》少所喜，年来久未温，姑作下酒物，绝胜肴馔陈。愈读饮愈豪，酒尽杯空存。"

元人陆友仁《研北杂志》卷下以及明人何良俊《何氏语林》卷二一也都说到苏舜钦"汉书下酒"故事。明人吴从先可能酒量不行，他说："苏子美读《汉书》，以此下酒，百斗不足多。余读《南唐书》，一斗便醉。"

呵呵，东施效颦也是需要一定实力作为支撑的。

读书下酒，当然是物质条件所限，可毕竟体现了古人文心的放达和浪漫。明代文人沈璘《题沈启南奚川八景图》诗写道："奚川八景不可见，尽情敛取入画图。""读书有此下酒物，秋田可酿钱可沽。"似乎是说欣赏诗画以为"下酒物"。清初名臣陈廷敬撰《于成龙传》则说到读唐诗下酒的情形："夜酒一壶，直钱四文，无下酒物，亦不用箸筷，读唐诗写俚语，痛哭流涕，并不知杯中之为酒为泪也。"诵诗赏画以下酒，或因其艺术气氛与醇酒之香冽颇相接近，比较容易理解。而读史下酒，就史书通常古板严谨的风格而言，似乎有些不近情理。

君不见，书是男人的化妆品，酒是男人的卸妆水。老苏一卸妆，本真的一面出来了。

苏舜钦当京官时，因将卖废纸的钱去买酒喝，被对立面告发而废放，于庆历五年（1045年）携妻子南下，流寓苏州。他早就喜爱苏州盘门一带的风景，这次他在府学东边发现一块弃地，那里草木茂盛，崇阜广水，附近还有荒芜的池馆，相传原为五代吴越王钱元镣的池馆。于是苏舜钦花了四万钱将它买下，加以修葺，在水旁筑亭，取《楚辞·渔父》中"沧浪之水清兮，可以濯吾缨；沧浪之水浊兮，可以濯吾足"之意，将此园命名为"沧浪亭"。他自号"沧浪翁"，撰写了《沧浪亭记》一文，文中描绘了沧浪亭"前竹后水""澄川翠干"等景物，以及自己登舟容与、举觞舒啸的退隐生活。又写《沧浪亭》诗，云："一迳抱幽山，居然城市间。高轩面曲水，修竹慰愁颜。迹与豺狼远，心随鱼鸟闲。吾甘老此境，无暇事机关。"

苏舜钦毕竟不是陶渊明，他食言了。在苏州过了约三年的退隐生活后，又于庆历八年（1048年）复官，授湖州长史，同年十二月病卒，可惜才四十一岁。我们江西人欧阳修为他写了墓志铭。

"汉书下酒"已成遥远古事,但读现今之史书,似不多见《史记》《汉书》等"如此下酒物"。所谓"一斗便醉"《南唐书》一类,更是不多见。

人生而静,天之性也;感而后动,性之容也。真性情者,以其无争于万物也,故莫敢与之争。

我从《淮南子》化来的这段话,也权且为羊年作结了,诸君可浮一大白否?

因为,可爱的猴子们就要来了,他已经拉开了时间的门闩。

2016.2.7

家园与乡愁

家是一种存在，更是一种观念。家很平凡，柴米油盐；家很琐碎，扫地擦灰；家很无奈，吵架拌嘴。这些都不能入诗入画。但是，一旦离这个日常的家远了，把那些鸡零狗碎阻隔开，家的温馨便油然而生。马致远有词：渔灯暗，客梦回，一声声滴人心碎。孤舟五更家万里，是离人几行清泪。家，在远方，在想念里。

谁都爱自己的家乡。清人姚鼐有诗《出池州》，即写出了这种心境，虽然他是桐城人，虽然池州也在安徽。诗云：桃花雾绕碧溪头，春水直通杨叶洲。四面青山花万点，缓风摇橹出池州。

家藏在深处的嗅觉记忆是油菜花香，是牛粪，是稻秆，是腊肉，是油茶……味觉的记忆里是红薯、花生、冻米糖，是香菇、木耳、小竹笋，是什锦汤、棍子鱼，是山背辣椒炖豆腐子……

据说骆驼有一种秉性，就是在什么地方出生，死时就要回什么地方去，这与人叶落归根的观念相通。看来"故园"情结远远不止人类拥有。我们许多有文化情怀的人总是做家乡梦、故园梦，特别是那些由于各种原因不能圆梦的人，无论他们外表如何强大，在思念故乡、叶落归根这点上，应该十分柔软。

回家的路，是世上最美的风景；家人的微笑，是世上最美的点心。

武宁家窗前的庐山西海

故　宫

故宫是一篇大文章。

写文章很像堆积木，大文章要用岁月、心情去码。

故宫的建筑设计，分"外朝"和"内廷"两大部分。由午门到乾清门之间的部分为"外朝"，"外朝"的建筑以太和、中和、保和三大宫殿为中心，东西两侧布有文华、武英两组宫殿，左右对称，共同组成"外朝"雄伟壮观的宏大格局。

太和殿又称金銮殿，建筑面积达 2377 平方米，重檐庑殿顶，是故宫中最高大、最壮丽的古代木结构建筑。

太和殿建在太和殿广场三层重叠的"工"字形须弥座上，须弥座用汉白玉雕成，离地面 8 米左右。下层台阶 21 级，中上层各 9 级。

这座古代中国第一殿，始建于公元 1406 年，迄今经历了三次火灾和一次兵燹的毁坏。现在的太和殿是清朝建的。

太和殿广场面积达 30000 平方米。整个广场没有一草一木，更加显得空旷宁静，肃穆森严。

大臣们在广场上集中候朝。只见蓝天之下，黄瓦生辉，层层汉白玉石台，如同白云，加上各处香烟缭绕，太和殿便是天上的仙境了。

举行大典时，殿内的珐琅仙鹤盘点蜡烛，香炉、香亭燃烧檀香，露台上的铜质龟炉、鹤炉点燃松枝柏枝……到处烟云徘徊，香雾缭绕。

偌大的广场上，鸦雀无声，静极了。

皇帝登上宝座的那一刻，突然鼓乐齐鸣，黑压压跪伏在广场上的文武百官，仰望着仙山琼阁山呼万岁。

一直呼到皇帝越来越高大，自己越来越渺小。

清朝末代皇帝溥仪 1908 年登基，年仅 3 岁，由父亲摄政王载沣把他抱扶到宝座上。据说当大典开始时，突然鼓乐齐鸣，吓得小皇帝哭闹不休，叫着嚷着要回家去。载沣急得满头大汗，只好哄着小皇帝说，别哭，别哭，快完了，快完了，快完了。

事后，许多大臣认为此话不吉利。

上苍也许真的有眼，三年后，清朝果真亡了。

谁之过？

为什么称太和殿为金銮殿？

答曰，因殿内使用了"金砖墁地"而得名。

在这里要严肃指出，这里的金砖，不是用金子做的，而是供宫殿等重要建筑使用的一种高质量的铺地方砖。史载此砖产自江苏苏州、上海松江等地。

"金砖"虽然不是用黄金制作的，但是工艺极为复杂，从选料到烧成合格，需要用一年甚至两年的时间。

江西人宋应星在《天工开物》一书中记述了"金砖"的制作过程：选料要选可塑性适当、颗粒细、杂质少的优质易熔黏土，然后浸水将黏土泡开，让数只牛反复踩踏练泥，以去除泥团中的气泡，最终炼成稠密的泥团。接着将泥团"填满木筐之中"，"平板盖面，两人足立其上"，研转加压使泥土成形，使砖坯密实而均匀。砖坯阴干后，再装入窑中经过高温烧制而成。经科学测定当时的烧成温度应该在950℃左右。就这样，质地坚硬、敲打有金石之声的"金砖"烧成了。

有资料记载，在光绪三十四年，江苏苏州的御窑村还有御灶二十四座，"金砖"就是在这一年停做的。现在御窑村的某村民家中藏有多块"金砖"，其中两块是明代正德元年五月出窑的，应该算是现存最古老的"金砖"了。

金砖墁地平整如镜，光滑细腻，表面上总像是洒了水，发出幽暗的光。

明朝时，这里称奉天殿、皇极殿，到清朝顺治二年改称太和殿。

太和殿内共有72根大的支柱，以支撑大殿的全部重量。其中有6根雕龙金柱，沥粉贴金，环绕皇帝宝座周围。

为防火起见，殿周边还埋有数百个贮水大缸，其中231个用铜铸成，也有用铁铸的。据说铁缸重2.2吨，铜缸重3.4吨。铜缸一般都鎏金，每缸用黄金百两。

1900年8月八国联军攻陷北京打进故宫时，许多鎏金铜缸都遭遇了被刺刀刮削的命运。

太和殿还是世界上最高的重檐庑殿顶建筑。除殿顶一条正脊外，两层重檐各有四条垂脊。正脊和垂脊不仅使用黄彩琉璃瓦制作的仙人和形象各异的走兽装饰物，而且殿顶的垂脊兽是唯一十样俱全的。八条垂脊共饰有八十八个仙人仙禽仙兽。

如此奢华，如此铺张，如此登峰造极，难怪袁世凯放着大总统不当，非要去做皇帝老儿不可。

故宫，真的很烦人！

故宫

春　痕

烟雨江南是最有诗意的时令，像多少楼台烟雨中，像若夫淫雨靡靡、连月不开，像烟雨莽苍苍、龟蛇锁大江等等。一旦放晴，那千里莺啼绿映红，那水村山郭酒旗风，便把湿漉漉的心情迅速晾干。踏青、寻花问柳的事儿便弥漫了开来。

难得一日好春光，梅岭脚下独彷徨。遍地黄花开得艳，满树梨枝结海棠。山前清溪哼小曲，岭上草甸马放羊。忍看枯树成诗赋，老夫策杖颂夕阳。

春天，表现出来的不仅仅是温度，还有色彩的强烈变化，更有万物的萌动。当我们实实在在感觉到这些时，便从心底冒出：春来了。

绿色的瀑布，从天而降。品明前茶，往往就是这种感觉，啜一口，闭上眼，绿的春天和春天的绿便将你包裹。你会变成一条蚕，懒懒地躺在无边无际的春光里，明媚。

春暖花开的时候，年轻人要大胆地把自己当成歌，唱给你喜欢的人，管她爱不爱听。爱听就继续唱，不爱听就戛然而止，唱给自己听。

那浩浩荡荡的菜花，那春光摇曳的菜花，刚刚从身边溜走，没想到就开始怀念了。这一想，就一年。

陈村寻根

我已经走了很远

我不知道还要走多远

我的故乡在远方

我知道远方也不是一个永远的地方

我已经走了很远，我不知道还要走多远

我只知道远方也没有永远

——霜扣儿

我们到的是进贤县七里乡陈家村。这里住着两千多个陈姓人，祖上来自分庄后的义门陈。

德安县车桥镇义门陈村，是陈姓人家的一个极其重要的聚居地。

史载，自宜都王陈叔明之五世孙陈旺于公元 731 年（唐开元十九年）于此开基奠业，至公元 1603 年（宋仁宗嘉祐八年）最后一任家长陈泰奉诏解析分庄，历时三百三十余年，承袭十数代，人口达至三千九百余人。

累世同居，聚族合炊，财产共有，均等和同，家无私藏，厨无异馔，大小知教，内外如一，击鼓传餐，百犬同槽，孝悌流芳，义名天下……宋太祖赐联称：聚族三千口天下第一，同居五百年世上无双。

义门陈是农业中国古代广大乡村最为宏阔轩昂的家族奇观，是中国式的乌托邦、理想国、桃花源，儒家文化理想千秋构建的家国典范。

多年前我就注意到，义门陈的历史宏丽和家族奇观，基本上是在一片废墟之上的农耕文化重构。因为已经完成的文化建构，除部分依据了现存的遗迹外，更多的可能都是来自典籍、野史、方志、家谱以及后世人们的附会、传说、虚拟和想象。

这时，进贤七里乡陈家村的重要价值便得以体现。

明代永乐初年，进贤县七里乡罗源陈家村人陈谟年少得志，二十几岁就参与编撰《永乐大典》，名传天下。陈谟去世后，地方官员立昼锦坊以示纪念。事隔二百余年后，陈谟后裔又争相上进，屡建功业，朝廷为了表彰陈氏家族，于崇祯十年再立理学名贤坊以示恩宠。

又近四百年过去，如今这个全国罕有的院落式牌坊建筑——陈氏牌坊依然在寂静的乡村闲看花开花落。

2006 年 6 月，进贤县陈氏牌坊和李渡烧酒作坊遗址等一道入选第六批全国重点文物保护单位。

我们可以为义门陈的历史大分庄找到一个形象的比喻：秋天的蒲公英。我们看到朝廷或者皇帝是那么轻而易举，他们只需轻轻地哈一口气，一个庞大家族就消散了去。一切激烈的抗争、坚持、号啕、痛哭都无济于事，三百多年的矗立、巍然、荣耀、繁盛都刹那间土崩瓦解。蒲公英们只能拿着绒绒的小伞，携带了家族的种子，背井离乡，在经过茫茫无际的飘荡、游走、迁徙、飞翔，在遥远的山川河流，异域他乡，独立门户，落地生根，在来年干旱或湿润的早春泥土里拱出芽尖，仿如家族小小的期待和顽强，继而试着开出新的生命花朵。

七里乡陈家村，就是无数家族繁衍生命之花的一朵。

寻根，说到底，是在回答那句话：我是谁？我从哪里来。

陈安安、陈正云、陈明秋和我，在陈家村官和陈姓子弟的陪同下，在先祖的牌坊前，被戏称为"陈门四少"。此时此地，倒也恰如其分。

认知自我，寻找自我，定位自我，是一条没有尽头的路。

多少个陈村

写下了多少曲曲折折

这样的迁徙

农家人需要抱团

几百年相互依偎

不管，累世同居

是不是有趣

无论，聚族合炊
是不是有味

用一个姓氏
把那么多人粘在一起
确实有点那
什么的

到得这里
才知道祖先违背了天意

赵光义先生说得那么动听
同居五百年世上无双
聚族三千口天下第一

到后来，还不是他们官家
轻轻吹了一口气

陈家人

就变成了蒲公英
满世界乱飞

哭没用喊没用上访无用呵
几百年营造出的庞大家族
顿时土崩瓦解

支离破碎

蒲公英们拿着绒绒的小伞
携带了家族的种子
含辛茹苦，背井离乡
飘在异地他乡，茫茫无际

小小的期待
大大的顽强
试着开出新的生命花蕊

不做被传统老人紧紧抱着的人
选择流浪选择不幸
选择逃离后的喘息

在一起，多了温暖
却少了创意
不分家，就会戴一辈子面具

七里乡陈家村
当年不从车桥分出
哪有今天的红瘦绿肥

你从哪里来
要到哪里去
你，是谁

聚与散

分与合
历来天经地义

昼锦牌坊
这一脚跨进去
朱门？窄门？还是空门？
真的成为问题

临风把盏

临风把盏，意为面对着来风，端起酒盏，踌躇满志的样子。用现在的话说，多少有点嘚瑟的意思。

江湖上，没两把刷子，我劝朋友，你不要去临风把盏！

踌躇满志更不好。庄子夸庖丁"提刀而立，为之四顾，为之踌躇满志"。临风把盏是踌躇满志的一件飘飘风衣。

杜牧说花木兰：

> 弯弓征战作男儿，梦里曾经与画眉。
> 几度思归还把酒，拂云堆上祝明妃。

这么个女英雄，把酒，却没有去临风。她知道，嘚瑟风险太大，木秀于林风必摧之。

记得传统相声有这样的定场词：

> 道德三皇五帝，功名夏后商周。
> 七雄五霸闹春秋，顷刻兴亡过手。
> 青史几行名姓，北邙无数荒丘。
> 前人播种后人收，说甚龙争虎斗。

历史告诉我们，谁嘚瑟，谁死得快。

低调才是真奢华。

实在想临风把盏时，有一条路径，那就是一个人偷偷跑到一个去处，最好是山洼里或者山冈上，邀月同饮，呼风共爱，谁也不知道你是谁。

你，茶壶煮饺子，心里有数就行。没事偷着乐，几近真理。

万一被人撞见，最多认为你是个疯子。

其实，是不是疯子，天知道。纵然是疯子，又如何？

《载酒赏梅》（傅抱石 ）

过小年

春节是一台大戏，一首长诗，一部中篇小说，她值得拥有类似于序与跋这样的排场。

小年是春节的序曲，元宵是春节的尾声。

小年并非专指一个节日，由于各地风俗，被称为小年的节日也不尽相同。在这里，我们的先人给了不同地方不同的自由选择权。

北方人选在腊月二十三，南方人选在腊月二十四。也有官三民四船五之说。

小年又称祭灶日。

传说平民张生，娶妻之后终日花天酒地，最后败尽家业沦落到街头乞讨。一天，他无意中讨到了前妻郭丁香家，见其乐融融，幸福满满，便后悔不已，羞愧难当，一头钻到灶锅底下烧死了。

天帝知道这件事后，认为张生尚能回心转意，孺子可教，决定给他一次机会。那时各种官职已满员，只有灶王未有合适人选。张生既然死在了灶锅底下，就封他为灶王吧。天帝要求他每年腊月二十三、二十四上天庭汇报，大年三十再回到灶底，继续观察此家人的善恶行止。

范成大在他的《祭灶诗》中说：

古传腊月二十四，灶君朝天欲言事，云车风马小留连。

家有杯盘来祭祀，猪头烂热双鱼鲜，豆沙甘松粉饵团。

男儿酌献女儿避，酹酒烧钱灶君喜，猫犬角秽君莫嗔。

送君醉饱登天门，杓长杓短勿复云，乞取利市归来分。

寥寥数语，把祭灶的场面、人们心中的愿景描写得丝丝入扣又富于情趣。

上天言好事，下界保平安。

其实人们祭灶，表面祈愿，内里却不无调侃灶王爷的意思，这与黎民百姓调侃平时管他们的贪官污吏有点类似。

似乎很虔诚,面子也给足了,但是有要求的,灶王爷向上天汇报,只能拣好的说,如果有奖赐封赏,还必须带回来大家均分。

把祭祀演变成贿赂,用好吃好喝加好听,将天帝委派的监察官员诱哄成自己的保护神,专门报喜不报忧,却是真正体现了典型农耕社会才种得出的狡黠。

小年期间主要的民俗活动有贴春联、扫尘、祭灶等。

贴归贴,扫归扫,祭倒是不怎么祭了。不祭也好,现在的过小年,不是一种生活符号,也不是一种文化标识,在上班一族那里,往往只是一个挂在嘴边的词组,一个寻找吃处的借口。

也"作兴"团圆,那叫小团圆。这个词,说起来更是肉嘟嘟的。

2016.2.1

《灶神》（木版年画）

阳春三月且共韶光从容

光阴有个好听的名字：韶光。

阳春三月里的光阴，温暖和煦，微风漾人，杨柳摆腰，桃红李白，勾画出良辰美景。奈何词穷，只得以韶光陈之。

阳春三月，草长莺飞花怒放；暮夜初更，星寒云淡露微凝。

三月里，下午的阳光有些蓬松。斋中，随意从书架上取出一本书，漫无目的地翻着，竟有"客路青山外，行舟绿水前"的感觉。

奢华的静，散淡的静。宁红龙须茶汤雾霭悠悠，像极了幕阜山中的云，弥漫着美的意趣。

有人说，红尘是人生在岁月深处洒下的一个谎言，彩虹桥上的美丽是红尘深处的万丈深渊。而我们却仍然愿意为了这个谎言趋之如鹜奋不顾身，纵然遍体鳞伤也在所不惜。

疗伤，最好躺在艺术的怀里。

人生不如意的时候，你便把它当作是上天给的长假。利用这假期，学会用审美去将时光涂成韶光。

生活从来不会十全十美。有一种心境，虽经历人间冷暖，依旧晴朗；有一种微笑，虽经历风霜雪雨，依然灿烂。

人家茅屋路能通，剩有梅花数点红。指点山头残雪在，泉声活活乱云中。

记不清楚这是谁的诗了。寂寥中噙着愉悦，萧瑟中透出活泼，心境忽然就被这首小诗滋润。

这时，还不妨按下迷你音箱的键，听一段舒曼的《幻想曲》，把五颜六色的梦，化成翩跹的音符。

有些美，不能止于呵呵，必须亲自去体验，去亲近。

何况窗外，抚河水漫，赣江苍茫，煦色韶光明媚，轻霭低笼芳树，姹紫嫣红一片。

韶光三月，渐行渐远。依偎在我们身边的，已然人间四月天。

红尘深处，与我的故乡重逢

上苍让你生在这个地方，你就是这个地方的人了。这辈子，挣都挣不脱。

小时候的我可不知道，一心想着大山外面的世界，那些个花花绿绿的世界。

向父亲母亲吵着闹着，要山一程水一程，背着行囊去远方。

18岁那年，真的就去了远方，而且一去几十年。

走着走着，江南水岸，大漠风光，苍山洱海，青藏高原，都在脚下了。走着走着，爱琴海，尼罗河，泰姬陵，罗浮宫，都在身边了。

那一次，耳边忽然飘过萨克斯吹奏的曲子，很动听，很动情。打听一下，原来这个曲子叫《回家》。

总是从这个喧闹的剧场到那个激情澎湃的舞台，总是这重山水跋涉到那重山水，读万卷书，行万里路，还是觉得：这颗心无处安放。

到卡拉OK歌厅，最喜欢听的居然是日本人的歌曲《北国之春》，特别是"家兄酷似老父亲，一对沉默寡言人"两句。

到静吧，最喜欢听的居然还是日本人创作的曲子《故乡的原风景》，那个月光如水的晚上，山边小屋，溪流淙淙，昏昏沉沉的油灯下，忧伤的男人吹起陶笛，倾诉着对故乡迫不及待的思念：摇篮，童年、少年，菜洲上、东渡塔、南渡街，黑狗、花猫、老黄牛……

还好，古道边的那座长亭，离故乡并不遥远。只是小时候的那人那事那山那水越来越远了。

只有深深的回忆，像久藏的美酒，越喝越香，越喝越甜。

还是慧能厉害：菩提本无树，明镜亦非台。本来无一物，何处惹尘埃。

包括我在内的一些人，却还活在神秀阶段：身是菩提树，心为明镜台。时时勤拂拭，莫使惹尘埃。

天上云追月，地下风吹柳。山水武宁，我的故乡，你究竟施展了何种魔法，摄住了游子的魂魄？

是观音阁的那座回头山，是修河湾里的渔歌串串，是白鹤坪岭头父母亲高高的坟茔，还是小时候外婆唱的那支民谣：柳山尖，出油盐……

庐山西海

听 雨

闲来无事时听雨，很浪漫，很诗意，很古典，有宋词的味道。

我武宁的家中，最适合听雨了。

一下雨，窗前的西海便迷蒙起来。青山、白云、碧水、蓝天都不见了，眼前一片混沌的云烟。

做了几个铁皮檐，原是遮挡雨直接打进屋内的，不期变成了听雨的最佳道具。

少年听雨歌楼上。红烛昏罗帐。壮年听雨客舟中。江阔云低、断雁叫西风。而今听雨僧庐下。鬓已星星也。悲欢离合总无情。一任阶前、点滴到天明。

写这首词的蒋捷，年轻时为一介公子，那也是鲜衣怒马少年时，一夜看尽汴梁花的人。宋亡后为保持气节，隐居竹山不仕。其中年后便饱经战乱流离之苦，颇具忧患意识。《虞美人·听雨》即为他深谙人生况味之后的艺术结晶。

也只有诗词，才可能以五十六字去表达人生主要历程和生命体验。

"悲欢离合总无情"，经历陵升谷降的词人回味一生，感慨万端：他曾道"流光容易把人抛。红了樱桃，绿了芭蕉"（《一剪梅·舟过吴江》）；他曾道"此际愁更别。雁落影，西窗愁月"（《秋夜雨·秋夜》）。经历风雨飘摇，体悟层层沉积，终在暮年"凄凉一片秋声"（《声声慢·秋声》）的心境中凝结为这首小令词：《虞美人·听雨》。

这雨听得阅尽人间沧桑，奈何悲欢离合，参悟之下心境并未静如止水，整个色调黯然低沉。

也有听得兴高采烈、奔驰千里、心旷神怡的，像那年83岁的季羡林先生。

听雨，在北京大学的燕园，原来季先生想到了老家山东渴望甘霖的麦田。

叶延滨先生这样说：当人们进入一种诗化的境况，才会从喧嚣的市井声浪里逃出来，逃出来的耳朵才能听雨。听雨有三个条件：第一是心静而神动，心静者不为市井或朝野的得失荣辱而悲喜，心静如水，不起波澜；神动者，是心神与自然呼应，天地万象，胸中百感，互交互合。第二是独处一室，或书房与书为侣，或山中小亭坐对群峰。第三是有雨。说到这里，话题的主角就出来了，听雨者，与雨为友，其喜怒哀乐，无不因雨而起。

我认为，从《诗经》开始，我们先人就长于谛听大自然的声音。一代代传下来，培养出丰富的联想力，能从氤氲茶汤中品出人生的滋味，能从蝉叫蛙鸣中听到生命的律动，能从花开花落中悟到人世的冷暖，尤其是能从滴滴答答的雨声中，听出无穷无尽的意趣来，中国艺术的写意精神尽显。难怪汉语中会有那么多关于"雨"的词汇，读唐诗宋词稍不留神就会踏入"雨"的世界。

如：夜窗听雨话巴山，又入潇湘水竹间。如：秋堂听雨惊秋晚，木榻留灯语夜分。如：池草不成梦，春眠听雨声。如：杏花淡淡柳丝丝，画舸春江听雨时。如：屋头秋老凌霜树，竹下春闲听雨窗……

秋阴不散霜飞晚，留得残荷听雨声。

早已过了耽于幻想的年轮，但还是喜欢在下雨的日子，一个人坐在窗前，一杯茶，一支烟，数雨滴，听雨。

看远山，云卷云舒。

清明，还乡

滂沱大雨中，实实在在地回来了，却仿佛在梦里。

清明，就是去思念那些在这个世界上已经消失了的人。

人会消失，但他们留下的味道不会消失，留下的美感不会消失。

昨天一到武宁，立马就到山上去了。雨，在不停地下，但无法挡住渴望团聚的脚步，无法拦着期盼拥抱的心情。

是的，清明时节雨纷纷，因为往事如烟；路上行人欲断魂，因为长长的思念。又一次去追寻亲人们的味道，回嚼着他们留下的每一点美感，能不断魂？

傍晚，与在深圳工作的福生兄联系上了。他是第一次到武宁，住西海大酒店。大堂中见面，握手之余，又圆了阔别近三十年的梦。

镜头切到上世纪八十年代的江西师范大学。那时节，我们正年轻，记得有很多优秀的先生：余心乐先生（那是先生的先生），朱安群先生，陈良运先生，傅修延先生，汪木兰先生，陈融先生，宋易麟先生，还有高福生先生…

真的是列岫云川：柳山、武安寨、笔架山、幕阜山、九岭山…

岁月，尽在弹指之间。

家里亲人们在一家浙江人开的餐馆聚会，我开车过去，居然迷路了。

为什么要在一个小小的县城里迷路，我百思不得其解！

其实也可以不解。每次回家，我总是觉得徘徊在城市与乡村的边缘，似乎自己既是城里的异乡人又是乡村的陌生客，离开与回来在乡情乡恋与乡音的矛盾挣扎中徘徊，莫非真的是一个离开故乡久了的人，在文化记忆中的身份困境与价值焦虑？

当年那个想离开家的少年，如今真的成了家乡的异客。几十年后，他自陷于还原的轮回里，却只能在乡土的碎片中去寻找儿时幸福的余温，去寻找母亲已经远去的乳香。

谁不说自己的家乡好呵。清明，难得亲人团聚的日子，如果不能亲自抵达，那也必须纸上还乡。

对乡土的情怀如烈酒般浓郁；对故园的敬畏如祭祖般虔诚；对家乡的眷恋如江河般奔涌；对大山的致敬如霞光般灿烂。我在自陷与突围中寻找解脱，以"还乡者"的身份，试图去思考乡土中国的变迁，叩问弥合城乡裂缝的答案，寻找知识分子的乡愁、乡音，当然还有乡恋。

大地依旧清新，人心依旧明净？清明，又是清明。

当漫漫无涯的苍天，用春雨奏起生生不息的乐章时，寂静的大山下，大湖旁，谁能告诉我，这样做，是对还是错？

2016.4.4

自在客驿站：云何堂（上）

安静是一种哲学。

把心放在山水之间去寻找安静，是非常正确的选择，田园次之。

车过婺源清华镇不远，就到云何堂了。

云何堂是被吴志轩们租下来又重新装饰过的老宅子，专供那些真正喜欢田园生活的自在客们享用。眼下被村里新盖起来那些莫名其妙的房子簇拥着。

上下三层，八间客房。

据说房名取自禅宗公案，故每一房名展开都有故事。房间布置匠心独运，除了床与洗漱间，每房皆有一榻，可坐可卧，能对饮，宜品茗，方便发呆。

又据说，有些木雕、砖雕、石雕里面还暗藏玄机，缘者上下无碍。

住进云何堂，便在梅泽村里有了一个临时的家，有点陶渊明辞官挂印归去来兮的味道了。除了房间，其他区域的布置也多见用心。装饰完全就着老房子的架构，每个局部都力求体现创意，满足审美需求。比如在淋浴花洒旁开一长方形窗，一边洗澡一边可以远眺远山近水和篱笆墙。

老天井旁边摆着一把古琴，可以弹的。可惜我们一行没有琴师，否则一曲《云水禅心》足可绕梁三日。

最喜欢屋檐下的围棋残局，昭示着阴阳岁月，演绎着黑白人生。

窗外，良田、美地、桑竹、阡陌、鸡犬相闻和黄发垂髫。怡然自乐的桃花源，仿佛从书本上搬到了身边。

美是生活中最温馨的导师，我们都自觉或不自觉地被她引领着。

一枝新竹，一缕斜阳，一块朴石，一树繁花，一湾碧水。蝉，亮烈地嘶喊着。

告诉你，现在还在夏天的罗网里。

天近晚，田塍上随意扯一把野草闲花，边散漫地走着，边闻它生命的味道。任何时候，简单、干净是最饱满的美，暗含绵掌化骨，销魂。

人生，就是一个片段一个片段叠加起来的。

诗意人生，不能缺失田园生活这个片段。

自在客驿站：云何堂（中）

人在得意时，容易生出许多贪念，一不小心会认为天下都是自己的。失意的时候却很容易满足，期待值很低。

云何堂长时间住着一位上海女士，在一家医院工作，不知道得意还是失意，反正她把自己沉浸在青山绿水中的生活看成生命的归依。

很随便，很散漫，看风吹浮萍，看雨打芦花。缓缓地走在村口小河边，风中低语的古树，飘零的落叶，夜鸟梦呓巢穴，青苔暗侵石阶。

到村头看菜园子，看农人如何用带刺的树枝扎成篱笆，围出一片地，种姜，种蒜，种白菜萝卜，还种冬瓜和南瓜。

看蚂蚁搬家，看老牛夕归，看蜜蜂钻进喇叭花里，不采，只是蝇营狗苟、狗苟蝇营。

每个房间都是不用上锁的，敞着，像彼此的心扉。

上不上锁是要看地方的，到道不拾遗的地方，一上锁，反而见外，越发显得上锁的人贼眉鼠眼，心底阴暗。

在这里，时光不是嚓嚓地往前走，而是漫过，就像水遇上了坡坎，一家伙便漫了过去。

她似乎在山水田园间，反复阅读着博尔赫斯。

夜深了，照泥鳅的人陆陆续续回来了，晒谷场上，尚有大人小孩在嬉戏。

梅泽夜色静如水，云何折扇扑流萤。

小路幽僻，河水漫过，湿润的土壤让野花野草肆意生长。

你可以披着衣服，趿着拖鞋，睡眼惺忪迷迷糊糊地从楼上冲到楼下，从门里冲到门外。

微风从田野里吹来花香与草香，月光下，却以为是月亮的香味。

如果你真的将这里当成自己的家，便会有区别于走在世界上任何一个地方的感觉。

在这里住上一段时间，表面的收获也许是悠闲、安逸、懒惰和轻言细语，但内心的充盈，实不足与外人言，因为我们需要的，恰恰是身心的休憩与灵魂的抚慰。

走出云何堂，你既读得懂风花雪月，也走得出沧海桑田。

2016.8.17

自在客驿站：云何堂（下）

　　老宅子像极了村子里的老爷爷。满脸的皱纹七沟八壑，时光大师的刀法功夫很深；手背、脚脖子上干瘪的老筋质感很强，像塑胶做的蚯蚓标本；大梁被烟熏得腊肉一般，有些驼背，如沉甸甸的稻穗。

　　女娲吹过一口仙气之后，老宅子阴沉木然的表情，立即变得生动起来。

　　我看见床头的一本小册子，里面除了介绍如何观鸟之外，还推荐了许多休闲度假方式。弹琴、对弈、挥毫、读书、浅酌、行令、品茗、把壶，这些可以在厅堂里，也叫以在自己的房间里进行。

　　户外有捕鱼、砍樵、莳花、弄蔬、戏水、野游、采薇、囊萤、观鸟等节目。

　　好像还租了田和地，可以深入体验农耕文明。

　　骑水牛黄牛，到田边地头转悠，我认为也是一种不错的选择。

　　骑牛与骑马，是两种完全不同的生活方式。

　　时下骑过马的人多得去了，有几个人骑过牛呢？

　　想想老子骑青牛的样子，晃晃悠悠，被尹喜拦下来时，简直就是神仙再世。少年时与牛相伴，那是牧童，中老年与牛相伴，就成高士了。

　　一部《道德经》，让田园风光无限。

　　田园风光能诱发你对晴耕雨读的理解，对日出而作，日入而息的感悟。依山悟崇高，傍水悟清廉；以日月悟光明，以天地悟正大；假生之乐悟慈，借死之苦悟悲。从而珍惜年华，珍惜生命，珍惜因缘，感念造化，善待自然。

　　还可以选择到山溪里濯足。孟子说，沧浪之水清兮，可以濯我缨；沧浪之水浊兮，可以濯我足。夏侯湛说，退不终否，进亦避荣。临世濯足，希古振缨。

　　让山风轻轻拂过脸颊，让溪水潺潺流过脚背。

　　久了，觉得山溪也像山里人，他们祖祖辈辈不靠契约维系，而以血缘为纽带，吃苦耐劳，生生不息。

　　聚族之风盛行，常常一个村庄只有一个姓氏，甚至"六乡一姓"。故西方人类学谈的"族群"，在中国农村，多指家族。

云何堂所在的梅泽村，多为詹姓。

中国人就这样，只问血缘。

祖谱如同山溪，走得远的，走进了大江大海，走得仓促的，没等出山就枯竭了。

山里的风、田野的风与城里的风最大不同，在于山里的风和田野的风，都是有故事的，都是有表情的。当村头硕大的老樟树将整个身子都抖动起来时，你会觉得比山呼海啸还要震撼，比陵升谷降还要动情。

你会感到，祖宗的赐予是真的恩典，光阴的流逝是真的失去。

实在无事可干，坐在老宅子里面，燃上一根香，望着那个天井发呆，也是极好的。

有些时间上苍留给我们虚度，让我们去留意消磨，不如此我们就辜负了上苍的美意。于是，小住几日，享受山里人家的柔软时光，便是道可道非常道了。

云何堂，将最真实的田园中国，以最好的原汁原味方式，还给你。

2016.8.18

自在客驿站：九思堂

三千年读史不外功名利禄，九万里悟道终归诗酒田园。

功名利禄多在城市里体现，尤其在大城市体现，诗酒田园却只能在田园中汲取。

因此，中国传统文化把这叫作告老还乡或叶落归根，陶渊明则称之为归园田居和归去来兮。

九思堂，取《论语·季氏》记载孔子的一段话而名："君子有九思：视思明、听思聪、色思温、貌思恭、言思忠、事思敬、凝思问、忿思难、见得思义。"

"九思"讲的都是做人的道理，关乎道德修养问题。

绝大多数的人老是想着要去改造这个世界，却很少见有人想到要去调适自己。这是中国长期只有励志教育缺乏闲情教育带来的苦果。时至今日，我们的心灵其实更需要调适，更需要留白。

一山一水有灵性，一花一木不语禅。

养蜂，放鸭，捉蜻蜓，追蚂蚱，玩泥巴，放泥炮，村里人将开水叫滚水，将脸色说成脸戏。

野地里随意采摘来小野菊、望日莲、荷叶、枯枝，插在破旧的瓶子或残缺的土瓦罐里，略显情调，顿生风物之美。

村里最美妙的事情还有：子孙们住村子里，祖先们住村子外。

活在田园间的老人比活在城里的老人惬意，他们住过村里，也住过村外，最后还能待在家谱里。

城里绝大多数老人离世了，犹如一个庞大的蚂蚁窝里少了一只蚂蚁，除出殡的时候放几挂鞭炮，引得车辆行人侧目之外，谁也不会认为少了点什么。

照常车水马龙，照常人流如织。

村里大不一样，老人老去时，是要牵动整个村庄神经的，亲朋好友，四邻八舍，纷至沓来，这个老人迅速成为家家户户的中心话题。

他的好，他的坏，他的脾气，他的性情，他的音容笑貌，他的如烟往事，在街头巷尾，在晒谷场上，在众人翻动的唇边袅袅升腾。

九思堂有书房，泡上一壶好茶，静静地在阁楼的一角，看书。

孩子们奔跑，女人们下厨，男人们帮着洗菜喂鸡。各自都是生命的日常与欢喜。

波澜不惊，小桥流水。

九思堂还有一个小小的院落。院落好，古典中国的故事长卷里，从来就离不开院落这一别样洞天。

有些典雅，有点私密，是种花种草的地方，是漫步沉思的地方，是男女幽会的地方，更是存放心事的地方。

田园风光中，简洁干净、朴素低调自是最爱，而心中的那份天马行空，自在不羁，更有致命的吸引力。

在这样的气场条件下，孔子提出的那"九思"，我以为是很容易做到的。

短短两天，快乐、灿烂、丰满又略带惆怅的田园生活，被婺源开往南昌的高铁瞬间抛到身后，转眼恍若梦境。于是记录下来，想把梦境收住，折起，存进心事的银行里。

2016.8.19

婺源云何堂

圆明园听秋

北京听秋，最好的地方肯定是圆明园了。

这里，仍然接天莲叶无穷碧，依旧映日荷花别样红。

朋友王明哲先生夫妇热情邀请，我和内子下午就到了圆明园，散步，赏荷。

秋风烈，但遮蔽到位，百亩莲池只有些许涟漪。

刘雪枫先生的音乐共同体主办，吸引了大批音乐粉丝前来观看。

圆明园小南园的莲池边品着音乐，赏着月，怕是当年帝王也没有的享受。

半壁山房待明月，一盏清茗酬知音。三五十人，古琴古筝，还有西洋乐器加盟。不是人间好时节又能是什么？

北京的牛人多，席间认识了不少牛人。演出演唱的也有不少牛人。

中国人历来认为，定能生慧。是说人的内心如果安静下来，就会有智慧生起，能看清各种纷乱的事相："天地间真滋味，惟静者能尝得出；天地间真机栝，惟静者能看得透"。（《传世言》）

我们平时讲茶道，这茶那茶，都是药引子。药的本身是要人通过茶事来修养心性，达到宁静致远，感而遂通的境地。

欲达茶道通玄境，除却静字无妙法。

听了几个小时的音乐，感觉到几乎要入静了。一瓯解却山中醉，便觉身轻欲上天。这时手机突然爆响，江西一个电话打过来，大谈《图说海昏侯》系列图书签售的事。

心湖便被彻底搅乱了。

怎一个"恨"字了得。

2016.9.21

美学随笔

剑锋利而威猛，琴优雅
而多情。有剑而无琴，剑只
是一件杀人凶器；有琴而无
剑，琴也只能是一种无奈的
惆怅。琴与剑，这一柔一刚
放在一起所形成的张力和内
蕴，仿佛让人走进武侠网游
中，看那些个侠客，背负书
囊，腰佩长剑，浪迹天涯，
况味无限。

这种审美放在中国传统
文化中，体现为豪放与婉约
的对立统一。

水墨随想

虽然"水墨"这一现象古已有之，但演绎成一个艺术概念抑或一种绘画符号却是近二十年之间的事。我查过上世纪八十年代的权威词典，那时节尚未收录这个现在越叫越响的名词。原来有叫"水墨画"的，只有到八九十年代，在对于所谓抽象水墨、表现水墨、材质水墨进行状态命名时，才将水墨画的那个"画"字去掉，把"水墨"两字留下，重新清洗包装，于是一系列的装置水墨、行为水墨、边缘水墨、实验水墨，乃至数字水墨等等次第登场，蔚为大观，迅速成为一个凡与水墨能沾一点边的艺术样式都拿来披挂的普适性标识。如同海魂衫，原是为水兵专门设计的，因为穿起来帅气养眼，于是你也穿，我也穿，他也穿，专有标识功能在众人的共同掠夺下迅速褪去。

从二十一世纪开始，水墨已不仅仅作为一种书画媒材而存在，此水墨已非彼水墨。目前使用水墨这个概念更多的，还是一个探索的印记，有时也是一种历史的回眸，有时又是一种观念，一种思维，一种可以游移于"形而上下"的自在词汇。

从此，由于此水墨和彼水墨的血缘越来越远，有了现代水墨与传统水墨之分，有了作为东方画艺术的国际文化身份的标签含义。水墨两个字，在当代艺术思潮的拍击下，于中国画、中国书法的长长卷轴中，荡漾出古典与现代、行为与观念、指代与实证的文化涟漪，成为一个能应付万千变化的智能机器或变形金刚。

由是，这个词在当代艺术界广为使用，用到了油画、摄影、设计、电视、电影，甚至包括戏剧等更广泛的领域，显然成了词中明星。

水墨，我以为原意是水与墨在交融过程中的关系与表征。我们太清楚一滴墨掉进一碗水中的情景了。落下、进入，渐渐地发散、渗透，飘逸而优雅地行进，绅士般游走，少女般宁静。水与墨犹如太极的两端，一阴一阳，一虚一实，相互吸纳，彼此交缠，变幻出无尽的奇观与妙趣，而且没有定数。这本身就是一个启迪想象力的过程，或者说是一个创造美的过程。

还有宣纸的介入。

墨和纸一黑一白，即一夜一昼。倘若说黑是压抑，那么白就是舒畅；黑是黑夜，白就是阳光；黑是触目惊心，白就是坦坦荡荡；黑是神秘和高贵，白就是圣洁和纯真。黑和白的搭配，才是人间极致的美，何况墨一经水的浸润，又分出多少层次的深黑、浅黑、微黑、淡黑出来。这么多层面，可以增加多少表现力。水墨以无色之色、清远之笔，可以展露无尽的意蕴与美感。

　　我以为，强调水墨，实际上是在强调一种境界，突出一种基调；强调水墨，实际上就是强调中国画的文化感觉。

　　能把最简单的样子穿出最复杂心情的人，才最懂得穿着之道。同理，能用最简单的颜色画出最不简单的境界，不能不是巨匠之门。八大山人即如此，至简、至纯、至恨、至爱、至素、至真，全在水墨中。我甚至还觉得，八大山人的作品多一点其他的颜色点染，就会俗不可耐，如同蒙娜丽莎被人画上胡子那样令人无法忍受。

《河上花图卷》局部（朱耷）

中国书画的涵养

中国画的灵魂是文化素养。诗、书、画、印是画家中国文化素养的外在表现。真正能体现中国画文化意蕴的，必须深谙诗、书、画、印。仅仅以程式笔墨为傍身之技，离开《画家题画大全》一类工具书就寸步难行，甚至连古画上题跋都读不明白的人，不必与之谈中国画的创作与品鉴。

张彦远《历代名画记》有云："夫象物必在于形似，形似须全其骨气，骨气形似皆本于立意而归乎用笔，故工画者多善书。"这是说，画家的笔墨十分要紧，会画画的人，书法往往精到。我们今日看中国画，看这个画家的笔墨功夫，先看其题款，便心中多少有数了。古人要求画家诗、书、画、印一同上，是有一定道理的。

历来文人画家极重书法的修养，诗第一，书第二。如赵孟頫、文徵明、董其昌、徐渭、朱耷等，他们不仅笔墨了得，而且以书入画，拓展了书画融通的中国画审美境界。画中国画，我以为先练好字，非常重要。

金农的《花果图册之一》是诗、书、画结合得很好的文人画。诗云：横斜梅影古墙西，八九分花开已齐。偏是春风多狡狯，乱吹乱落乱沾泥。

金农的画，味道好极了。有意境，何必画得太像了，将心中所思所想表达出来，则画成矣。中国画，以写意为高，形似往往不如神似。

天人合一，在有的方面未必是真正意义上的合一，它的本义可能是天与人的遥相呼应，人对天的永恒追逐。在这个意义上我认为：文人书画对于中国人而言，是一种高品位的美学唤醒。

中国画在几千年的发展过程中，一直得到中国传统文化的滋养，到宋代达到大盛，明清此风不减。此后除少数画家外，许多人都在笔墨中寻找出路，对画家的绘画才能提出越来越高的要求，致使中国画的评判标准向单极化转舵，包括美术院校。中国画离"文之余"或"文之极"愈来愈远。

文人书画，可以掩饰自己的行为动机，却无法伪装自己的生命格调。

画中国画需要有较高的审美素养，因为宣纸在与笔墨相遇时，产生的变化往往出人意料。如何将纸上变化的偶然顺势成美的必然，是艺术家终生的必修功课。

画中国画要"识"，欣赏中国画同样要"识"。所谓"识"，指识见，指学养，指审美高度。夕阳在有的画家手中是夕阳，在有的画家那里就成了残阳，还有的变成了血痕。完全不同的意境，靠不同的价值取向来完成。

所以说，文人书画情致最重要。情致是作者内心对万物滋味的洞察，幻化笔墨后，或风花雪月，或稚拙痴顽，或劲辣霸道，或节操高洁，甚至歪瓜裂枣，甚至跛僧怪道。

黄宾虹之所以成为二十世纪最重要的山水画家，因为他从传统中来，承宋画沉雄博大之气，弃四王之弊，一改浮华轻软之病，由黑、密、厚、重而确立浑厚华滋的美学境界。他不讲究构图，也不去形式上突围，一心一意在内在美处下功夫：金石学、诗学、文字学以及其他学问，养育了他的笔苍墨润。

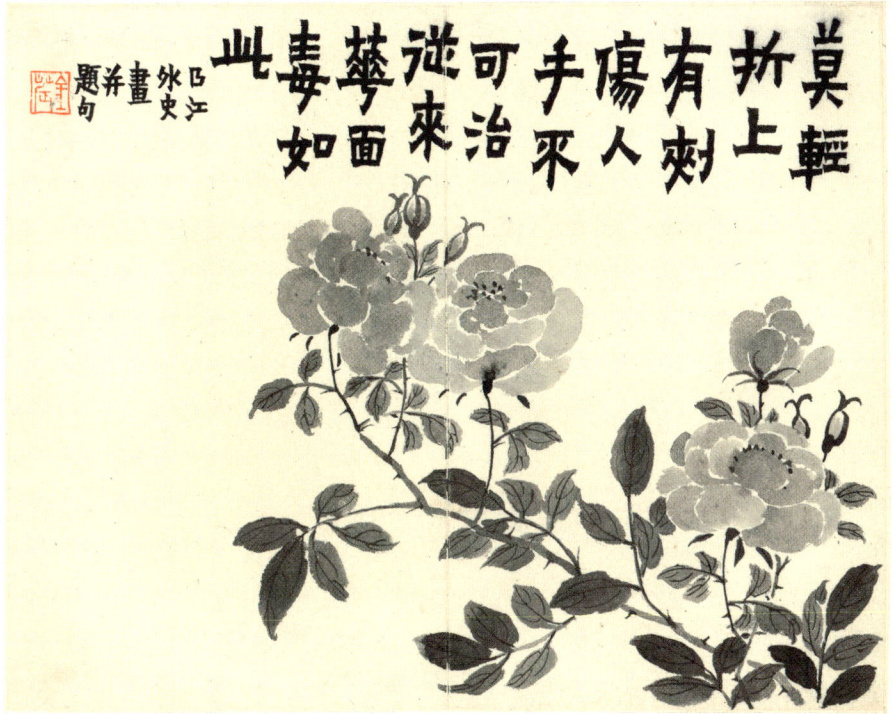

莫輕
折上
有刺
傷人
手來
可治
逆來
蘂寺
毒面
此如

乃江
冰史
題畫
并句

《杂画十二开》（清·金农）

胸涤尘埃

中国古人在画画前，必须胸涤尘埃，气消浮躁。操笔时如在深山，纸墨笔砚如同野壑。有松风在耳，有竹影婆娑，有林泉叮咚，有山路蜿蜒。在这种情况下，抒腕探取，方得其神。今人画画，目中多声色犬马，耳旁多纸醉金迷，心中多夸奖赞颂。这种心境下画出的画，必烟火气重，必浮躁气多，必虚假气浓。余类推。

艺术表达的最高境界是自由呼吸，自然抵达。码字者亦然。像贾岛那样虽然精神可嘉，终究不过二、三流水准。如以女子比喻，体内原本有香，自然散发如香妃者，极品。无体香，随父母所赐之条件者轻松面世，注重自身修为，上品。涂脂抹粉者次之，浓妆艳抹者又次之。无病呻吟令人生厌，码字者戒。

经常看天的人，自然就会喜欢鸟。经常看山的人，自然就会喜欢树林。看多了，每一种鸟的叫声和姿态都不一样，每一片林子的颜色和形状也不一样。不一样，才有差异，有差异，才有大千世界。奇怪的是有些所谓的艺术家，不去抄别人，就来抄自己。更奇怪的是，这样抄的东西居然有人就要，且价格不菲。

无论何人，生命中都必然有空白的地方，恰恰是留白的不同，才有不同的画面和视觉冲击力。一些人总想把空白处用颜色填满，殊不知是画蛇添足。泰戈尔说：不要试图去填满生命的空白，因为音乐就来自那空白深处。当然，诗歌和其他艺术也来自那空白深处。中国的艺术深谙此道，有些作品的确妙不可言。

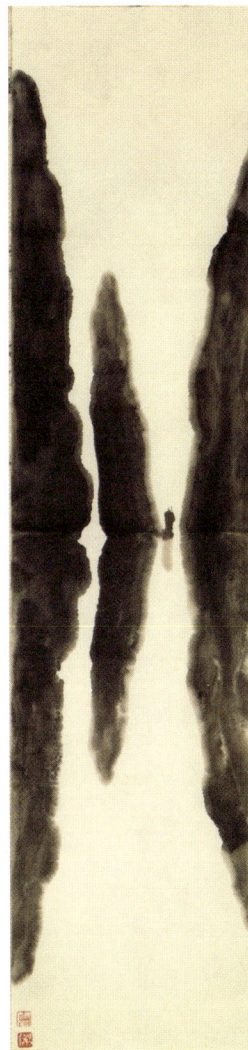

《水墨山水》（廖杰）

韩愈的诗

作为唐宋八大家魁首，韩愈之文自然没有话说。诗又如何呢？

去年年底到终南山访道，路途谈笑间说起了韩愈。那阵子的语境里，韩愈是"云横秦岭家何在？雪拥蓝关马不前"的韩愈。

眼睛一眨，又一年过去了。立春以后的季节，叫雨水。窗外已经显出嫩绿与鹅黄。

想起另一个韩愈：

> 天街小雨润如酥，草色遥看近却无。
>
> 最是一年春好处，绝胜烟柳满皇都。

这首诗写早春，写萌动，写半真半幻的朦胧之美。读后真就是：初恋的感觉。

早春二月，在中国的北方，树梢上、屋檐下可能还挂着冰凌儿，春天连影儿也看不见。但若是下过一番小雨后，你看你看，春天便风姿绰约地来了。

来了吗？好像是：雨脚儿轻轻地走过大地，留下了春的印迹，那就是最初的春草芽儿冒出来了，远远望去，一片极淡极淡的烟青之色，这就是早春的草色。

看着它，人们心里顿生欢喜。可是当真的带着无限喜悦之情走近去想看个究竟时，地上全是稀稀朗朗的极为纤细的芽，却反而看不清什么颜色了。远远望去，真的在那里，可一旦走近，反倒看不出了。这句"草色遥看近却无"，大白话，真感受，兼摄远近，空处传神。

润如酥，近却无。画能及乎？

没有锐利深细的观察力和高超的诗笔，便不可能把早春的自然美提炼为艺术美。风物之酥美意象并不多见于唐诗，早春小雨润如酥，大概也就韩愈的这首《早春呈水部张十八员外》了。

四句小诗，让人记一辈子，经典。

喜雨淘物，如约而至，透过还没走远的冬留下的白纱窗帘，来不及睁开眼，嘴角、眉梢已经浮现出一个崭新的笑容，这就是韩愈对未知的期待，是洞中之人说给阳光聆听的最美颂歌。

春雨断桥人不渡，小舟撑出柳荫来。其实，这世界的温暖和泽被，从来都离我们不远。不要说长夜难眠，不要怨韶华太短，不要将冷暖忧患都寄托在岁月的边缘。那些过往的片段，可以云淡风轻，可以删繁就简，可以朝花夕拾，可以桃红柳绿，还可以一并收进光阴里面。

文在兹。天地不言，万物生焉。

我倒是对"最是一年春好处"这句，如芒在背，如鲠在喉，无语凝噎：

"原来姹紫嫣红开遍，似这般都付与断井颓垣，良辰美景奈何天，赏心乐事谁家院？朝飞暮卷，云霞翠轩，雨丝风片，烟波画船，锦屏人忒看的这韶光贱。""则为你如花美眷，似水流年，是答儿闲寻遍，在幽闺自怜。"穿越了，错位了，居然从韩愈读到了汤显祖。

在我明亮的灯前，夜，很瘦。

《春雨富士图卷》（南宋·马远）

诗之美：此心安处是吾乡

王巩是苏轼的好朋友。

宋元丰年间，因"乌台诗案"，苏轼被贬，受牵连被处罚的共有 20 多人。王巩亦在其中，贬宾州（今广西宾阳），是贬得最远、被责罚得最重的一个。

好在伴随王巩翻越千山万水的，还有一个柔娘。

柔娘是王巩家中养的几个歌女之一，复姓宇文柔奴，也称柔娘。她长得眉清目秀、蕙质兰心，和王巩最为亲近。王巩案发后，家奴歌女纷纷散去，唯有柔娘一人甘愿陪伴同赴宾州。岭南的僻远、路途的艰辛宇文柔奴并非不知，但她毅然与王巩一同踏上了前往岭南的崎岖道路。

几年过去，王巩携柔娘北归。苏东坡怀疚前往慰问。王巩设宴款待，唤柔娘陪酒。

于是，一首充满温情的词，《定风波·常羡人间琢玉郎》问世了：

> 常羡人间琢玉郎，天教分付点酥娘。
>
> 自作清歌传皓齿，风起，雪飞炎海变清凉。
>
> 万里归来年愈少，微笑，笑时犹带岭梅香。
>
> 试问岭南应不好？却道，此心安处是吾乡。

除第一段直接说羡慕王巩外，整首词都在赞美柔娘。简练而传神。

老天赐给王巩一块美玉，这是一块外表与内心相统一的美玉。爱情给了这对人丰厚的利息：身处逆境而安之若素，随遇而安又无往不乐。

说起宇文柔奴的名字，可能很多人不熟悉。但若提起点酥娘，可是无人不知无人不晓，名震北宋京城的歌舞伎。但民间更多的赞美是医生柔娘，她在岭南一带帮人治病有口皆碑，被老百姓们誉为"神医"。

古代，女人从医非常稀罕。作为妓女出身的神医，就更是"天下独一份"了。据了解，宇文柔奴的父亲本是一名令人尊崇的"御医"，不小心被冤枉入狱，死于狱中。她的母亲不堪忍受突来的打击，不久也撒手人寰。幼小的柔娘，面对着双亲早逝，无比悲痛。更糟糕的是，她的叔叔将这位小女孩儿，卖进了京城的"行院"。当然，"行院"并非"妓院"——"行院"以艺娱人，"妓院"以色娱人。

再以后，她就被王巩王大人给收编了。

因为有了柔娘，王巩的这次发配没有吃到什么苦头。这个弱女子不但懂得养生保健，琴棋书画样样精通，在音律歌舞方面也有较高的造诣，尽可以在荒蛮之地诗意盎然地化解那些无聊时光。而她治病救人，广播甘霖，又为这对天涯沦落人赢得了众多的铁杆拥趸。

真好，真的很好。

"自作清歌传皓齿，风起，雪飞炎海变清凉。"意思是：柔奴能自作歌曲，清亮悦耳的歌声从她芳洁的口中传出，如同风起雪飞，使炎暑之地立即化为清凉之乡，使政治上失意的主人变忧郁苦闷、浮躁不定而为超然旷达、恬静安详。

那天，柔娘肯定也唱了，唱得满院子的桃花艳丽如阳光下的细雨。

东坡先生微醉，脸上也飘起了桃花雨。

再写柔娘北归。"万里归来年愈少。"几年过去，岭南艰苦的生活反而让她甘之如饴，心情舒畅，归来后容光焕发，更显年轻。

"笑时犹带岭梅香"，既写出了她回程时经过江西大庾岭这一沟通岭南岭北咽喉要道，又以斗霜傲雪的岭梅喻人，好一朵大庾岭上的俏俊红梅。

最后写到词人的问和她的答。先以否定语气提问："试问岭南应不好？""却道"，突然陡转，使答语"此心安处是吾乡"更显铿锵有力，警策隽永。

大手笔。寥寥数语，把柔娘美得不染纤尘，质本洁来还似洁的样子永远地刻在读者的脑海里。

男人有两次生，一次是母亲生他，第二次是从爱他的女人那里得再生。王巩因祸得福，他被柔娘重生了一回。

能道出"此心安处是吾乡"与苏学士对答，而且才高艺绝，容貌可人，不但能传递那浓浓的爱意，还能帮助男人把最压抑的光阴活得诗情画意，从容淡定。

这样的女子，如果用玉来形容，只能是和田羊脂玉了。

今天读这首词，仿佛还能闻到柔娘甜美和清淡的气息，看她将酒抿进樱桃小嘴，笑意盈盈。如戏曲中的青衣，水袖拂起，满是那绝代风华。

分外典雅,分外诗意,悦耳悦目的婉转。青瓦,雕檐,远远飘来的笙箫,伴着雨滴,装进梅瓶里。

女性的优雅气质,比起如花似玉的容颜,更经岁月锤炼,更显特殊芳泽。

相濡以沫,人世间最美的风景。

知性女子就是这样,喜欢爱情这味穿肠毒药,吃苦算什么,化苦为甘也不算什么。这件事本来就直直地叫人以生死相许。

当代社会,柔娘难觅。故这首词更加耐人寻味。

《红叶题诗仕女图》（明·唐寅）

红叶题情付御沟　当时叮嘱向西流
无端东下人间去　却使君王不信他

唐寅

诗之美：舒婷的《致橡树》

我如果爱你——
绝不像攀援的凌霄花，
借你的高枝炫耀自己；

我如果爱你——
绝不学痴情的鸟儿，
为绿荫重复单调的歌曲；

也不止像泉源，
常年送来清凉的慰藉；
也不止像险峰，
增加你的高度，衬托你的威仪。

甚至日光，
甚至春雨。

不，这些都还不够！
我必须是你近旁的一株木棉，
作为树的形象和你站在一起。

根，紧握在地下；
叶，相触在云里。

每一阵风过，
我们都互相致意，

但没有人
听懂我们的言语。

你有你的铜枝铁干，
像刀，像剑，也像戟；
我有我红硕的花朵，
像沉重的叹息，
又像英勇的火炬，

我们分担寒潮、风雷、霹雳；
我们共享雾霭、流岚、虹霓。
仿佛永远分离，
却又终身相依。

这才是伟大的爱情，
坚贞就在这里：
爱——
不仅爱你伟岸的身躯，
也爱你坚持的位置，
足下的土地。

女同胞受压抑的时间太长，父系社会五六千年了，清朝以前就没有男女平等的说法。

于是，大胆的女同胞有空就冒叫几声。

1977年，可以公开的诗，多是标语口号式的，除了分行，骨子里基本就不是诗。

于是，朦胧诗地火般运行，几年后脱颖而出。

舒婷也是一条女汉子，估计她没有读过西蒙·波伏娃的《第二性》，于是也加入了冒叫的行列，只不过借用了朦胧诗的名义。

　　她在《致橡树》中别具一格地选择了"木棉树"与"橡树"两个中心意象，将细腻委婉而又深沉刚劲的感情蕴在生动的意象之中。它所表达的呼喊，不仅是纯真的、炙热的，而且是挺拔的、伟岸的。它像一支古老而又清新的箭镞，射向蓝天，拨动着人们的心弦。

　　诗人以橡树为对象表达了对平等爱情追逐的热烈、诚挚和坚贞。诗中的橡树不是一个具体的对象，而是诗人理想中的情人象征。因此，这首诗一定程度上不是单纯倾诉自己的热烈爱情，而是要表达所要追求这种爱情的理想和信念，通过具体的形象来借题发挥，颇有古人托物言志的意味。

　　今天看来，《致橡树》很直白，是一首完全没有朦胧意味的爱情诗，然而诗人运用缜密流畅的语言逻辑，明确表达了互相尊重、相濡以沫的价值取向。

　　男女之间的平等，应该说还有一定距离。能够作为树的形象和"他"站在一起，仍然是很多女性的梦想与远方。

　　文学艺术的重要意义之一，在于能够把社会生活和意识形态，建构成境界性存在。

　　写诗不是要写出比别人更漂亮的句子，而是在做一种精神体操，在进行灵魂的洗礼。诗，重塑人的心灵境界。

　　《致橡树》饱含生命况味，在男女关系于精神层面找不到到平衡点时，拼命去激起的追求尊严、向往美好的感性冲动。

　　诗歌形态强调的是精神与现实因张力、因不适应性而产生的诗性空间感，是以人的情感、思想、价值判断作用于对象物所产生出的审美表情。

　　所以，一首《致橡树》可以情牵几代人，被今天许多情窦初开的女生仍然奉为爱情启蒙宝典，不断在流传，可能还会继续流传下去。

　　几十年过去了，我之所以还要推《致橡树》，是因为女性要求爱一个人，是持续的，是永恒的，而这并没有任何过错；还因为不思想、无思想，不动情、还矫情造成了当今诗歌创作的窘境，而这也不可能是诗歌本身的过错。

　　爱情不会老去，如同诗歌不会老去一样。

《橡树林》（俄·希什金）

人是半神半兽的生灵

有一个古老的传说，人是半神半兽的生灵。圣人和伪圣人都愿意装饰自己神的一面；流氓与假流氓则愿意袒露自己兽的一面。如果把物人与心人比作生命的舞蹈，那么，这种舞蹈，就只能在神兽之间，摇摆前行。

文　艺

文艺，是由"文学"和"艺术"黏合而成的词，"文艺范"既是这个黏合词的延展。眼下，这个词被严重虚名化了，因为搞文学的人往往不通艺术，搞艺术的人也不通文学。

在一个人人都需要获得身份认同的时代，大家便一哄而起，争着去戴那顶辨识度较高，却又似是而非、面目模糊的帽子。

于文艺而言，文学是灵魂，艺术是肉身；文学是道，艺术是器。而于文学而言，思想和感悟是灵魂，是道；文字组织和表达能力是艺术，是器。

事情很简单，我们把简单的事情复杂化了。

由是可以得出一个判断：大师级的文学或艺术人才，一定是打通了文学和艺术两扇门的。极个别的天才例外。

2015.8.26

极简主义

极简主义以简单到极致为追求，起初是一种艺术设计风格，但现在越来越多地成为有品位的生活方式本身。它在感官上要求简约整洁，以至在审美方面显得更为优雅。

没有多余的摆设，将生活用品精简到最少。伊娃说，"这种极度削减的方式，使人更容易将注意力集中在房间里那些为数不多的物件上。这种环境令人心绪平静，也使你的感官更敏锐。"这便是极简主义者的基本信仰。同样信奉极简主义的还有乔布斯先生。据说，乔布斯生前拥有的物品非常少，除了一年四季穿的黑色上衣，就只有一套昂贵的音响设备。乔布斯同样也是个禅宗信徒，物品的削减，从一个侧面反映了他心灵的干净。没有杂物，没有杂念，没有多余的东西出现在视线里，于是便接近了洁净至美的境界。

极简主义并不扼杀人的欲望，只是把我们从各种繁杂中解放出来。

极简主义不是苦行僧主义，它并不否定物的作用，而是要更好地利用物，为生活本身服务。它关注生活本身，抵制物的异化。

极简主义是贪得无厌的死敌。它的存在说明了一个简单的道理，那便是：求足何能足，知足方足；待闲安得闲，偷闲自闲。

2015.8.27

极简主义画家丰塔纳作品

剑胆琴心

　　剑锋利而威猛，琴优雅而多情。有剑而无琴，剑只是一件杀人凶器；有琴而无剑，琴也只能是一种无奈的惆怅。琴与剑，这一柔一刚放在一起所形成的张力和内蕴，仿佛让人走进武侠网游中，看那些个侠客，背负书囊，腰佩长剑，浪迹天涯，况味无限。

　　这种审美放在中国传统文化中，体现为豪放与婉约的对立统一。

　　辛弃疾，既能"醉里挑灯看剑，梦回吹角连营"，又会"倩何人唤取，红巾翠袖，揾英雄泪"。

　　陆游，既念念不忘"红酥手，黄縢酒"，又时时想着"当年万里觅封侯，匹马戍梁州"。

　　苏东坡，既有"大江东去，浪淘尽，千古风流人物"的心量，又有"夜来幽梦忽还乡。小轩窗，正梳妆"的柔情。

　　霸王别姬的故事所以动人，是因为英雄美人象征着剑胆与琴心。"力拔山兮气盖世"的项羽当然是剑，当他面对乌江仰天悲歌时，就化为了剑中的琴心。一代美人虞姬，质丽情深，当然是琴，当她为英雄而毅然赴死时，就变成了琴中的剑胆。他们互相因果，英雄美人因剑胆与琴心的交融，完成了一个悲怆而奇丽、阳刚与阴柔辉映的大美境界。

　　剑胆琴心，那是"金戈铁马，气吞万里如虎"与小桥流水、杏花春雨的对话；是"欲将心事付瑶琴。知音少，弦断有谁听"的惆怅；是蒙古高原长调与江南水乡昆曲的呼应；是浩荡铁蹄与悠长雨巷的交响；是梦里故园中的那株老梅，虬枝苍节，却繁花如雪，璀璨得忘了年轮与时光。

　　喜欢琴与剑交融的感觉，更想成为剑胆琴心兼备的男人，然而，太美的东西总是太难塑就。一个有"剑胆"的汉子，总是伴随粗俗鲁莽，而一位有"琴心"的先生，又往往失之于懦怯寡断娘娘腔。"剑胆琴心"的确是一个很美也很难达到的境界，但正因为可望而不可即，便更加让人神往。

　　佛家有句话与之相通，叫"霹雳手段，菩萨心肠"。

　　或许还是：不俗即大雅，多情乃佛心。抑或是：回首向来萧瑟处，归去，也无风雨也无晴。

　　因此，昨天晚上枕着燕守平先生的京胡独奏《夜深沉》，走进楚河汉界，走进十面埋伏，走进狼烟四起的中国历史。

　　行板、小快板、快板和急板。

　　剑，寒光闪闪的剑。

　　美丽的虞姬，表面舞步欢快，内心痛苦凄凉。

　　项羽，也以自刎的方式，完成了回报琴心的剑胆。

　　剑胆琴心，让我一夜无眠。

2015.12.5

《抚剑图》（齐白石）

花解语

花是可以代替人说话的。

赏花要懂花语，花语构成花卉文化的核心，在使用花卉作为媒介的交流中，虽无声，但其中的涵义和情感表达往往甚于言语。犹如禅，不着文字，尽得意趣。

梅花，傲雪凌霜。

牡丹，国色天香，雍容华贵。

菊花，色彩缤纷，又风韵多姿，或雍容端庄，或幽静含情，或热烈奔放。

兰花，生自深山幽谷，花香清远，且"不为无人而不芳，不因清寒而猥琐"。

月季，花期特长，能"花落花开无间断，春来春去不相关"，象征天长地久。

荷花，出淤泥而不染。仅此一句，胜似万语千言。

花木不分贵贱，无论长在高墙大院，还是荒山野岭，都有绰约的丰姿，高贵的仪容和怡人的情态。

一花一世界，一叶一如来。

"花解语""玉生香"，最早见于王实甫《西厢记》杂剧第一本"张君瑞闹道场"的第二折：

娇羞花解语，温柔玉生香。

这对子包含两个典故。

《开元天宝遗事》记载：帝（唐明皇）与妃子（杨贵妃）共赏太液池千叶莲，指妃子谓左右曰：何如此解语花也。

《杜阳杂编》记载；唐肃宗赐李辅国香玉辟邪二，各高一尺五寸，工巧殆非人工，其玉之香可闻数百步。

有女儿的父母很幸福，树能荫人，花可解语。

佛祖在灵山拈花一笑，即是最微妙的一次。

懂得花语并解，便通了人情，了然禅理；便往往酒至微醺，花看半开；便随意可以春水煎茶，石鼎烹月；便常常小楼一夜听春雨，明朝深巷卖杏花……

《安晚册》之二《瓶花》

极致之美：阿拉伯之星

去过几次迪拜，每次都感到震撼。

这里的人钱太多了，便人为地制造许多世界奇观出来。

什么事做到出类拔萃，鹤立鸡群，就会呈现极致之美。

美感是物我和谐的结果，而美感极致是美感的高层次状态，是一种高峰体验。从表现形式来讲，美感极致具有直觉性，是对象的审美性质和主体的审美能力结成的相互对立而又相互适应关系的外在表现。从表现内容上看，美感极致则是对一般美感的扬弃，是人类永远追求美好境界的具体体现。

中国城市千人一面的东西太多，城市设计师首先应该是个想象的天才。学学李白吧，古时没有装备和条件，照样能写出"西当太白有鸟道，可以横绝峨眉巅""飞流直下三千尺，疑是银河落九天"，这样的非人类视角才会带来艺术的灿烂与张扬。

帆船酒店，翻译成汉语又称"阿拉伯塔"，又叫"阿拉伯之星"。我认为在某个时间接点上就做到了极致，

饭店由英国设计师 W.S. Atkins 设计，外观如同一张鼓满了风的帆，56 层，比法国埃菲尔铁塔还高上一截。而金碧辉煌的酒店套房，则让你感受到阿拉伯油王般的奢华。202 间房皆为两层楼的套房，最小面积的房间都有 170 平方米；而最大面积的皇家套房，更有 780 平方米之大。墙上挂的画则全是真迹。整个酒店到处是落地玻璃窗，随时可以面对着蓝色且一望无际的阿拉伯海。

据说最初的创意是由阿联酋国防部长、迪拜王储阿勒马克图姆提出的，他梦想给迪拜一个悉尼歌剧院、埃菲尔铁塔式的地标。经过全世界上百名设计师的奇思妙想加上迪拜人巨大的钱口袋和 5 年时间，终于缔造出这个梦幻般的建筑——将浓烈的伊斯兰风格和极尽奢华的装饰与高科技手段、建材完美结合，建筑本身获奖无数。

做到极致，就能吸引世界的目光，在这个注意力经济的时代尤其如是。帆船酒店做到了极致，人们觉得以五星级不足以表达它的美，便以七星级命名。不少人心甘情愿地为她埋单。

我们不一定学着去做七星八星酒店，但创意的独一无二，把一切做到极致这种理念，的确值得借鉴。

极致之美，让人终生难忘。

跟踪了一段时间的"中华历史文化大观园"项目，具备极致之美的雏形，值得期待。

2015.12.15

阿拉伯塔

美学随笔（一）

禅不神秘，生活就是禅。

美学不神秘，我们生活在美学中。

生活中处处都有美的存在，而有美存在的地方，就一定存在与美有关的学问。虽然人人都能感受到美，但没有足够的美学修养，就无法去获得更加丰富的美感体验。

人从生到死，就是一次没有归程的体验全过程。

生命的长度与生命的密度在一般人身上，不交叉。

心理学证明，能体验更多美感的人，生活更丰富，生命更精彩。这里只有散淡，没有空虚；这里只有孤独，没有寂寞；这里只有丰盈，没有抑郁；这里只有充实与满足，没有单调与乏味。

马斯洛著名的"需要"理论：生理需要和安全需要，是人的初级需要，这一需要与其他生物同步；而归属与爱、尊重、认知、审美、自我实现等需求，则是人的高级需要。

人怎样成为人，就必须用高级需要证明自己与其他生物不同。

审美作为高级需要，可以使人超越功利而匆忙的日常生活，获得各种不同的精神体验。

2016.1.23

美学随笔（二）

克罗齐说，艺术是人类最基本的语言形态。

这就是说，艺术具有多重功能，但其主导性的元功能，应该就是传递信息的功能。艺术家通过艺术作品，音乐、美术、文学、建筑等等，传播有关思想和感情的某种信息。因之，艺术的确是人类语言系统的一种特殊形态。

克莱夫·贝尔将艺术定义为"有意义的形式"，不无道理。

我认为有意义的形式，可以分为三个层级。

以中国书法为例：

第一层级，通过持续练习，能把字写好，写漂亮。这个层级是基础，还不宜称为书法家。

第二层级，通过墨色与线条的浓淡、刚柔、粗细，表达出疾徐轻重的动态感、韵律感和节奏感。再通过自己特有的动态、韵律和节奏，体现书法家有意识或无意识而赋予这幅作品的蕴涵。能做到这一点，可以称为书法家。

第三层级，在作品语义结构中体现人生感悟或哲学思考，如王羲之《兰亭序》，颜真卿《祭侄文稿》。这是高级阶段，能够到达这一阶段的，才配称大书法家。

书法是心灵的图式艺术，是书家性格和气质的流露，是人格人性的展现，是大千世界美的抽象与浓缩。因此，中国古代要求书画家必修诗、书、画、印、经。

用一笔好字抄唐诗宋词、他人警句格言的，再好，也只能到第二层级。

陶博吾的字不怎么好看，但他的行书骨法用笔，真力弥漫，充满霸气，于清爽俊朗中得一辣字。他的行草则葛枯形丑，甚至歪斜扭曲，荒诞奇诡，在跌跌撞撞中呈天真之态，在古朴厚重中显淡定从容，字里行间尽是自己的人生感悟和哲学思考。我以为可入大书法家之列。

2016.1.24

美学随笔（三）

在日常生活中，美感显然比美学理论更加实用，更加重要。

美感是人接触到美的事物所引起的一种感动，是一种赏心悦目、怡情悦性的心理状态，是人对美的认识、评价与欣赏。

上苍赋予我们视、听、味、嗅、触五个感觉系统，我们用得最多的是视觉系统，其次是听觉系统。在美学范畴，两种或两种以上的感觉系统同时使用，叫通感。

假设把一个感觉系统称为一维，那么两个感觉系统就是二维。维度越多，立体性越好，感染力越强。

有些人在具体的五种感觉系统之上还有属于心灵和理性的感受器官，即人的"内在器官"，这是隐形的，看不见，摸不着。有人先天即有，有人后天获得。这种特殊的综合感觉，又称为"第六种感觉"。

第六种感觉又有人称之为"直觉"，并且进一步认为女人的直觉一般很准。

其实直觉与第六感不完全是一回事。它们有重叠，有交叉，也有差异。这里不展开。

美术理论界很少有人注意通感的运用。近年我指导南昌大学一个研究生，让他专门去关注和研究通感在美术创作中的运用。这种"兵器"比较普适奇崛，相信在所有艺术门类中，都能用得上，都会有所斩获。

2016.1.31

美学随笔（四）

艺术是情感的表达。这句话是托尔斯泰说的。

符号学的奠基人之一德国哲学家卡西尔则称之为：艺术是情感的符号。

两者异曲同工。关键是情感有些什么特别之处。

情感本身有三重特征：主观性、对象性和传达性。

情感的主观性表现为它不讲什么道理，无法勉强，不可替代，很难释怀。比如某人喜欢某人，而且一见倾心。局外人按一般逻辑去推理，认为不可思议。但作为当事人，反而觉得没有什么道理可言，爱他（她）没商量。家是放心的地方，不是说理的地方，亦源出于此。

情感的对象性是因为情感是主观的，主观的判断往往是因为具体的对象而起缘。李煜的"问君能有几多愁，恰似一江春水向东流"，对象是已经逝去的南唐江山和大小周后。

情感的传达性，首先是情感可以传达，其次是情感必须传达。爱和恨都是这样。有人用笑的方式，有人用哭的方式，也有人用艺术的方式。

一个人咬碎钢牙只能往肚里咽，肯定不幸；而巨大的喜悦只能深埋在心中，也十分痛苦。

因之，艺术必然是情感的表达，君不见古人云：言之不足嗟叹之，嗟叹之不足咏歌之，咏歌之不足手之舞之足之蹈之。

2016.2.5

美学随笔（五）

上苍把人分成男人和女人，又把人分成文艺人和理工人，还把人分成行动人和思考人。

多种生命类型，体现人的本质归属。一类人对某一类事置若罔闻，不屑一顾时，另一类人对之却情有独钟，甘之如饴。

但几乎所有人的天性中，一定有审美和爱美的基因。

美，是从人生命内部放射出的光芒。

有一种说法，认为任何人在"忘我"状态下都是美的，像那些天真的孩子、入定的高僧、疯狂的恋人、竞技中的运动员和全神贯注的科学家……

忘我其实是生命激情四射时的巅峰状态。

对于人而言，人与事物都可以以两种方式存在。一种是实用的方式，另一种是审美的方式。

这两种方式都可能成为艺术，只不过分成了实用艺术和纯艺术两大类。因此，有的人在创造艺术品的同时，一不小心，将自己也变成了艺术品。

是否可以这样说，没有美感的世界，只能是动物的世界，而非人的世界。

美学随笔（六）

在十八世纪德国哲学家鲍姆加登出现之前，世界上并没有美学这门学科，也没有一本美学专著。

有的人不是为行动而生，而是为思考而生。

鲍姆加登先生在长期思考中发现，人类所追求的基本价值，就是真、善、美。

真，那时已经有专门的学科：逻辑学；善，那时也已经有专门的学科：伦理学。三足鼎立，只有美学缺席。

缺席怎么办？

创建。

1750 年，一本名叫《Asthetik》的书出版了，翻译过来，就是《美学》，作者，当然是鲍姆加登。

可惜，鲍姆先生虽然一头撞开了美学的大门，却仅仅在门口徘徊起来，他没有，也不可能深入美学的辽阔腹地。

上苍往往不会将一件极其伟大的事情交给一个人去完成。

同样是德国人，比鲍姆加登先生年轻 10 岁的大哲学家康德，经过认真观察仔细思量以后，觉得里面芳草鲜美，落英缤纷，便毅然从美学洞开的大门，昂首跨了进去。

正是这两位勤于思考的德国人，将美装在了一个叫"美学"的理论筐子里，近代美学由此诞生。

美学随笔（七）

回答"美是什么"之所以困难，是因为它所要求的并不是对个别对象作审美判断或作经验性的描述，而是要求在各种美的对象中找出美的普遍本质，或者在与非审美对象的比较中找出其特殊的本质。

比如黑格尔美学的方法论，大致可以用三句话来归纳：1.世界是一个过程；2.世界是一个肯定、否定、否定之否定的过程；3.艺术是世界历史过程中的一个环节，同时也是一个过程。

与这三个过程对应，就是自然界、人类社会、人的精神世界。

而人的精神世界，又由三个环节组成，即艺术、哲学、宗教。

美并不是固定的，形而上的。在美的概念下，包含着各种性质上极不相同的事物。从宏观世界到微观世界，如日月星辰、花草树木、各种劳动产品以至人物的品质、动作、相貌、表情、风度等等，都可以作为审美对象，都可以是美的事物。

要在这些性质上极不相同的各种事物中概括出美的普遍本质，当然是极困难的。再则，美还随着社会历史的发展和变化而相应地发展和变化着。

汉代的人以瘦为美，唐代的人以胖为美。有人喜欢象征型艺术，有人喜欢古典型艺术，有人喜欢浪漫型艺术。

俗话说萝卜白菜各有所爱。

真的是各美其美。今日弄潮儿，明天可能是烂仔。

在动态的时空结构中，由于时代和社会的不同，美的内涵极其价值意义也就很不一样。综上所述，正是美的概念内涵的宽泛性、复杂性甚至变易性给美的本质笼上了一层神秘的难以揭开的面纱。

所以，将艺术划分成"前艺术""艺术"与"后艺术"，可以让我们更好地从美学的角度去理解艺术。

还有，审美判断既是主观的，又是客观存在的，只不过使用的标准差别太大，没法统一也没有必要统一。这个世界也由此色彩斑斓起来。

美学随笔（八）

接受美学认为文学作品所使用的语言是一种具有美学价值的表现性语言。这种语言包含了许多"未定点"和"意义空白"，它促使文学作品的语言含蓄、模糊。

这种含蓄与模糊被称为"艺术性空白"。

艺术性空白能够激发读者的审美参与积极性，吸引和召唤他们参与文本创作，令读者在一个不断建立、改变、再建立的螺旋式上升的阅读体验过程中，凭借个人的想象力、人生经验和审美意识，对艺术作品的不确定意义进行加工、补充、挖掘、丰富和创造，最终完成自己对作品的理解。

读者对文本的参与度越高，其获得的美感强度就越强。

据我观察，国人看画，首先是看像不像，其次是能否看懂。

而欧美人看艺术品，则喜欢从观念上去体味艺术家的良苦用心。

应该说，欧美人离审美本质更近。

美学随笔（九）

与艺术有关的学问大致有三种，曰门类艺术学、一般艺术学和美学。

所谓门类艺术学，就是具体研究各门类艺术的学问，例如美术学、舞蹈学、音乐学、戏剧学等。这些学问离艺术创作实践靠得最近。现在在大学里学的，基本就属于门类艺术，师傅带徒弟的也只教门类艺术。

稍远一点是一般艺术学，把各类艺术都统起来进行研究。例如艺术世界和非艺术世界、艺术法则、艺术样式的发展等。既然称一般，就不是个别，也不能特殊，因此，它比较起门类艺术学来说，肯定离艺术创作实践远一些，更加抽象一些。这些大学里也教，但师傅带徒弟的就没有这个环节了。

再远的就是美学。一般艺术学将各门类艺术总起来进行研究，美学则要在一般艺术学的基础上，研究艺术的总体特征和根本规律，研究美和艺术最抽象最本质的东西。

现在中国的美学家奇缺，因为美学这玩意儿三不靠，不能赚钱，不能教人学技术，也不能贴个标签在脑门上招摇过市，差不多是百无一用的东西。

但我还是坚持认为，大学艺术类院系，必须学习美学。没有美学做基础，站不高，走不远。

2016.3.11

静斋品画

植株高大却又亭亭玉
立，笼盖一庭，开花时如雪
丘玉峰，故人们将蔚然成林
的白玉兰，称为"香雪海"。
但愿人世间对于母亲的
爱，不论何种形式，总如香
雪海。

谈文人书画

中国艺术精神的实质，源自古老的"天人合一"。中国艺术的传世作品，除突显记录功能的部分外，绝大多数做到了"一切景语皆是情语"。大自然的物象，都是充满情感的人格化的对象。艺术家倾注于材料上的形象，几乎都是其内在感情的外化。

文人书画，正是在这种审美价值的观照下，成为中国艺术的主要形式。

曹不兴为孙权画屏风，误落一墨点，顺势画成一只苍蝇。孙权误以为真，"举手弹之"。说明三国以前，绘画以逼真为审美标准。从西晋统一到东晋南渡，绘画观念发生了中国美术史上的一次巨大嬗变：顾恺之的"传神"，代替了人们常说的"栩栩如生"。当然，这仅仅是绘画观念上开始变化，唐代义人凭诗文便可入仕，但画师与画工是不入流的。阎立本那时已做到了省部级高官，皇帝召唤，请阎画师作画。阎立本强装笑脸勉强画完画，回家之后立即召开家庭会，宣布子子孙孙不准画画。至宋元，苏东坡的"论画以形似，见与儿童邻"，倪云林的"逸笔草草，不求形似"，与"传神"论一脉相承，许多名家践行，加上皇帝本人亲力亲为，终于确立了中国画的审美主流。不论似与不似，书画家均以是否抒写"胸中逸气"作为皈依。

文人书画，展示美，不限于技。

文人书画，情致最重要。情致是作者内心对万物滋味的洞察，幻化笔墨后，或风花雪月，或稚拙痴顽，或劲辣霸道，或节操高洁，甚至歪瓜裂枣，甚至跛僧怪道。

文人书画的特点在于：词汇向虚，语言向意，图式向理。

大雪飘飘，竹影斑驳，晨钟暮鼓，经声佛号，驿旅踏歌，青岚夕照，南山荷锄，夜雨剪韭，平沙落雁，甚至南瓜熟了，芍药开了，小老鼠上灯台了，都入得书，入得画。

有劝诫，有隐喻，有诗情画意，有柴米油盐，有悲欢离合儿女情长，有生老病死人生浩叹。

文人书画，可以掩饰自己的行为动机，却无法伪装自己的生命格调。

天人合一，在有的方面未必是真正意义上的合一，它的本义可能是天与人的遥相呼应，人对天的永恒追逐。

在这个意义上我认为：文人书画对于中国人而言，是一种高品位的美学唤醒。

《潇湘竹石图》（苏轼）

家园风景的守望

画了三十多年油画的魏林，终于要有一次处女展了。作为老乡与同事，由衷地为他高兴，并为他的画展命名：西江写真。

魏林醉心于描绘美丽的田野乡土风景。

他不去揭示乡土绘画中的苦涩感，也不去进行宏大叙事，而将视点的中心投向了看似平淡无奇的田园景色。

稻田、丘陵，远山、近水，收获的农人，劳作的背影，水边的小镇，沉寂的山村……真的是一缕炊烟、几丘农田、一口池塘、几丛灌木，一条小街、几个行人，就组成了一幅幅画面，弥漫着他对这片土地的挚爱与深情，他要以形式和内容的单纯来打动观者。

他想方设法将景致的真实体现在油画的型、光、色、笔四大魅力方面。造型：要显出素描功底，务求准确、到位。光线：那是用来表现立体感和空间感的，且在空气湿度大的江南，如何利用光景来描绘出烟雨蒙蒙湿漉漉的感觉，还真颇费思量。

色彩：是油画中最具魅力的部分，就风景画而言，能否打动人，色彩往往起关键作用，故他用力很多，从绿色到黄色，从红色到黑色，特别是灰调的运用，总是期待着这些色块能够充分托起自己对这方土地的感悟和情怀。笔与刮刀并用，将心路历程的痕迹留在画布上，或流畅或奔放，或冷峻或热烈，营造出的某些肌理效果，往往给人以材质的美感。

西江风景，当然不同于黄土高原的苍茫豪迈，不同于中原大地的沃野浩荡，不同于青藏高原的庄严圣洁，甚至不同于同处江南核心区域的婉约细腻。这片土地，既有楚天的雄浑，也有吴地的曼妙；既有大山的威严，也有小河的清亮。

魏林生于斯，长于斯，便以他最熟悉也最能引进共鸣的这片土地作为吟咏对象。他以自己性情中特有的湿润、细腻、平和，加上感情的共振，现实与想象交替，捕捉故园乡土独有的光影，水气充盈的天空和湿漉漉的大地与田畴。他用那支画笔，将大多数西江人熟视无睹的景色，调出了一片四季分明、清新鲜亮的诗意，流淌出淡淡的惆怅与若有若无的乡愁。

　　小人物、小情节、小风景，画出了"西江情结"，陌生却又亲切，熟悉而又新鲜，是"记忆的风景"，也是"风景的记忆"。在当下，许多画家画名去了，画钱去了，因而我们又可以说，魏林的"西江写真"，是守望家园的风景，是家园风景的守望。

2014.4.2

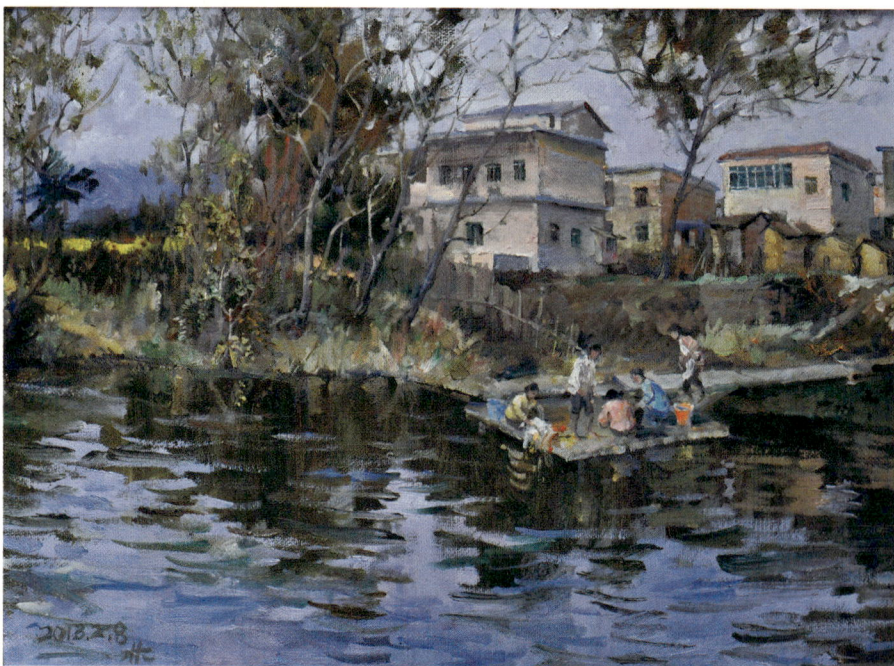

《田间小路》
———— （魏林）
《溪霞村》

八大山人

白天应邀到八大山人纪念馆,去协助挑出八大山人部分作品为观众展出。馆里准备充分,投影幻灯配王凯旋馆长的解释,相得益彰。

重温八大山人作品,感受有三:一、八大山人是中国文人画的高峰,特别是大写意,在他那里得到了极致的发挥;二、他的山水、花鸟、书法都很绝,特别是花鸟的简易孤冷,三百年来无人能及,无怪乎白石老人愿为其门下走狗;三、八大也有应酬之作,如画鹿、鹤祥瑞一类,明显是不得已而为之,或为当时商人乞画所酬,八大山人绘画的传播与当时徽商的推动有关系。

晚上回来再回味,挑出三幅来与大家分享:

八大山人《芦雁荷花图轴》,无年款。画面中,三只芦雁在休憩嬉戏,不同于他其他作品中的大喜大悲,但又区别于一般文人画的疏淡甜腻:右上方有一只仍在飞翔的芦雁,似有准备着陆与同伴同嬉之意。中国画中多水上孤舟、山中小庙、沙渚之鸟,其核心围绕一"栖"字。此画亦然。

八大山人《孔雀竹石图轴》,款识:"孔雀名花雨竹屏,竹梢强半墨生成。如何了得论三耳,恰是逢春坐二更。"该画成于康熙二十九年(1690年),被认为是讽刺当时的江西巡抚宋荦谄媚清廷之作,亦有人说此画是中国画史上最早的一幅讽刺画。画双孔雀立于锥石杂花之间,似有惊愕之态。那时八大山人一方面与清廷官员往来,另一方面又用画笔来挖苦与自己交恶的官员。这幅画体现了八大山人的双重人格,此中煎熬亦未可知。我并不这样认为,那时宋荦非常欣赏八大山人。

八大山人《瓜月图轴》,一大西瓜和一大圆月轮廓。整个画面就是这一虚一实之二圆相套,上题:"昭光饼子一面,月圆西瓜上时,个个指月饼子,驴年瓜熟为期。己巳闰之八月十五夜画所得。"距今三百二十三年的那个中秋,八大山人留下了佛学对人间节令的思考:月之指,非月本身也。

八大山人的意义在于:在一个污浊的世界做着圣洁的梦,用诗、书、画对禅宗的以心相传不立文字进行诗性表达。

2012.5.8

《瓜月图》（八大山人）

罗坚的画

罗坚是南昌大学美术教授，也是我的朋友。他的作品我看过多次，在一起也讨论过。有一次在一个朋友处喝茶，我谈了对他部分作品的感受。罗坚深以为然，还鼓励我说，如果录下来，就是一篇好文章。他后来从网上还发了些作品给我，让我从博客上发出来，让更多的人参与评论。可惜那天讲了什么我已经完全不记得了，只有重新提笔，再胡诌几句，以完成罗坚所托。

中国画讲笔墨，讲语言，更讲中国文化素养。西洋画讲构图，讲色彩，讲造型。从这六讲出发，我们似乎不能完全解读罗坚的画。那么，罗坚到底要向我们表达什么？幸亏我评价艺术作品还有三条标准，即思想高度、文化厚度和技巧表现度。

根据这三条，事情就变得似乎容易一些了。请看他的同事，同是画家的严智龙是如何评价的：

罗坚的绘画，在业界有相当一部分理论家将其划入了现代主义抽象绘画部分，我觉得有一定的道理。那是因为在画面形式语言的推敲中罗坚下了足够的功夫，也就是说罗坚将现代主义绘画的语言性研究作为了自我艺术面貌确立的方式。在点、线、面、笔触、张力和操作过程中的章法、气韵，以及材料的介入、工具的使用，罗坚都赋予它们现代主义形式美的节奏、韵律、张弛、内敛、平和与激进。

罗坚反复论证它们之间关系的可行性，并在实验和探索中不断求得更为有效的发现。但罗坚绘画又不完全属抽象，在接二连三罗坚作品的线状分析里我们又可以清晰地找到罗坚艺术的人文图像与符号。在西方一百多年现代主义阵营中，不计其数的艺术家用一生完成了形式语言面貌来进行自我艺术的确立，可见，在形式美的领地，想开疆拓土是何等的艰难。罗坚义无反顾的顺应了自我心灵的召唤，把注意力转向了满目繁杂、熟视无睹的城市场景，并以此作为自己人文攀缘的制高点，搜寻自己内心期待已久的风景。

关键词：心灵的召唤，城市场景。内心期待的风景。

我需要补充的是：1. 从思想高度看，可以把罗坚的城市系列绘画归并到艺术生态主义，即艺术家首先把人定义为精神的人和物质的人之复合体，来表现我们环境中理想与现实的尴尬。图像来源于观念中的现实，从现实再跃升到现实与非现实之间的文化记忆片断，来表现作者对生存环境的人文关怀。2. 从文化厚度看，画家采取了儿童的视角，使得画面充满童趣与洁净，充满想象与虚幻。的确，孩子眼中的城市与成人眼中的城市，几乎完全不同。再者，一个画家这样强烈地关注着他赖以生存的城市空间，不可能没有社会学意义。3. 至于技巧表现度，诸位完全可以见仁见智。我觉得罗坚在他城市系列的作品中，大量地使用灰白色，应该是在追求城市灵魂的高贵。

罗坚的画

卢杰油画

我们知道，艺术是有表情的。卢杰教授的这张画，是前几年创作的。画我们中国最大的淡水湖：鄱阳湖。卢杰试图以自己的绘画视角和叙述语言来表现浪涌波翻、水天相连的母亲湖和生于斯长于斯的人们。因为有风景有人物，为自己设置了重重障碍。尽管画面有质感，用笔准确，在一定程度上反映了渔民的生活，但要表现画面中每个人的情绪和心理感受，是摆在画家面前的一道高坎。我对艺术品是有要求的，一般都要用三条原则去套。这三条原则是：文化厚度、思想高度和技巧表现度。套下来，后一度还不错，前一度过得去，中间那一度基本没有。

当时正值第十一届全国美展征稿，卢杰拿了上面两张画征求我的意见。我坚决主张送那张老妇人织布的《岁月》去参展。《鄱阳湖之歌》留下修改提高。特别是画正面那位年轻女子，虽然很抢眼，但放在这里没有多大意思。她是鄱阳湖的女儿吗？还是来采风游览的客人？没有交代，也表错了情。而且人物正在做某件事情或思考时的外在情绪流露，正是画的亮点与难点。《岁月》人物单纯，心态是平静的，比较适合表现。《鄱阳湖之歌》则不然，人物关系相对复杂，有的人物定位不确定，很难出彩。卢杰先生很谦虚，也很勤奋，同时亦很困惑。

卢杰的这幅画，我很喜欢。画名是我取的——明月何时照我还，未征卢杰同意。

这幅画的好处有三：一是构图，有山有水，有屋有人，恬静，协调，有致，留了一角天，予人想象空间，又做了那座山的背景，一举两得。二是色彩，作品的主色调为绿，配以徽派建筑的灰白色粉墙，表现出郁郁葱葱的江南韵味。三是在构图和色彩的基础上，画家选取的元素显然经过了认真思考，没有多余的、与表现主题相冲突的景或人。

标题取的是江西人王安石的两句诗，前一句是"春风又绿江南岸"，由后句引发观赏者对前句的联想，应该是艺术手法所为。叶落归根式的还乡梦，或者说乡愁的探看，家园的万里千寻，是此画的文化厚度。

最近，卢杰又给我发了一批他的油画作品。让我感到惊讶的是：他的作品有了一个很大的转向，即从造型转向了色彩。

我们知道，构图、造型、色彩是油画视觉传达的三大要件。这三大件中，构图相当于构思创意，它的任务是将造型、色彩进行有机整合和巧妙安排，有点像调度员。而造型和色彩，是体现构思创意的两个基本工具。西方古典绘画是以重造型轻色彩而见长的，到了法国印象派出现，色彩才提升到了独立的位置。但矫枉过正，由于太重视色彩，造型反而变成了配角，甚至是可有可无的配角。只有到了马蒂斯、克利、米罗等西方现代派画家的出现，才开始了造型和色彩并重，一种新的艺术空间呈现在人们眼前。

但这并不意味着完全的双轨同摧，色彩和造型仍然可以一枝独秀。以色彩论，莫奈、雷诺阿、德加、塞尚、康定斯基、莫兰迪，还有赵无极、朱德群，一大串顶级高手的名字闪烁在这片意味深长的天空，甚至国画大家张大千，晚年也皈依了色彩。

卢杰由造型到色彩的转向，与其说是绘画形式语言的侧重，还不如说是他价值观和审美取向的重大变化。

色彩观念的次第甚至交错演进，完全标志着人类在认识美、发现美、表述美的过程中，一次又一次的升华与飞跃。从固有色到象征色的运用，到条件色和装饰色的发现，再到美感色和情感色的开掘，色彩把绘画从古典拖拽进了现代。

卢杰这两幅画，构图和造型都没有变化，甚至完全一样。在我看来，第二幅是在第一幅的基础上蒙上了一层绿，类似于相机的镜头加装了滤色镜。正是色彩的强行介入，奇妙的效果出现了：第一幅比较接近自然现实，显得平淡无奇。第二幅就截然不同，原先有些朦胧的地方现在变得清晰，山、云朵、灌木和竹子都仿佛精神了许多，那一泓碧水，就更加可人了。整个画面给人青翠欲滴之感。

这是卢杰的梦里家乡，也是我们心中的江南景色。这里，画家将他童年的记忆或向往用色彩传递了出来。我们在摸到作者在创作时情感律动的同时，不能不赞叹色彩的神奇。

《明月何时照我还》
————————————————　　（卢杰）

《鄱阳湖之歌》 ｜ 《岁月》

读《逝水流年·桃之夭夭》

张修竹最新的油画组作《逝水流年·桃之夭夭》令人耳目一新。

首先是色彩，缤纷艳丽，浓烈奔放，表现出女子"灼灼其华"的生命灿烂；其次是画面中居然加入了水彩，让千年油画的厚重一下子变得活泼起来。仿佛三江并流之水，纠缠、交融，撕扯、互慰，最后汇成一股说不清道不明的气场，弥漫蒸腾。

再次是女人体上真纽扣和陶纽扣的运用，有趣且有意，平添了一种装置的味道；第四是留白。张修竹这样对他的国外同行说："你们的白是一种色彩构成，而我们东方的留白，则是一种哲学意境。"

第五，女人一直是张修竹关注的主体，从水墨家园到陶雕，从纸塑到油画。他对女人又爱又恨，有时会让她们欲望张扬，汉子味十足，更多的时候却让她们面目模糊，犹如一具具魅影，只能一味地绽放浓妆艳抹。我揣度张修竹这时会在心中窃喜：因为他又一次以艺术的样式批判了所谓的姿色鉴定，藐视了"这是一个看脸的时代"；他又一次表达了有点阴险的男权视角！作为心理学解读，或许这是幽暗的。然而作为美学解读：解构，把美撕碎来给人看；建构，又拼装出各种姿势的美，恰恰是艺术通往成功的一大法门。

《逝水流年·桃之夭夭》（张修竹）

色彩赵无极

西方人往往用光与影来界定美与非美，而中国人往往用味道意趣来界定美与非美。这是两种不同标准的审美判断，不能混为一谈。

艺术家要熟练且恰到好处地把握人与自然、自然与艺术、艺术与人之间的距离。这种距离越近，便越具象；越远，便越抽象。大艺术家与一般艺术家的区别，往往体现在其把握这种距离的分寸感上面。

赫尔巴特的形式主义美学认为，与旧经验有联系而又有差异的新经验，最容易产生审美愉悦。

超越现实，关键在于改变生活的感知感觉方式，喜怒哀乐都从中而来。

赵无极融通东西方的技巧手法，创作出中国韵味十足的抽象派风格油画，他以斑斓的色彩异军突起，跻身于世界油画大师行列。他的抽象油画外表上极具西方现代感，但在绘画视角、用色笔法、对中国画留白的继承创新和画作蕴含的中国哲学意韵等方面，又显现了成熟扎实的中国气派。

作为当代旅法的华裔画家，他的抽象绘画作品中无不透露出对于东方审美趣味与哲学的偏好，他纯粹的抽象画风在二十世纪的国际画坛掀起了一股色彩绚丽的浪潮，在肆意纵横、油彩淋漓又不乏节奏和韵律感的艺术语境里，勾画出了一个又一个意象、梦幻、抽象乃至叫人浮想联翩的画面。

赵无极青年时代在杭州国立艺术专科学校受教，后赴欧洲研习意大利、荷兰和法国的古典绘画，深受毕加索、马蒂斯和克利等西方现代派大师影响。他开始时创作以人物和风景为主的具象油画，后来画风才转入抽象。

赵无极艺术风格完全成熟时的作品，画面上流动的是大片大片的色块，挥洒的是淋漓尽致的自由笔触，留下的是可以对应万事万物的肌理效果。

一派东方的艺术精神和神秘象征。

春秋鸟：严智龙的当代水墨

一

严智龙读完艺术哲学博士以后，开始玩水墨了。

鉴于他在江西美术界当代艺术领域的影响，这一现象势必引起人们关注。

美术于当代，已不再是国油版雕唱主角，连年宣唱配角的舞台剧表演年头，也不再是单纯的架上经典形象的忘情塑造时代。

越来越模糊的语言书写边界，越来绚烂的图式个性张扬，书法形态、绘画形态、装置形态……艺术多元化呈扇形展开。

当代水墨是中国传统水墨手法与西方现代艺术观念杂交的一个当代艺术品种。

在保留中国传统笔、墨、纸等的基础上，大量运用西方现代艺术创作中的一些方法和观念进行创作。技法上，和传统中国画已经拉开了相当的距离；观念上，与传统笔墨的概念也有很大区别；在形式追求上，亦超出笔墨传统的内涵，一般人甚至会有雾里看花、水中望月的感觉。

但这一形式符合严智龙的创作理路。

二

还记得上世纪八十年代的朦胧诗吗？

我以为当代水墨与差不多同时出现的朦胧诗有异曲同工之妙。

朦胧诗，以内在精神世界为主要表现对象，采用整体形象象征、逐步意象感发的艺术策略和方式来掩饰情思，从而使诗歌文本处在表现自己和隐藏自己之间，呈现为诗境模糊朦胧，诗意隐约含蓄、富含寓意，主题多解多义等一些特征。

北岛也罢，舒婷也罢，几十年过去，朦胧诗被越来越多的人所接受，所喜爱。

现在，轮到当代水墨出场了。

多长的守望，才朦胧成时光的模样：宋元明清，甚至汉唐。

放之则弥于六合，收之则退藏于密。或风花雪月，或稚拙痴顽，或劲辣老道，或诗意盎然，或情操高洁……甚至南瓜熟了茶花开了，小老鼠上灯台了，尽可收入囊中。

艺术家选用什么材料，什么手法去表白，我们可以全然不顾。我们只要明白，他是在寻找一种直接进入自己内心深处的密码，并使这个密码成为标识，从而建立起一条哪怕是异常狭窄的通道。

于审美而言，了解这串密码，已经足够。

三

当一个人始终知道自己的目标，这个世界便会为他让路。

二十世纪八九十年代以后，中国国内开始经历一种前所未有的巨大变化，这个变化在社会生活和文化生活两个层面尤为突出，人的生存领域中充满了不确定因素。几千年稳定的农耕文明和浩如烟海的诗书传家、久旱甘霖、洞房花烛、金榜题名、他乡故知等慢生活方式，都被匆匆而来的工业化、信息化击得粉碎。现代人的感知经验和生存体验为艺术革新提供了巨大的想象空间，这种变化趋势迫使绘画语言愈来愈走向抽象、表现、象征和荒诞，愈来愈观念化。

弯过几道大弯，当代水墨终于显山露水。

观察角度的跳跃转换，绘画语言的不确定性，也就容许原本从自我更替出来的非我，对本我进行较为全面和多角度的观照。这种结构提供了一种新鲜而富有张力的语言。这种语言源自冷静的观察，来自艺术家所看到的真实，更重要的是艺术家所体验到的真实。体验到的真实是心灵的真实，带有距离感，不走向理性，却跟禅意很接近。

青鸟殷勤为探看。从鸟的眼睛中看大千世界。严智龙当代水墨的魅力，正在于江南山水式的迷离与空蒙。似与不似，实与不实，互相交错，映衬重叠。读似片片断断，却是形散而神不散。就其抒情气质而言，像极了中国古典诗词，且有李贺李商隐的范。又貌似宋明散文小品，氤氲着李渔张载的气息。

泼洒当代水墨的严智龙，于我看来，或许还像袁中郎笔下那杭州净寺的一个喝酒和尚，喝醉了不去打天下，而是自己跟自己较劲，左手赢了奖左手，右手赢了奖右手。有时候还会学官府叱喝，皂肃赐坐，令跪下：跪下，起，再坐。如此反复，叽里呱啦直到天亮。

这时，邀几个朋友在他的窗下偷听偷看，焉能不亦乐乎！

沈周的玉兰图

早春二月，余寒尤烈。

白玉兰却不管不顾，热热闹闹地开起来了，满树琼瑶，随风飘香。

这一天，埋头在山水画创作中的沈周猛一抬头，见窗外已经拉开了春天的大幕，心里头不由自主地一阵狂跳。弃笔、伫立，久久地凝望：

翠条多力引风长，点破银花玉雪香。韵友自知人意好，隔帘轻解白霓裳。

人无癖，不可交。沈周有一癖，就是顽固地遵循古训：父母在，不远游。

不入仕，不当幕僚，不做生意，不接受乡党的举贤荐能。文徵明说他：真神仙中人也。

沈周陪伴了母亲一辈子。母亲走的时候九十九，沈周八十。母亲走后两年，沈周溘然长逝。

或许是身边久无红粉知己，此时的他，见白玉兰迎寒应春，雍容优雅，丰腴白净，风情万种，便把玉兰树看成诗友，而且是异性，正在脱去那件白色的霓裳。

更加晶洁如玉，清香袭人了。

唐代诗人咏：晨夕目赏白玉兰，暮年老区乃春时。

玉兰花的花语是冰清玉洁：表露爱意、高雅、芬芳、纯洁。

诗仅仅在心里荡漾，自然还不够畅神，于是沈先生将山水画置于一旁，重新铺开宣纸，开笔绘制《玉兰图》。

这幅画现藏台北故宫博物院。

《玉兰图》浅设色，属写意花鸟画。此画构图采取传统的折枝法，不画根杪，仅着笔两枝玉兰。主要笔墨用以突出怒放的玉兰花姿态。用长而柔软的线条，以书法的中锋用笔，形象地表现出花瓣的柔嫩质感；在树枝的丫眼以及树干纹理的地方，则用短且粗的线条，然后在树干上面微微染上赭色，给人以刚健硬朗之感；作为背景的画纸则染以淡淡的花青色，又运用留白突显玉兰的特异他花。极尽绚烂而又格调素雅，留白充分让空灵尽显。观之如沐春风，顿觉暗香浮动。

　　莫非沈周是在画自己的母亲？

　　如果是的话，这幅玉兰图就是一篇意蕴绵长的慈母颂。

　　我们江西人黄庭坚当官后还为老母亲端屎倒尿，被列入了二十四孝。不知何故，沈周先生侍奉母亲一辈子却没有被列入。

　　植株高大却又亭亭玉立，笼盖一庭，开花时如雪丘玉峰，故人们将蔚然成林的白玉兰，称为"香雪海"。

　　但愿人世间对于母亲的爱，不论何种形式，总如香雪海。

桃之夭夭，灼灼其华

桃花是春天景色中的主角之一。

桃之夭夭，灼灼其华。

一般人画桃花，先用赭墨勾画出主干，擦出横向斑纹。再用笔调白粉，笔尖略蘸曙红，单瓣桃花五笔画成，每瓣从瓣尖向花蕊画去。花朵画完后，调汁绿，笔尖略蘸胭脂，在花的周围点缀些叶子，即可。

陈师曾不然，他以焦墨写枝，互相穿插，然后浓淡曙红画花，以墨写蕊。花或疏或密于枝条间，唯不着一叶，使花格外突出。

轻轻地，将心温存在一朵桃花的面孔上，笔墨便撩拨着春天心脏的律动，听到这个季节最动人的声音。

三月的柳笛吹拂寒冬尘封的思绪，吹拂一些日益沉淀的音容，一些令人挥之不去的笑貌。

三月的风是灵性轻盈的；三月的雨是凝重忧郁的。

画笔，如同一支长笛撑开这个季节的天空，看暮天楚江留下多少跋山涉水的痕迹；奉旨填词的兰舟过后，酒醒断肠处，是谁的微笑清瘦如诗？是谁的寂寞灿然如花？在桃花汛最美丽的时刻。

还有另一种画法，不去画具体的花了，先以浓淡墨写干写枝，再以浓淡曙红涂出一团一团花簇，让画面上红蒙一片，显得空灵静远。上树红芳已化云。

一枚暗红的果子，开始孕育一种记忆，一种声音，一段心事，一则传奇。

桃花源，桃花渡，桃花溪，桃花扇，桃花坞……

于是，在远离你的此岸，我用张望在等待。看桃花仙子，凌波而来。

栾布：远方的呼唤

瓦利诺斯说，哲学就是带着乡愁的冲动，到处寻找家园。

我说，栾布的写实主义油画展"远方的呼唤"，就是带着好奇与向往，到藏地去寻找：生存的理由与生命的归属。

因为援藏，那片神奇的地方我去过两次。我感觉，那里的每一寸土地，仿佛都是一页页难以解读的经书；那里的每一处风景，似乎都是经幡、堆绣和唐卡的变身。

雪山，圣洁得耐人寻味；蓝天，高贵得庄严冷艳。圣湖天水、雪域荒原、戈壁草滩……

栾布上路了。他相信，那方神圣的土地，飘散着的一定是最质朴的人间烟火。

写实主义画家库尔贝有一句名言："我不会画天使，因为我从没有见过他。"

是的，栾布也不画天使。他画青藏高原上的饮食男女，画转山转水转佛塔的人，画忧郁悲悯的眼神，画藏民脸上特有的高原红。那是岁月的恩赐，也是年轮的印记。

写实油画在艺术形态上属于具象艺术。艺术家通过对外部物象的观察和描摹，将自身的感受和理解融进再现外界的物象中。写实油画对绘画语言要求非常高，这也正是写实画派走势强劲的重要理由。

语言作为思想的工具，犹如骏马之于骑士。作为一种启示感动的力量，绘画语言真正的美，因为属于自己又得心应手而产生。

栾布深谙绘画语言的重要性。他孜孜不倦地琢磨、研究着属于自己的有弹性有张力的绘画语言。依我看，栾布的写实油画，起码作了三个方面的创新与改造：

1. 大量使用抽象绘画中的色块元素，增加作品的肌理效果和韵律感；

2. 大胆打破传统构图形式：对主景往往进行隐蔽性处理；将主要叙述对象置入边缘地带；半俯视半仰视处理画面；

3. 无理由地点缀跳跃性色彩，如画龙点睛，大红大绿却和谐自然，显得生动活泼、可乐动感。

栾布的写实油画符合大多数人的审美观，易懂易看。他笔下形象的造型准确、色调真实，高技术含量提升了绘画的品质。

藏地这些相信宿命的人物，有着与汉地芸芸众生完全不同的生命表情。

他一直在寻找，寻找人类某种精神空间的视觉性呈现。

从这个意义上看，与其说"远方的呼唤"是一次画展，不如说是一趟既熟悉又陌生的美丽旅程。

当艺术家面对创作对象的激情，完全发自于内心，而不是一种姿态的时候，这件作品才有可能成为艺术品。

"乡愁"一词与工业文明对人类生活的催进与异化有关，与两次世界大战的惨痛记忆有关，与快节奏生活方式带来的人与人之间的恍惚感、疏离感有关。

在艺术表达的世界中，塔可夫斯基用影像记录乡愁，格里格用旋律捕捉乡愁，余光中用诗咏叹乡愁。

乡愁，艺术的灵山，情感的厚土。

栾布在画布上精心营造着那片高峻而温暖的诗意乡土。为此我一直固执地认为，所谓"乡愁"，其实只是那最为浓缩和精炼的一瞥，它归根到底最为纯粹地存在于二维平面的视觉空间，因为对于原乡的永恒向往和一个人灵魂最深处的美好，有时仅仅存活于一个单纯的画面。

远方对于栾布而言，就是乡愁的另一种书写形式：

因为相信神的存在，那些人世世代代匍匐在雪山脚下，一边放羊牧马，一边以各种方式与神灵对话，过得简单安详，逍遥自在。

因为有了信仰，他们每个人心中都是一片湛蓝的深邃，每个人的怀中都种着一株菩提。

在打捞乡愁的过程中，栾布不小心打捞起对那片土地的热切渴望和深情幻想。

去过十几次了，还想去，还要去，仅仅是雪域符号的独特性吸引？

是谁这样说：一个画家如果心中没有江河日月、大泽大荒，如果没有天低西北、地倾东南的大乾坤，如果没有对人生坎坷的感知，是难以入得汉家陵阙，唱得大江东去的。

远方的呼唤，是神圣的呼唤，慈悲的呼唤，母亲的呼唤，原乡的呼唤。

　　在一阵又一阵的呼唤声中，现实主义艺术的忠实捍卫者栾布微笑着，忧伤着，快乐着，也疼痛着。

　　在一声又一声的呼唤声中，位于南昌之东的江西省美术馆内，布满了五彩经幡，萦绕着晨钟暮鼓，好像变成了圣殿，等待有缘人去细细品味、妙悟。

　　你见，或者不见，栾布的雪域高原就在那里，不悲不喜。

《收青稞》
————（栾布）
《牧马》

五叔与半斤

五叔者，廖杰也；半斤者，亦廖杰也。

五叔与半斤，是光头廖杰人生游戏的防身装备和进攻武器，目前正运用得酣畅淋漓，风光无限。

有点儿"藏斋戒坐小阁，濡染大笔何淋漓"的味道，也有点儿"虚拟痛饮长亭暮，慷慨悲歌白发新"的做派。

号半斤，常常不胜酒力，不是以开车为由推脱，便是以晚上还要录节目为遮挡。

所谓半斤，典型的叶公，好的是画面上的那条龙。

称五叔，貌似淡定自若，往往欲盖弥彰。一会70后，一会80后，又一会儿50后，最后谁也弄不清楚这光头究竟是什么后，是想当孙子？当兄弟？还是当叔叔？

我看干脆当皇后算了，也不行，性别不匹配。

这厮反应极快，恰似《玉娇梨》第九回中所说："只见楮砚中信笔淋漓，不消数刻工夫早已做成一套时曲。"

这厮指桑骂槐，犹如老舍《贫血集·不成问题的问题》里所述："他发誓，要好好地，痛快淋漓地写几篇文字，把那些有名的画家、音乐家、文学家，都骂得一个小钱也不值！"

电视台主持人当得风生水起，天下杂志被他唆得云山雾罩，还要去抢别人的生意：画画。

他的画与省三差不多的路数，牧场开阔，幽默讽刺意味浓烈加狡黠。

多搭温情箭，常使银弧弓，他的题跋往往含着奥义。

如：读自己，观天下，清清楚楚竟然是一道世界难题。

如：人老了至少有一个好处，不用再装孙子了。

如：但凡卷书而立的，大抵都是为了摆拍。

如：喝个三分醉，杯酒释人权。

如：人和麻布袋一样，里面是空的，便站不起来了。

如：身怀一身花拳绣腿的绝技，要么混校园，要么闯梨园。

兴之所至，笔随心走，淋漓飒沓，进退成行，真性情也。

短短几句，时而矫情时而禅机，时而自残时而挥臂。特别酒桌上故作深沉又抽刀断水的样子，常常令人捧腹不已。

人的差异在于灵魂的差异，在于能量的差异，在于反观内视的差异，还在于处理自赎与利他关系的差异。

又名五叔，江西卫视主持人，画家，南昌青云谱书画院副院长，绘画师从林峰先生。

不能不说光头廖杰的画有一种奇特的魅力：

审美的卓然姿态，悲悯的人文情怀，嬉笑怒骂，人情练达，世相无常，人生美丽……都从那支不知从哪里来的画笔下汩汩流出来，流进宣纸上，晕染出花鸟山水人物，次第成为寓言，成为故事，成为传奇。

笔略而神全，墨少而意多。意犹帅也，无帅之兵，谓之乌合。

光头廖杰的画，大多有帅。这帅就是别人端着架子讲大道理的时候，他却油嘴滑舌地告诉你，所有你当回事的事，其实就是那么一回事。

世间人，法无定法，然后知非法法也；天下事，了犹未了，何妨以不了了之。

传统与现代，在光头廖杰那里，是随意"混搭"与"穿越"的。

画画就是自由表达。只要直指人心，就是好画。

谁都知道五叔代表日神，半斤代表酒神。

日神酒神同时在一个人身上附体，其功力自然了得，非常人可比。

知君有意凌寒色，羞共千花一样春。

质直清柔，玄心超诣，尊尚自在，妙悟天光。

如果说以后中国画有性灵一派，我想光头廖杰可以当仁不让。

读廖杰这个光头，仿佛在读我们文化河畔一棵真实自我之树，读着读着，不知不觉间，就会三分醉。

《不语禅》（廖杰）

悟庐品画：倪瓒

　　中国古代艺术家，喜欢创造一种静谧的境界。往往皴画山石，枯笔干墨，淡雅松秀，荒寒空寂。在倪瓒的画论中，他主张抒发主观感情，认为绘画应表现作者"胸中逸气"，不求形似。画史将他与黄公望、吴镇、王蒙并称"元四家"，受到明代董其昌等人推崇，常将他置于其他三人之上。明何良俊云："云林书师大令，无一点尘土。"静谧要求达到山静似太古，日长如小年的程度，绝非仅凭画技所能至。太古，其实在指一种永恒的宇宙感。这种感觉，非经年修炼不能为。

《紫芝山房图》（倪瓒）

陈松茂画《八大山人》

最近一期的《赣商·艺术鉴藏》杂志，封面用了陈松茂先生的油画《八大山人》，看后让人动容。这无疑是一件让人过目不忘的好作品。

1961 年毕业于广州美术学院油画系的陈松茂先生，今年已有八十高龄，是江西省油画艺委会名誉主任。他们这一代画家多有沉重的使命感，陈松茂本以风景油画见长，但当八大山人真正震撼了他之后，他便用油画来为这位艺术大家树碑立传。

我以为这是晚年时光住在寤歌草堂的八大山人。

独卧、独醒、独言、独歌，亲朋好友一个个离他而去了，命运让他的薄夕称孤道寡，超然独处，没有谁可以交流，也没有谁可以攀谈："遗世逃名老，残山剩水身"。

一个给后世留下不朽艺术杰作的老人，风烛残年在残山剩水中"零落种瓜"，不能不让人唏嘘不已。

八大山人，的确很少有人能够完全读懂。过去有一批专家学者堪称知音。最近两年又发现，走近八大山人的士子越来越多。美学家朱良志先生读懂了，有《八大山人研究》；作家陈世旭先生读懂了，有《孤独的绝唱：八大山人传》；学者姚亚平先生读懂了，有《不语禅：八大山人作品鉴赏笔记》。今天见到这幅油画，不禁为九泉之下的八大山人感到庆幸，因为他又多了一个知音：油画家陈松茂。

2015.8.29

《八大山人》（陈松茂）

石涛（上）

石涛的山，陡峭、奇崛、静谧又神奇。崖壁上那一棵棵松树的行为举止，仿佛喝了琼浆玉液，各有一番难以言说的霸气与劲道。

石涛是明靖江王之后，遇甲申之变亡命剃度。为宣泄胸中"郁勃之气"，他常登山临水。到得一处，不但搜集创作素材，还会呆呆地对着山，凝望。久了，他便揉揉眼睛，再看。他要将山看出佛的气象。

在绚烂明丽的秋山晓妆中，山岚流动，彩翠明灭，太初有道，悲从中来。独具风格，景致构图大胆新颖，笔墨运用多变是表，塑出须弥山上的金刚才是里。

落寞寂寥的秋，在他眼里，有着迷人的色彩。谁歌长亭别离曲，风也凄凄，雨也凄凄，渐落秋山流云寄。堪折半柳予君去，云也迷离，雾也迷离，亦如年少初相遇。

所谓云山，应该是指黄山。这一阶段，他在皖南的宣城。

李白在宣城写了许多好诗，还交了个好朋友汪伦。石涛在宣城画了许多好画，也交了个好朋友，叫梅清。

汪伦对李白创作上的帮助并不大，他虽然有银子，对作家艺术家很崇拜，却吃了没文化的亏，只能伺候诗仙酒仙的肉身。

梅清不同，饱读诗书，中过举，诗书画印经，样样拿得起。从三十二岁开始，专门画黄山。石涛与梅清交往后，技艺大进，最终均得"黄山派巨子"誉称。现代画家贺天健在《黄山派和黄山》中评道："石涛得黄山之灵，梅瞿山得黄山之影，渐江（弘仁）得黄山之质。"

开始，石涛向梅清学，后来，梅清就向石涛学了。两人的友谊成就了画坛一段佳话。

细观《云山秋晓图》，明显还有着梅清画黄山的影子，但石涛笔墨清腴、恣肆洒脱的个性已渐露端倪。画中景物层叠、疏密有致，墨韵润泽、笔触劲炼。山石用披麻皴，横直交错，密集的破笔苔点，使山势更显苍莽神奇。

巧妙地运用虚实、黑白的均衡布局，表现出石涛的艺术创作风格已处于飞跃嬗变的重要阶段。无论对佛学禅理的领悟，还是对传统笔墨技巧的把握，差不多是难兄弟八大山人的临川时期。

石涛在宣城一呆十数年，刀光剑影、鼓角争鸣均已远去。这位前朝王孙沉浸在江南山水间，他的鸿篇巨制大多完成在这一时期。

宋代江西诗人杨万里有一首《晓行望云山》：

霁天欲晓未明间，满目奇峰总可观
却有一峰忽然长，方知不动是真山。

细细读来，我怎么觉得悠悠地穿越了时空，好像杨万里吟的，就是石涛的这幅画。

石涛却很会修饰自己，他幽幽地说：我不会谈禅，亦不敢妄求布施，惟间写青山卖耳。

石涛（中）

都说石涛的画，带有浓郁的潇湘遗韵。

有道理。

在他的山水册页题跋中，不时会流露出哀怨、迷离、狂放和自我珍惜的楚辞精神。

如：按琴独坐空亭子，地涌如波水面岑。不打源湘江上过，也须展册一开襟。

如：落木寒生秋气高，荡波小艇读《离骚》。夜深还向山中去，孤鹤辽天松响涛。

一步三回头。心灵深处，杜鹃啼血式的期盼，天光云影徘徊在八百里洞庭。

石涛的画笔墨清腴，画中景物层叠、林木茂密。仿佛密密匝匝的心事。

他善于巧妙地运用虚实、黑白的均衡布局，通过瀑布的空灵和云雾的蒸腾，去增加空灵感。他用笔方圆结合，高处峻岭以方笔折角为外形，近处坡石以圆笔为使转，舒缓而自然。

看后，总觉得画面后的石涛有话要说。

莫非是想通过画面，寻回那曾经有过的富贵荣华？

《松荫研读图》为石涛35岁时的作品。

远山横亘，瀑布急湍，学巨然的画法而又略简略变化，极为生动。中景则用折带皴，似有梅清笔意，又感觉截然不同。

我觉得这时的石涛，已经开始冲破诸多清规戒律，走了一条奇险而秀润之路。

近景以大幅笔墨将研读二士表现得栩栩如生，松树用来衬托高士的气节，用笔用墨显高古之气，见空灵疏野。

一切都在不可逆转地消逝，一切春光明媚都在心灵西风的肆意挥洒下，萧瑟飘零。

中国社会改朝换代，一般老百姓固然苦不堪言，但心底最苦的，恐怕还是前朝的公子王孙。

反差太大了。

谁能经得起人格尊严被可劲揉搓呢？

仿佛是幽怨而迷幻的潇湘之水，仿佛是听不太清楚忽远忽近的洞庭古乐。屈原将破灭的梦化成了云端的俯瞰，石涛将破碎的家国山河揉进了笔墨晕染间。

于是，又一个极其脆弱而又极其敏感的灵魂浮出水面。与八大山人的区别是，一个是白眼翻着看世界，一个是暗香浮动思流年：我写此纸时，心入春江水。江花随我开，江风随我起。

快捷的笔墨，飞扬的意气，在貌似天真烂漫，汪洋恣肆中，深埋着一种幽怨的、迷离的美感。这美感，云卷云舒，烟波微茫，恍若时光倒转。

石涛（下）

石涛的画，有一种超凡脱俗的意境，无论是山水、人物，还是花卉、走兽，都有很高的艺术成就。"搜尽奇峰打草稿"是石涛绘画艺术取得成功的最重要关键。

石涛善用墨法，枯湿浓淡兼施并用，尤其喜欢用湿笔，通过水墨的渗化和笔墨的融和，表现出山川的氤氲气象和浑厚意蕴。在运笔上，或细笔勾勒，很少皴擦；或粗线勾斫，皴点并用。有时酣畅流利，有时又多方拙之笔，使方圆结合，秀拙相生。

石涛的画构图新奇。无论是黄山云烟，还是江南帆影；无论悬崖峭壁，还是枯树寒鸦。平远、深远、高远之法交替使用，力求布局新奇，自铸伟构。

朱良志说："我喜欢石涛艺术世界中的两种格调，一是幽怨的，一是迷幻的。"

吴冠中说："石涛是中国现代美术的起点。然而，另一方面，他又是中国传统画论的集大成者。游走在现代和传统之间，这也许是石涛成为反思中国美术传统与现代的最佳切入点。"

石涛自己说："我写此纸时，心入春江水。江花随我开，江水随我起。"

悟庐主人说："海客寻瀛洲，烟波浩渺信难求。创造一个静谧诗意且又暗香浮动的境界，恐怕是石涛的毕生追求。"

《设色山水册》（明·石涛）　　《云山图》（明·石涛）

郜宗远的全景山水画

昨晚月明星稀，我们到北京方庄去拜访郜宗远先生。

郜宗远先生乃当代中国山水画大家，他的山水，大开大阖，气势雄浑，变化万端。

我在江西庐山上生活工作了二十年之久，对中国山水有着自己独特的感受。说实话，一般人画的山水，远远不能打动我。

明清以降，文人画兴起，山水画为大宗。花鸟鱼虫均为草草，逸笔者居多。

近现代直到当代又有高手迭出。宗远先生乃当代山水画高手。

宗远先生是典型的北方人，然观其画，觉得他在江南的山水中浸淫了很久。

金陵画派，吴门画派，松江画派，以王时敏为首的"四王"……

仿佛都能看到郜宗远先生的车辙印痕，这不仅表现在技巧（特别是设色）的运用上，更表现在对传统文化的理解和修养上。

我们江西人欧阳修先生在其《试笔》一文中提到："自少所喜事多矣。中年以来，渐已废去，或厌而不为，或好之未厌，力有不能而止者。其愈久益深而尤不严者，书也。至于学字，为余不倦时，往往可以消日。乃知昔贤留意于此，不为无益也。"

醉翁把"学书消日"作为一种嗜好，这是他对自己当时所处的社会背景的一种内心写照。我以为放在郜宗远先生那里，将"书"字换成"画"字即可。

当然，作为当代人，画画不再是"消日"，更多的我想是"修心养性"。

中国美术出版界，谁不知道"郜老爷子"的山水画画得好。

我们到宗远先生家中，推开门，除开那条活蹦乱跳的蝴蝶犬，还有一幅未画完的大山水，正在画案上冒着腾腾热气。

穷笔墨之微奥，师造化于万象。

有人评价宗远先生山水画寄涵于"因形趋变"的艺术精神：一曰气韵之变；二曰运线之变；三曰墨色之变；四曰笔法之变；五曰用彩之变。

我看总结得非常到位。

意匠如神变化生，笔端有力任纵横。宗远先生的山水画具有很强的艺术真实性，它那豪阔的笔墨韵味和喷涌的生命激情，无疑给居于当代都市的人们一种久违的震惊、一种深切的感动。

希望我们江西能够有一天，能看到郜宗远先生的真迹山水画展。

翘盼，从现在开始。

郜宗远山水画

书法之美

　　书法是一种人生状态记
录、生命体验符号，她以线
的飞动、墨的润华、心的遨
游以及笔与纸的各种对话，
或倾心交谈，或窃窃私语，
或愤懑，或惆怅，或得意，
或忘形，从而刻下精神轨迹，
呈现多元之美。

书法之美

  书法的本质意义在于对汉文字的审美书写和汉文化精气神的传承，从而展现出生命的境界和哲学的意蕴。

  书法是人的书法也是文化的书法，故书法家必须是被文化之的人。无以文，何以化？

  书法是一种人生状态记录、生命体验符号，她以线的飞动、墨的润华、心的遨游以及笔与纸的各种对话，或倾心交谈，或窃窃私语，或愤懑，或惆怅，或得意，或忘形，从而刻下精神轨迹，呈现多元之美。

《韭花帖》（唐·杨凝式）

《祭侄文稿》（唐·颜真卿）

结体美

书法以汉字为基础，结体最见功力。

精妙的一点一画，是一幅书法作品经得起久看细看和反复品味摩挲的重要因素。

古人对结体有具体要求：唐欧阳询写《结体三十六法》，对汉字笔画如何分布，偏旁部首如何安排，都有具体描述；到明代，李淳的《大字结体八十四法》，叙述更为详备。

清人邹一桂认为，字的结体在书法各法中最为重要。

点画是书法的最小构件，正是这个构件的千变万化，使得书法魅力无穷。如果万字同形，则会了无意趣。

"数画并施，其形各异，众点齐列，为体互乖"。若"平直相似，上下方整，前后平齐"那样机械而单调的排列，就势必破坏字形的结构美。姜夔《续书谱》云："古人遗墨，得其一点一画，皆昭然绝异者，以其用笔之精妙也"。

一点一画都要独一无二，虽然苛刻了些，但从另一个方面证明了结体的重要。

相传王羲之写点"万点异类"，一万个不同的点法，常人绝难为之；再看杨凝式的《韭花帖》、褚遂良的《大字阴符经》几乎找不出形态相同的点画。而这些点画的变化，又都是在笔势的作用下自然产生的，毫不造作。基本笔调显得协调统一，合乎情理，圆笔的婉媚，方笔的雄强，藏锋的含蓄，露锋的神气，不同的形态变化可以给观赏者不同的艺术感受。

结体美，是书家在平正与险绝博弈中得到的造型之美，结构之美。

2016.3.7

笔法美

线条从用笔中生成。书法之用笔，有笔法为方圆作保障。

简单地说，笔法就是执笔、运腕和用笔的技巧。

中国传统师承方式，传内不传外，外人只传入室弟子，但不是谁都能当老师入室弟子的。

唐太宗喜欢书法，曾办过三期弘文馆书法学习班，让著名书法家虞世南、欧阳询、诸逐良当老师，在全国各地选喜欢书法、品质优良的优秀人才参加。

可弘文馆高级书法班却连一个冒尖的书法家也没有培养出来。

这一现象引起了历史上很多学者的关注，他们对此进行了深入研究，认为书法有秘笈招数，但不会公开传授。

日后，凡是与秘笈招数有沾连的，方有可能成为大书法家。

完全靠苦练，基本没门。怀素既是一个极好的例子，他起初不断苦练，终不得法，后才拜邬桐为师。邬桐让怀素练了整整一年的笔法，认为过了关，才让他临帖。

执笔，通常还是采用唐代陆希声的"五字执笔法"。当代著名书法家沈尹默先生对"五字执笔法"极为推重，他在《书法论丛·书法论》中说："书家对于执笔法向来有种种不同的主张，我只承认其中之一种是对的，因为它是合理的，那就是由二王传下来的，经唐朝陆希声所阐明的撅、押、钩、格、抵五字法。"

运腕也有着腕、枕腕、提腕、悬腕四种技巧。明徐渭认为："盖腕能挺起，则觉其竖。腕竖，则锋必正。锋正，则四面势全矣。"

用笔主要体现在起笔、行笔和收笔三个方面。特别是起笔到收笔，是构成线条美的关键所在。

笔法运行得当，笔锋也很要紧，笔锋一般有中锋、侧锋、藏锋、逆锋等。

笔法五四三，习字诸君当默然在心，别让江湖把式教坏了坏子。

掌握各种笔法后习书才算有了基础。临帖是必需手段。不临帖，全凭自己想法随意挥写，很难上路。

　　笔法构成了养成书法生命的第一层级。笔法是形式，又不仅仅是形式，到得纸上，便是人的精神气质、生存状态的外在显现。

　　还好，传统文化为我们留下了标本，那就是颜真卿的《述张长史笔法十二意》。

　　颜真卿是用足了脑筋才投到张旭门下的。这是颜真卿向其老师张旭请教学问的记录，也是两位大书法家共同登台亮相之作。该文以问答的形式介绍传授笔法，分析古今书法之异同，对钟繇的"笔法十二意"详加阐说，逐条论证。

　　要做到"无色而具画图的灿烂，无声而有音乐的和谐"（宗白华语），要想当一个优秀的书法家，必备。

　　可惜很多人只注意颜鲁公的作品，没有留意这篇短文。

　　书法有法，笔法是题中应有之义。笔法美，是书法美的基调。

2016.3.30

怀素《苦笋帖》

十四字，名帖，现藏上海博物馆。为什么会成为名帖？首先"颠张醉素"这一名头大，功夫了得。其次，有名人为其张目。李白说怀素的书法："墨池飞出北溟鱼，笔锋杀尽山中兔。"沈尹默十分肯定地评此帖说："为天下草书第一，不虚也。"第三，是怀素自身自在洒脱的诗意人生。想想当时怀素的生存状态，得到了上等的苦笋与茶，很高兴，立即书信呼朋唤友，恨不能立马分享。此情此景，古意盈盈，压根就没有想到要去参加展览或评奖。随心信手写出，修为、境界、状态全出，恰好"无欲于佳而佳"，与诸名帖殊途同归。

2014.7.31

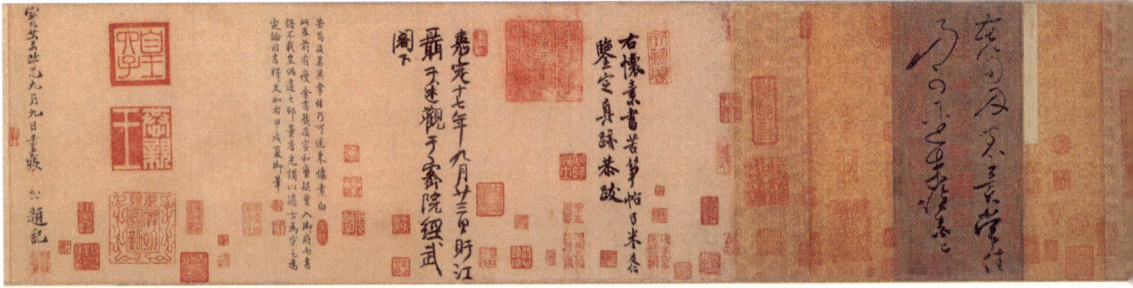

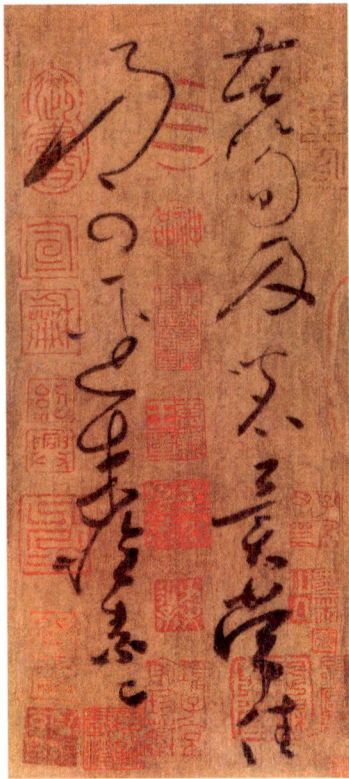

《苦笋帖》（大图）

（唐·怀素）

《苦笋帖》（最清晰版）

字写得漂亮不一定是书法

书法创作是技法、情感、个性的张扬，又是书家思想、意趣、学养的彰显。

一幅书法作品，看似信手拈来，极其平常，其实和舞台上演出一般：台上分分钟，台下十年功。山积而高，泽积而长，冰冻三尺非一日之寒。

我说过"体制内是深井，体制外是江湖"的观点。一些朋友，在深井的约束下，无法放开手脚，尽管内心狂野浩荡，可那书法写将过去，却处处谨小慎微，捉襟见肘，没几个放得开。

毛泽东例外。据称，他的书房里，所存拓本和影印碑帖六百多种，看过批阅过的晋唐法帖四百多本。床上、书桌上、茶几上，到处都是他临过或批阅过的名家字帖。他从晋人之韵、唐人之法、宋人之意、明人之态中走出，将线条艺术挥洒得淋漓尽致，参差险夷，变幻莫测，气象超然。纵观其人，再看其诗词其书法，笔歌墨舞之处，率性奔放，风急天高，我行我素，虎啸猿啼，处处可见他心潮的跌宕翻卷。

这样的书法，才会将一条鲜活的生命跃然纸上。

笼天地于形内，挫万物于笔端。一目之罗，不能得鸟，得鸟者罗之一目耳。

2015.12.30

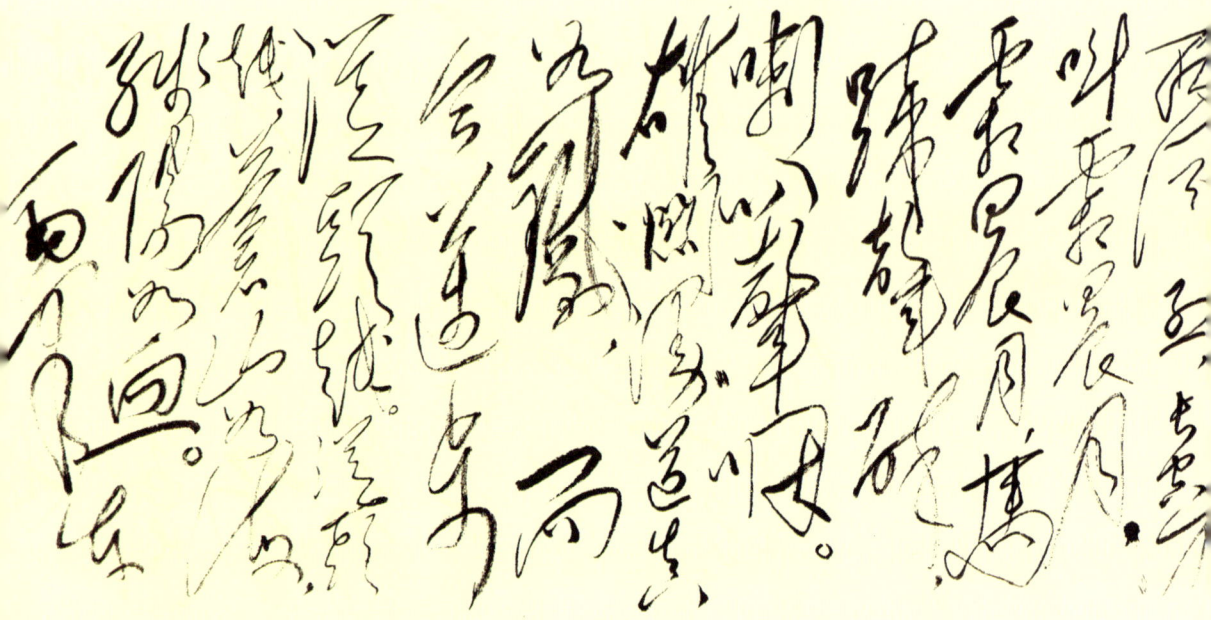

狂草《忆秦娥·娄山关》（毛泽东）

七绝《庐山仙人洞》（毛泽东）

悟庐悟道

古代先贤，许多人是懂得闲情逸致的。

他们知道，少一些功名利禄，多一些林泉高风；少一些狂躁之气，多一些素朴之心；少一些快意情仇，多一些优雅氤氲，便有可能推开那扇叫作"自在"的大门。

泊　心

　　古代的画家很多都喜欢画孤舟泛于江湖之上，远山茫茫于云雾月色中，一人一舟，或倚或靠或独钓在森森的江面……这总让我想起"泊心"的话题，特别是现代生活中劳累疲顿的人们，我们的"心"归处在哪里呢?

　　心，真是需要"泊"的。事实不断证明，人类文明越进步，特别是科学技术越发达，人们承担的工作、生活压力就越大。不是冰冻地震，就是洪涝干旱；不是鱼跃龙门，就是引车卖浆；不是尔虞我诈，就是鸡鸣狗盗。如此等等，等等。操心、焦虑、恐惧蚂蚁般爬到你的心窝窝里，让你抓哪儿都不是痒。

　　有人说，家是放心的地方。这话只说对了一小半。

　　要知道，每一个有灵性的人，内心都隐藏着或多或少的秘密。有些可以在家里说，有些就不能说、不便说。要知道，每个人面对的是自己面对的世界。你的上司，你的同事，你的客户。你的喜怒哀乐，你的甜酸苦辣，妻子（丈夫）、父母、儿女能完全代替吗? 更遑论兄弟姐妹了。

　　生老病死构成了人的根本处境和基本命运，因之，人生不如意处十之八九。一不如意，首先煎熬的就是那颗心，心一受煎熬，人就不自在，人一不自在，便自我折腾，便心浮性躁，便英雄气短，便方寸大乱。天长日久，人何以堪。

　　"日暮乡关何处是，烟波江上使人愁"，水边月光粼粼时，一叶扁舟里有一个"泊心"的归处。

2012.8.26

《舟人形图》（南宋·马远）

佛　说

佛说：因为有了因为，所以有了所以。既然已成既然，何必再说何必。因果律让人有所敬畏，不再无法无天；轮回说使人充满期待，不再自我消沉。佛教中的许多道理，可以弥补儒学的不足，让我们心生敬意。

佛说，前世500次回眸，才换取今生的擦肩而过。那么，亲人，朋友，同学，同事，该是多少世、多少次回眸得以换取的呵，我们能不珍惜？！

佛不度人。佛度有缘人。

践行菩萨之道，我以为完全不必穿僧衣僧袍，正如同我们释放善意而不必举起广告牌一样。所谓菩萨，说到底就是那些渡人的人，你能帮人渡过一个小水沟，你就是小菩萨；你能帮人渡过大江大海，你就是大菩萨。你有同情心，你能理解人，你就是小菩萨；你有同理心，你能宽容人，你就是大菩萨。

我把佛教看成思想的驿站，对话的朋友，拾取人生大义和轻松心境的花园，消解心理重负的疗休养场所，而不将其绝对神圣化或妖魔化。这样的立场与态度，即保证了内心的独立与自由，又觅到了一个超越世俗且不是逃离世俗的精神茶馆，诗意由此升腾，益处多多。

佛教中的修行并不神秘，让日常生活的每一刻都变得有意义，就是修行的真谛。佛说，每天找点时间来检测自己的微笑、静数自己的心跳都是修行的步骤。庄子说：万物无足以铙心者，故静也。这是说，没有烦心的事，你才静得下来。有的人没有烦心事，却不去求静，又去折腾，待有事了想静，又偏静不下来。叹哉！

巴黎赛努奇博物馆（亚洲艺术博物馆）的中国佛像

自在之悟

一

自在，就是放下，就是一个时段的没心没肺，就是在苦与乐、光与暗、善与恶之间能进行理性的自由切换，说到底，自在是对人生和世界复杂多变关系的一种独特自然的应对。

自在，并不仅仅是一种心境反映，而更重要的是这种心境反映，可以造就一个有意味的世界，一个人们可以在其中获得宁静的世界。

自在状态是我们内心源源不断的生存追求，诗意人生是我们普遍存在的深层生命期盼。

可以兴，可以观，可以群，可以怨。近之事尔，远之事亲朋。多与自然山水风光为伍，识于社会草木虫鱼之名。一言以蔽之：曰思无邪；曰慢静舍；曰采菊东篱下；曰悠然见南山。

自在，我以为是人生状态的最佳境界。在有限人生苦涩、焦虑、绝望的沉沦中，自持智慧，赋志淡泊，追寻诗意人生的"活在当下"，一旦进入了"自在"这个自由王国，那操持百业的纠结，那尽于百年的有限，那看不见前路的悲凉，便会被我们超越。我们就会进入"心静自然凉"或"心远地自偏"的安逸状态。

二

采菱拾翠，品茗遐思，闲庭信步，慢管简弦。平和、宁静，如开放的莲花，从容、自然，出淤泥而不染，不为谁开为谁落。此乃自在之常态。

静，是身处浮躁世界的最佳抗生素，是自在的必要条件之一。中国古典艺术有追求静净的传统。笪重光说：山川之气本静，笔躁动则静气不生；林泉之姿本幽，墨粗疏则幽姿顿减。许多书画大家，把对静净的追求，看成毕生事业，于是，诗意氤氲在茶马古道，禅房花木开始幽深了。

采菊东篱下，不难。悠然见南山，很难，特别是"悠然"两个字，非得大彻悟后方可获得。有的人往往要付出大半生的代价，有的人可能一辈子也求不到。做一个阶段性的自在客，其实就是在修炼悠然。

在世俗生活中保持心性本静，不以物喜，不为己悲，抵达任性随缘而自由无碍的境界，是禅修，也是自在客。

三

人生至乐，无如读书；人生至要，无如交友；人生至爱，无如父母；人生至理，无如自在。

对名利的过分追逐，最容易产生倦客；知足常乐的人群中，最容易生长自在客。

倦客一词，常常出现在元曲中。倦客没有自在客好：厌倦与逍遥，看轻与轻松，不得志与红尘笑……

不习惯向内看自己，只习惯眼睛盯别人的人，离自在尚远。

自在状态是我们内心源源不断的生存追求，诗意人生是我们普遍存在的深层生命期盼。

四

晨起，雨歇。空气清新，天地如洗，口占四句：宿雨一夜朝已歇，荡涤天地洗尘埃。扁舟不系自在客，此身长向水云来。

如果能踏着这样一条圣洁的路，一直走到天边，那会是一种什么样的生命体验呢？到庐山看云，听松，抚泉，呼吸清新，应该是最好的闲情逸趣，应该是最好的自在。在这个小山村，尽管山路崎岖，歇下来后，却是怡然自得，逍遥得紧。自在感随山里人家的炊烟袅袅升起。

自在，就是让自己获得一种忘我的观物态度。自在是一处渡口，渡船却在烟波浩渺处，你得用心去找。

黄菊东篱已著花酥馀
抚杖憩山人家怡情寰是
南山色秋柳西风夕照斜
先生醉矣菊已著花餐英者谁正
无事白衣送酒也
（印章）

渊明诗意册页《悠然见南山》（石涛）

又论自在

一

日出而作，日落而息；躬耕南阳，采菊东篱。

林间松韵，石上泉声，静里听来，识天地自然鸣佩；草际烟霞，水光云影，闲里看去，见乾坤最妙文章。

漫长的农耕社会，将古中国养成了以山水林泉、田园牧歌为主的慢生活生存模式。

古代先贤，许多人是懂得闲情逸致的。

他们知道，少一些功名利禄，多一些林泉高风；少一些狂躁之气，多一些素朴之心；少一些快意情仇，多一些优雅氤氲，便有可能推开那扇叫作"自在"的大门。

二

自在与清闲有关。

有个词叫"清闲自在"，是说自在是清闲的果，清闲是自在的因。

这里的清闲，有清静闲暇的意思。元代大剧作家王实甫《丽堂春》第四折说："老夫自谪济南歇马，倒也清闲自在。"人闲桂花落，夜静春山空，恐怕也只有在清静闲暇的状态下才能体悟出来。

元代杨朝英有曲《双调·水仙子》：

> 依山傍水盖茅斋，旋买奇花赁地栽。深耕浅种无灾害，学刘伶死便埋，促光阴晓角时牌。新酒在槽头醉，活鱼向湖上买，算天公自有安排……闲时高卧醉时歌，守己安贫好快活。杏花村里随缘过，胜尧夫安乐窝，任贤愚后代如何。失名利痴呆汉，得清闲谁似我，一任他，门外风波。

杨朝英曾官至郡守、郎中。他的散曲时有散淡味，常做乐府鸣。

归隐后，又有一曲《自足》，一把闲适的生活描写得十分生动有趣：

杏花村里旧生涯，瘦竹疏梅处士家，深耕浅种收成罢。酒新篘，鱼旋打，有鸡豚竹笋藤花。客到家常饭，僧来谷雨茶，闲时节自炼丹砂。

每个人都是独特的，因此，世界又多了一种二元分类：一种是活出了自己特质的人，另一种是压抑了自己特质的人。

三

自在与逍遥有关。

认真说来，逍遥算是道家的哲学术语，指一种无拘无束的境界，既指肉身的不受羁绊约束，又指心灵的自在放逸。

屈原的逍遥是：欲远集而无所止兮，聊浮游以逍遥。这是强作逍遥，表达彷徨徘徊的苦闷。

袁粲的逍遥是：家居负郭，每杖策逍遥，当其意得，悠然忘返。这是行止上的逍遥，仅仅作缓步行走状。

张充的逍遥是：时复引轴以自娱，逍遥乎前史。这种逍遥，还停留在斟酌和玩味的阶段。

还是喜欢庄子的逍遥。《逍遥游》是《庄子》的首篇，全文通过设喻、阐理、表述，提出靠无所求、靠豁达，达到无己、无功、无名的自在虚无境界。庄子才华洋溢，语言新锐，常常意出尘外，怪生笔端。于"乘正、御辨、以游无穷"等结穴处，借鲲鹏变化，逍遥状汪洋恣肆，排山倒海、破空而来。

在我的印象里，庄子就像是一个永远流浪在社会边缘的歌者，不管别人听不听，他反正是低着头或昂着首，将他心中的大道变着法子唱给这个世界听。

庄子的逍遥是大逍遥，是心灵上的逍遥。

李泽厚先生说：中国文人的外表是儒家，但内心永远是庄子。

起初还不怎么觉得，现在是越来越以为然了。做一个中国式的自在客。不读庄子不行，身上没有一点庄子气，也不行。

四

自在与从容有关。

从容的同义词近义词是镇定、笃定、沉着、安详、冷静、淡然等。总之就是不慌不忙。

是的，只有不慌，心理上不紧张；不忙，行为上不匆忙，才能迈出从容的步伐，才能长出从容的气度。

魏源说："钟磬之器愈厚者，则声愈从容；薄者反是。"

比如说：

云：急迫时下的是暴雨，江河水涨；从容时下的是细雨，润物无声。从容到一定层面，便会下雪，飘飘洒洒，纷纷扬扬，令山舞银蛇，原驰白象。

水：急迫时冲堤塌坝，贻害四方；从容时浇花灌木，聚气生财。从容到一定高度，才会功成身退，或云或雾，换一种形态周济天下。

在生活态度上，对很多事，能一笑了之的，便是从容；在价值取向上，对天地人，能无为面对的，便是从容；在社会交往上，对亲人对朋友对所有有缘人，不浮躁，不轻狂，不急功近利，不哗众取宠，便是从容；在日常行为上，对表演等所有社会活动，心怀慈悲，面带微笑，轻斟慢饮，不卑不亢，便是从容。

从容要以许多放下做代价。我们知道，钱赚不尽，官当不完，所以要允许自己有过不去的火焰山，有解不开的死疙瘩。

有对联说得好：

世上法法无定法然后知非法法也，

天下事了犹未了何不以不了了之。

知非法法也，以不了了之，大智慧。可踩从容之梯，可攀自在之山。

五

1632年冬天，明人张岱住西湖边。大雪接连下了很多天，这天晚上："余拏一小舟，拥毳衣炉火，独往湖心亭看雪。雾凇沆砀，天与云，与山，与水，上下一白。

湖上影子，惟长堤一痕，湖心亭一点，与余舟一芥，舟中人两三粒而已。"

一幅水墨模糊洁净广阔的夜雪图，一处幽静高远远离尘俗的湖山环境，一种遗世独立卓尔不群的心绪，一声人生渺茫孤芳自赏的慨叹。散文版的《登幽州台歌》：念天地之悠悠，独怆然而涕下。

这篇小品，写成于明王朝灭亡之后，收录在《陶庵梦忆》中。

张岱家世殷富，少有捷才。学书不成，学剑不成，学节义不成，学时文不成，学仙学佛，学种地，皆不成。时人呼为废物、败家子、蠢秀才、瞌睡汉。

写此文时，张岱只有几本残书和一把断了弦的琴。眼前的世界，已经天柱倾折，四维崩裂。他本人流落山野，唯破床一具，破桌一张。但他的往事，他的梦，仍旧如此甘纯、依然如此美丽。

张岱之后百年，贾宝玉生于金陵。

大荒山青埂峰下女娲补石所遗的一块废石，就是这样没心没肺，却不失为一个上等的自在客。

2015.12.31—2016.1.4

怎一个静字了得

　　佛说，每天找点时间来检测自己的微笑、静数自己的心跳都是修行的步骤。庄子说：万物无足以铙心者，故静也。这是说，没有烦心的事，你才静得下来。有的人没有烦心事，却不去求静，又去折腾，待有事了想静，又偏静不下来。叹哉！

　　找一处可心的地方，发呆、眺望、胡思乱想。一个人，站着或坐着，看庭前花开花落也罢，望天上云卷云舒也罢，其实，这就是参禅见性了。如英国诗人布莱克所说：在一粒沙子中看世界，在一朵野花中看天堂，你手掌中紧握着无限，而在一小时中抓住永恒。

　　还记得那个小山村吗？这里的人仍然听不到滚滚喧嚣，看不到城头变幻大王旗。平沙落雁，着地无声；枯木寻禅，怡然自得。这不正是我们要的日子吗？

　　岁月静好，听得见花瓣落地的声音，仿佛一声轻轻的叹息。

《安晚册》之九《猫》

思绪飘飘

一

苍山如画，朝阳似印，空白处应有我们思绪的诗章。而江河，则在意念中穿过重峦叠嶂，向大海，向远方，奔去。

山峦与河谷的喧哗，都被水云遮蔽，只有树林，从远古的传说中走来，从红鼻子和蓝鼻子的故事中走来，升腾起一片金光。只有我们，被这片神奇的景象迷醉，不知不觉，向绚烂的色调走去，向动人的深秋走去，向纯洁的雪地走去，实与虚、有与无，渐渐，融为一体……

中国艺术精神的基础在于写意，写意所呈现的美，原本可以在很多地方寻找到，但我们往往视而不见，或是见到欢呼雀跃后不会将她表达出来。原来，发现美，不仅需要眼睛，而且需要心。

如果能踏着这样一条圣洁的路，一直走到天边，那会是一种什么样的生命体验呢？到山水间看云，听松，抚泉，呼吸清新，应该是最好的闲情逸趣，应该是最好的自在。

不知不觉，我们口里含着价值理性，手里握着工具理性，坐着那辆儒释道的牛车，走过了万水千山。

二

我们总是追寻我们手中没有的，而对手中有的既不珍惜，更不重视。比如信心，比如时间，比如态度，比如选择，比如方法。重视并珍惜自己手中有的，往往能得到更多我们手中没有的。而一味去追寻我们手中没有的，往往追到的是羡慕，妒忌，恨。

每天让自己成为新的自己。瑟曼的这句话，与"人生不可能两次踏入同一条河流"有异曲同工之妙，有哲学意蕴，可视之为生命的量表，观测过程与变化。做到这一点并不难，经常放松心灵，保持一段空白，再把自己或朋友、同事放置在你设立的平台上，看看前天的你我他和昨天的你我他以及今天的你我他有何不同。

怨天尤人是缺乏自信的表现。遇到事首先不从自己身上找原因，把抱怨装进手电筒里专门照别人，是某些人的行为范式。抱怨是人生的青涩阶段，三十到三十五岁左右，还算说得过去。过了不惑这道槛还嘟嘟囔囔，就是夹生果了。人的成熟与否，我以为检验标准很简单：无论大小事，没做好或没办成，看他是否抱怨。

换位思考是生活变通方法之一。肯替别人着想，是非常聪慧的人。可惜很多人会说不会做。一遇事，首先想到自己的境地，要求别人站在自己的角度思考问题。两个这样的人相遇，除非双方有互补之处，否则就会陷入僵局。其实，遇事换位思考一下，往往帮别人解决了问题，还成全了自己。如此好事，何不践行之。

山间漫步

假日，在这样的山路上漫步，不需要任何目的，不需要有任何专题。脚步，爱走多快多慢无所谓；话语，可以有一搭没一搭。不去拍照，不去看风景，更不赶路。不为什么，完完全全随愿而行，不愿走了就乘兴而返。我以为这才叫游，完全没有目的，也无须考虑若干手段的，才可能完全放松身心。

生活在一个欲望横流的时代，注定无法诗意般生存时，我们只能去亲近诗意生活的替代品作为补偿。于是，从山野里生长的茶，就搭起了城市与田园之间的一座雅致之桥，这就是诗意般栖居的象征了。

日子，俨然是一首溪流的歌，在不停地穿过高山越过草地，来到我们身旁。当她的目光停留在眼下这一行，驻足在我跟前的那扇窗，我期待，让美好遇见美好，让善良遇见善良。这样的日子才不会纠结，更不会忧伤。这样的歌，我们愿意长时间轻轻地唱响。

生命，有时就是一株小草，一开一放而已；有时就是一堆照片，留下几个影子而已。

武宁山中

幸　福

　　幸福的人从不怨天尤人。换句话说，怨天尤人时，人肯定不会感到幸福。

　　人生最大的不幸之一，是对已经在身边的幸福视而不见。所以古人说"身在福中不知福"；所以毕淑敏说要"寻找幸福"。当你一个人独处，你要知道宁静来临了；当你和朋友聚会，你要想到友情在流淌；当你的工作生活顺心，你要体悟是上苍的眷顾；当你陷入事端，你要觉得是命运的安排。这样做，自然幸福更多。

　　幸福是一种感受。期待值与幸福感有重要关联。懂得压低期待值的人往往幸福感更多。比如某次考试，我期待 60 分就行，结果是 70 分，高兴。如果期待值是 80 分，70 分的结果就会非常沮丧。还有，延长期待也不失为一剂好药。比如很想得到某样东西，最好是不要马上得到。马上得到的，一般不会珍惜，幸福感太短促。

　　如果说人生是漫漫长路，那么幸福是一段又一段旅程，而不是终点。

　　幸福有时候真的很简单，一句暖心的话，一条让你心动的微博，一个会意的眼神……

　　幸福，是你心底暗藏着的那只蟋蟀，只要抓住机会，它就会叫上一阵，让你浑身舒坦。一般这种机会都与爱和被爱有关。

　　因为人的社会性，幸福多藏在热闹和喜庆之中，但有时也会藏到寂寞和孤独的身后。人，如果能真实体悟到寂寞和孤独身后的幸福，就有相当修为了，体悟得愈多，则修为愈高。

　　生命美学其实是有关人生体验的学问，使命感、危机感、失落感和幸福感是完整人生的基石，是生命美学的方程式。

　　当你心的码头让痛苦停泊，幸福就只能在别处靠岸。

爱　情

爱情是人最美丽也最为纠结的一个梦。

爱不是找一个合适的人，而是创造一种合适的关系。

我近乎固执地认为，人生尽头还携手并肩，还相濡以沫，是检验爱情的最高标准。

正常亲密关系我们能感受到的，应该是爱恨复加，悲欣交集，而不是一厢情愿，举案齐眉。

爱，就是你惬意，而我觉得比你的惬意还惬意。

想　象

　　想象是上苍恩赐给我们的最好礼物之一。一个人缺乏想象是不可思议的。由想象进入冥想，是创作必需的状态。一旦进入这种状态，人会神接万物、瞬行千里，许许多多的意象奔来眼底，不亦乐乎。想象有修为和学养为基，则辽远，则天高地阔，则高山流水，则春风秋阳扑面而来。进入冥想，必须跨过"静"的门槛。

　　穿行于现实世界和想象世界之间，是普通人的异态，却应该是作家艺术家的常态。

　　艺术世界是有别于现实世界的世界。它使个体生命暂时摆脱现实的羁绊，从而进入一个被想象牵引的境地，喜怒哀乐任凭艺术情景操纵，如果同构，则会产生美的感动。如果深度同构，就会与情景同悲喜，找到类似还魂的高峰体验。

　　人生就是在一条叫"未知"的路上往前走，这里充满神秘，更可以富于想象，人生的味道在于探寻，在于突兀，在于悲从中来，在于喜出望外。要是太清楚前面的路，就会索然无味，也就不叫人生了。

　　想象是上苍赋予人类作逍遥游的神奇工具，它不可思议地带着我们不停地行进在神思陌路上。与回忆有关，但回忆仅仅是想象的低级阶段，对艺术家而言，不会想象就不会有创造。

教　养

教养是礼貌，是风度，是德行，是一个人的言行举止，是一个民族的精神高度。一个有教养的人，远比一个仅仅有钱却缺乏教养的人值得尊重。

个人有无教养，关键看他在遇到逆境时是怪别人还是怪自己，还是谁都不怪。

平常心：当别人无端冒犯时，不起愤怒心；当别人身边掌声响起，不起嫉妒心；当别人遇到困难时，不起欢喜心。

教养非常重要。教养与权力无关，与财富无关；与价值观有关，与文明有关。约翰·洛克说，在缺乏教养的人身上，勇敢就会成为野蛮，学识就会成为迂腐，机智就会成为搞笑，质朴就会成为粗鲁，温厚就会成为谄媚。看，教养的调节阀有多么重要。

包　容

人的成熟与否，我以为检验标准很简单：无论大小事，没做好或没办成，看他是否抱怨。

心底里去轻视对方，只能造成更大的隔膜，最终只能成为自己的敌人；如果能从心底里去尊重对方，才有化雪融冰的可能，才有同心协力的可能，才有让人成为你左膀右臂的可能。从包容出发，用沟通为桥，以求大同存小异为判断标准，方能团结更多的人与你同行！

一般来说，自信的人不太在乎负面反映，因为他确信这些负面反映于其成功，或于在其树立形象方面不形成障碍。而自卑的人却十分在乎正面反映，因为正面反映对其有树立信心和确认自己价值的效果。因此，听得进意见的人，包容的人，往往是自信的人；而听不得一点意见，算计的人，往往是自卑的人。

包容是一种大境界。我理解，包容好比仓库，库容量越大，包容的东西越多。表面看有的包容仿佛有点藏污纳垢，实则不然，因为你对包容对象并没有认同，包容仅仅是允许存在或基本接纳。包容度越大，你的亲和力、凝聚力和吸附力就越强。古人云：水至清则无鱼。就是这个道理。

禅　问

问佛，讲究布施，可我拿不出什么布施？

一个笑容，一句好话，

都是广结善缘的大布施。

聪明和智慧有区别吗？

聪明是一种能力，智慧是一种境界。

聪明能拿得起，智慧能放得下。

当我们身处逆境时，是该委曲求全，

还是奋起反博？

放下。

失去的东西有必要去追讨吗？

失去的东西，其实从未真正属于你，

不必惋惜，更不必追讨。

昨天与今天，我们该如何把握？

不要让太多的昨天占据你的今天。

怎样看待爱与幸福？

很多人，因为所谓的幸福而爱错一人，

但更多的人，因为爱对一个人而幸福一生。

怎样才能烦恼少？

不去抱怨。

怎样才能朋友多？

喜欢分享。

怎样才能富贵多？

喜欢施财。

怎样才能智慧多？

喜欢学习。

怎样才能快乐多？

知足。

与你无缘的人，你与他说话再多也是废话；与你有缘的人，你的存在就能调动他所有的感觉。

繁华三千，看淡即是浮云；烦恼无数，想开就是晴天。

因果关系：现在所得的，是过去所造的；未来所得的，是现在所做的。

撑不住的时候，可以对自己说一声"我好累"，但永远不要说"我不行"。

在人生的天平上，得到的越多，必须比别人承受更多。

成就在于日积月累，成功在于坚韧不拔。

白鸟忘机任林间云去云来云来云去；青山无语看世上花开花落花落花开。

《红衣罗汉图》（元·赵孟頫）

文化是一条河流，生命，也是一条河流

文化是一条河流，历史是一条河流，生命，也是一条河流。生命这条河，开始也是点点滴滴汇聚，一路走过，一路吸纳，到中游开始开阔、壮大。发轫高峻必流之久长，清浊并蓄方波澜壮阔。六十岁后，应当是人生的下游了，大江大河的下游，浩荡而不急迫，宽广而不匆忙，因为大海就在不远处，深情地守望。

读明史

　　早起读明史,于抚河故道的晨熹中想起几个颇为好玩的皇帝。那个痴迷于炼丹,致使后来发生"壬寅宫变"的明嘉靖帝,才活了 60 岁。其庙号世宗,谥号钦天履道英毅神圣宣文广武洪仁大孝肃皇帝,葬于北京明十三陵之永陵。

　　嘉靖在位早期英明苛察,严以驭官,宽以治民,称得上是位有作为的皇帝。但是他中后期却任用奸佞,妄杀忠良,宠好道教,信任方士,导致国势日益衰微,差点被自己的宫女勒死,也是奇葩一朵。他居然还会写诗,唯一的代表作是一首诗,写给当时的云南伯毛伯温,鼓励其征伐安南。诗曰:

　　　　大将南征胆气豪,腰横秋水雁翎刀。

　　　　风吹鼍鼓山河动,电闪旌旗日月高。

　　　　天上麒麟原有种,穴中蝼蚁岂能逃。

　　　　太平待诏归来日,朕与先生解战袍。

　　此诗如何,各位明鉴。

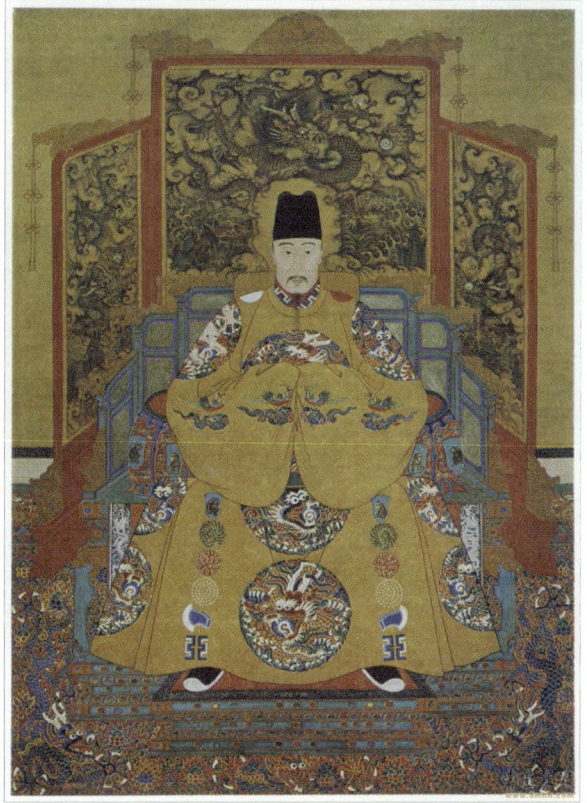

明世宗嘉靖皇帝

记　忆

　　记忆是人生命的本能之一。有时，生命枯萎了，记忆仍然鲜活；有时，生命正蓬勃，记忆却已凋敝。摄影，便是人类保存记忆的手段。我们爱摄影，往往不是爱摄影本身，而是眷恋那已经逝去的美好时光。

武宁·居所窗前的景色

聚　散

　　聚散，最能产生沧桑之感和盛衰之慨。聚时春风扑面，开琼筵，飞羽觞，放浪形骸，不知老之将至；散时秋风落叶，载青旗，服苍玉，易水寒泉，回眸树倒狲散。人生不能两次踏入同一条河流，因为每聚散一次，都能品到异样的悲欢离合，都会呈现不同的阴晴圆缺。

在这个世界上，有一种社会角色叫父亲

父亲与爸爸同义又有所区别。爸爸更多的是天伦，父亲更多的是责任。人一旦领到了父亲这个角色，肩头和心头便沉重起来。他在孩子面前，就要身先士卒，率先垂范，便要竭尽所有，把自己打扮得无所不能。

很多父亲不知道自己的一生意义何在，但至少有一点很明白，为孩子遮风挡雨，为孩子赴汤蹈火，为孩子的一生当好铺路石、马前卒、勤务兵。

有儿子的父亲好，有女儿的父亲也好。女儿的父亲自从她呱呱坠地的那一刻，无论这个男人多么铮铮铁骨，多少血性刚烈，他性情中立即会添加柔软，添加温润。

女儿是贴心的小棉袄，是上辈子的情人。

女儿出嫁，是父亲最最纠结的心病。我父亲，在我两个妹妹出嫁时，表现出来的是莫名的恐慌和轻度狂躁。我的岳父，一个新四军老战士，他女儿出嫁的那一天，我发现，他哭了，有生以来的一次涕泪双流。我女儿结婚，我脸上虽然堆着笑，心里却百感交集。因为我知道，她从此不再仅仅属于我，她还属于可以托付终身的另一个男人。

中国男人往往不擅长表达感情，大部分的中国式父亲，一生中甚至从没说过一句"孩子，我爱你"。但是，随着岁月流逝，大家都慢慢长大变老。父亲当然先于儿女老去，人老了会忘记许多事，但从来就不会忘记爱自己的儿女。父亲九十，儿女七十，都是这样。

父爱，一种深沉的爱，一种浑厚的爱，一种不动声色的爱，这种爱，与生俱来，排山倒海。

2015.6.22

快　乐

快乐是人与生俱来的权利，一些人却舍不得轻易使用，非常可惜。快乐多数来源于简单生活，它的启动开关叫豁达。快乐没有什么道理可言，它藏身于你心中：面对一件事情，你说痛苦它就痛苦，你说快乐它就快乐。快乐没有时间的锁定，只要你愿意，它时刻在你身边。快乐的基本条件是既无忧又无虑，无忧无虑的前提是得之不喜，失之不忧。快乐的生命源于快乐的心态，快乐心态的养成有一条很重要：不争，在欣赏别人的同时还会欣赏自己。

2015.8.3

长成大树

无数事实证明，立人教育胜于成材教育。成材教育因为太急功近利，往往让人成不了材或难以成材，而人一旦立起来，自然就是材了，而且往往是大材。

现在我们以一棵树为例，如果施以立人教育，就要有如下观念引领：

1.时间。没有一棵树是树苗一种下去，马上就能变成大树的。岁月的年轮刻下了成长的印记，所以，积累很重要。我们已经见得太多的拔苗助长了。

2.坚守。没有一棵树，第一年种在这里，第二年种在那里，搬来移去，还可以长成一棵大树的。大树一定是多年以来原地屹立不动，就在这里经风雨见世面，看花开花落，听云卷云舒！所以，信念很重要。小猫钓鱼模式，已经残害了不少良种。

3.基础。树有千百条根，粗根、细根、微根，深入地底，忙碌而不停地吸收营养。树有多高，根有多深！所以，基础很重要。而我们沙滩盖高楼的事情时有发生，盖好了还洋洋自得。

4.向上。向上必须先长主干。没有一棵大树是只向旁边长的，长粗不长高只是矮胖子。大树一定是先长主干再长细枝。所以向上很重要。但有些人法乎其下，奈之其何？

5.阳光。没有一棵树长向黑暗。近朱者赤，近墨者黑，光合作用产生正能量。所以，阳光般的热烈积极很重要。一个阴冷的人只能营造一片阴冷的天地。

信心，激情，方法。十年树木，百年树人。一棵大树的生成，尚且要有这些必须的条件，何况人呢？！

2015.8.11

《得自在》（廖杰）

生命诞生的地方就是故乡

生命诞生的地方就是故乡,就是你的圣地。不管你人在哪儿,身在何处,时刻都会思念着她,牵挂着她。

一个人从呱呱坠地的那一瞬间,就已经和那个地方的水土结下了不解之缘,不管你以后会在什么地方成长、生活,这种水土之情、血脉之亲无法割断。

特别是童年的足迹、童年的伙伴,是要伴随人一辈子的,而且年纪越大,情景会越亲近,记忆会越清晰:那山、那水、那人……

正是因为这样,人才有一种对家乡、对故人的思念和牵挂,这思念,这牵挂,日积月累就会慢慢凝成一份心结,我们把它称作:乡愁。

2015.8.14

明　智

　　知己者为明，知人者为智。知人不易，知己更难，所以中国人又讲"人贵有自知之明"。就像"富贵"两字，富不易，贵更难，就是讲自己往往不了解自己。有些人把禅宗搞得神神秘秘，是想让人仰望。其实没有那么复杂，德山棒也罢，临济喝也罢，南禅修行的重要一环，还是让人先了解自己。

2015.9.11

山居笔记

　　读书是自愿选择的一种孤独。内心的风波亭不倒，书中的精华便吸收不到脑海里去。眼前市声喧嚣，摩肩接踵，人心浮动，何来心灵静谧。这时候，在山中，端起一本书，泡上一壶酽茶，窗外是百年老松，涛声如轻轻的叹息。简陋的书斋里，一支文竹淡然生长着，伴着那盘香，袅袅地，或诵或念或默，书中的历史风烟、名山大川便策杖而来。而时光，则随着那阳光下斑驳的石阶，悄然而去。

　　艺术不但具有强大的正面影响，同时也具备极大的负面影响。埃德加说："艺术家比任何从事其他职业的人更能使观众误入歧途。"尽管视若无睹，谁也不能否定的是，艺术不但一直是各种"主义"的最佳促销手段，而且是各种一般商品的运作神器。当年的纳粹正是凭借艺术的力量动员了德国人民，由此德国的美学家韦尔施指出："日常生活的审美化，大都服务于经济目的。一旦同美学联姻，无人问津的商品也能销售出去。"

2015.9.12

庐山宅窗外

逻辑思维

逻辑思维能力，就是理性分析问题的能力。逻辑无时无刻不存在于日常生活中。

现代社会，人们获得知识信息的渠道多了，但用于消化知识与信息的时间与注意力并没有随之增加。

相反，人们越来越习惯并满足于囫囵吞枣的快餐式阅读。

下车伊始，哇啦哇啦。浮躁的心态让人们急于表达自己的态度与看法，根本不去注意思维的逻辑性。

于是，概念模糊、以偏概全、误导推理等等如影随形。

于是，许多不必要的错误与麻烦，许多事倍功半的事情便接踵而至。

更荒诞的是，犯错的人也罢，惹麻烦的人也罢，他们都不知道自己错在哪里，为什么会惹麻烦。由是，有空学点逻辑，是有用处的，尤其是与文字打交道多的人。

2015.10.2

谛　观

谛观就是用心去体会。

话说佛祖有一天升座，刚落座，文殊菩萨就用白槌一敲，说：谛观法王法，法王法如是。佛祖就直接下座了。

一般人看不懂。其实这是佛祖与文殊菩萨配合下的一种悟道机锋。

佛祖一言未发，文殊菩萨也只讲了十个字，终究是要修行人悟出一个道理，真正的"法"，不是讲出来的，是悟出来的。

陆羽推崇的茶道：普事故雅去虚华，宁静致远隐沉毅。这就是一种品茶的俭德之行。

无论什么茶，茶叶的优劣是次要的，而品茶的环境、心情，及对路的茶友才是第一性的。

喝茶喝到了这份上，才叫谛观。

欣赏艺术品和大自然，同理。

2015.10.7

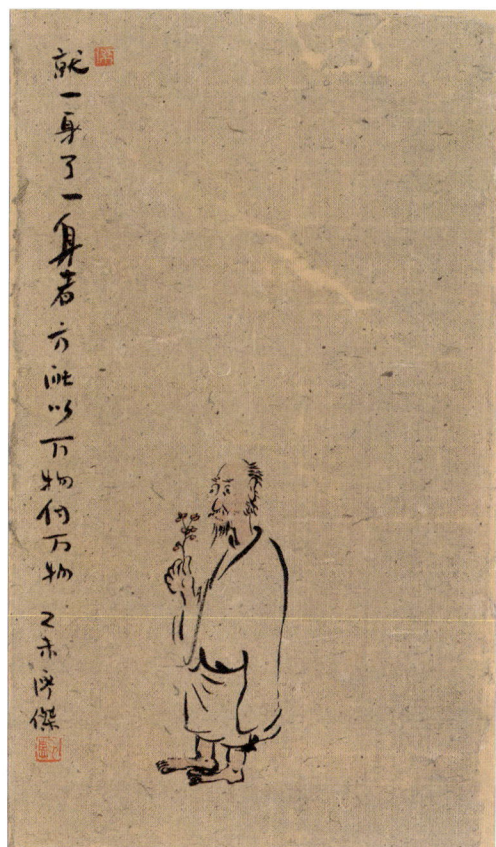

《拈花付万物》（廖杰）

关于信仰

遇到很多人，都爱说现实中缺乏信仰。

何谓信仰？指对某种主张、主义、宗教或对某人、某物信奉和尊敬，并把它奉为自己的行为准则。

信仰带有强烈的情感体验色彩。

信仰成为一个议题源于古希腊。苏格拉底说："未经审视的生命不值得活。"他的这个"审视的生命"即为信仰的选择。

依我看，小小老百姓有无信仰并不是一桩罪过。有罪过的是，将人的低级欲望当成信仰。

只有把值得作为信仰的东西作为信仰，才能安顿灵魂，帮那些无处安放的日子，找到归宿。

2015.10.22

逞强与示弱

逞强与示弱。我理解是 一种文武之道，也是一种融通，所谓能屈能伸是也。

偶尔向别人示弱，是必须的，不但因为天外有天，山外有山，而且过于刚烈，必折无疑。

做人处事也是这样，所谓不卑不亢。太卑了，别人以为你是奴才，小瞧了你，你便不高兴。

太亢了，人家又以为你是主子，结果你又没有任何担当，到头来还是瞧不上你。

做人难。

把握好阴阳和合就不难。

凡事不用处处争强好胜，你本来强大，就无须逞强。你如果弱小，也不必示弱。学一下刺猬吧，如果遇到危险，你便竖起你的刺，让人不敢接近你。

夜听孟小冬的《空城计》，别人眼中孤傲的她，其实一直是个低眉的女子。

2015.10.28

《戏剧人物图》（关良）

回　忆

回忆是上苍赐给我们最好的礼物之一。

回忆能让人远离平淡，能使本来庸碌的日子背叛现实，去做一次又一次云端的飞翔。

回忆犹如月光，它所照亮的往事，坏的部分都朦朦胧胧，而好的部分，正因这朦胧而更加美好。

逝去的岁月，怎么找得回来？

还好，我们有回忆：

有时高天流云，有时残阳过水，有时绿杨系马，有时，远望当归。

2015.11.3

学哲学（一）

狄尔泰说：我并不是坐在世界舞台之前的一个旁观者，而是纠缠在作用与反作用之中。

中国人恰好是这样思考的：世界不是我们认识的对象，而是与我们互相交织在一起，天与人，是生命的统一体。因为没有人，一切运动便失去了观察主体；而没有天，一切运动又会失去了事物所产生的客体。只有人，才可以体察并运用万物的矛盾；唯有天，才可以给人提供运用万事矛盾的不竭资源。

以天人作为宇宙万物矛盾运动的代表，才能最透彻地表现天地变迁的原貌和功用。夫子云，天何言哉，四时行焉，百物兴焉。心学还强调，我心即宇宙，宇宙即我心。

"天人合一"是中国哲学史上一个重要命题，但说法纷纭，莫衷一是。

天人合一，在儒家来看，天是道德观念和原则的本原，人心中天赋地具有道德底律，且这种天人合一是一种自然的、不知不觉的合一。然而，由于人后天受到各种名利、欲望的蒙蔽，发现不了自己心中的道德律，于是，便要求活到老学到老，去除外界欲望的蒙蔽，"求其放心"，达到一种自觉地履行道德原则的境界。这就是孔子所说的"七十从心所欲而不逾矩"。

天人合一，在禅宗来看，人性本来就有佛性，只是迷于世俗的观念、欲望而不自觉。一旦觉悟到这些观念、欲望都不是真实的，真如本性便自然显现，也就可以达到成佛的境界，因此，他们提出"烦恼即菩提，凡夫即佛"。故禅宗语录有言："悟得来，担柴挑水，皆是妙道。""禅便如这老牛，渴来喝水，饥来吃草。"

天人合一，在道家来看，天是自然，人也是自然，是自然的一部分。因此庄子说："有人，天也；有天，亦天也。"天人本是合一的，但由于人制定了各种典章制度、道德规范，使人丧失了原来的自然本性，变得与自然不协调。人类行为目的，便是"绝圣弃智"，打碎这些加于人身的藩篱，将人性解放出来，重新复归于自然，便能达到一种"万物与我为一"的精神境界。

天人与古今总是联系在一起，这种把自然哲学与历史哲学混合起来的现象，是中国哲学的重要特点。

　　天与人是世间万物矛盾中最核心最本质的一对矛盾，天代表物质环境，人代表调适物质资源的思想主体，合是矛盾间的形式转化，一是矛盾相生相依的根本属性。

　　子曰：朝闻道，夕死可矣。

2016.1.19

学哲学（二）

弱者道之用。

出自《道德经》。逞强与示弱是生物面对这个世界的正反两手，可列入阴阳范畴，也是辩证法的重要概念。

弱者道之用，弱是柔弱的意思。道家提倡以柔弱胜刚强，以退为进，所谓"峣峣者易折，皎皎者易污"就是这个道理。

用弱的一面来对待自然，换言之就是顺应而不是改变。

涨洪水了，堵是逞强，疏是示弱。从结果上看，堵或可胜，但超过度就很少胜算。而疏，则完胜率高。

大禹治水。鲧窃天帝息壤四处围堵，水高而息壤愈高，息壤愈高而水愈高，历九年，治水不成，被杀于羽郊。鲧尸化为白马而三年不腐，天神受命剖白马腹，有人头龙身者冲出，是为禹。禹承父业治水，因势利导、疏堵结合、首重于疏，历十三年终于治水成功。由此可见，疏比堵有时更重要。

现代社会，竞争激烈，很多人有强劲没有弱劲，处处都想表现自己如何强大，如何了不起，结果却处处碰得鼻青脸肿、头破血流。

这里的弱，不是弱小，而是宽容，是不争，是处下，是虚怀若谷，是坚韧不拔。

委曲反能求全，弯曲反能伸直，低洼反被盈满，少取反可多得。

贵柔守弱，处世之大道。

2016.4.3

学哲学（三）

反者道之动。

意思是说，循环往复的运动变化，是道的运动。

物极必反，否极泰来等等，都在阐明道的变化往相反的方向转换。

老子看到了诸如长短、高下、美丑、难易、有无、前后、祸福、刚柔、损益、强弱、大小、生死、智愚、胜败、巧拙、轻重、进退、攻守、荣辱等一系列矛盾，认为这些矛盾都是"对立统一"的，任何一方面都不能孤立存在，而须相互依存、互为前提，即"有无相生，难易相成，长短相形，高下相倾，音声相和，前后相随"。在事物的对立统一中，他还比较深刻地认识到矛盾的双方可以相互转化，指出"祸兮福之所倚，福兮祸之所伏"，"正复为奇，善复为妖"。

事物都包含有向相反方向转化的规律，就是"反者道之动"。

乾卦中九五是至尊，上六就是亢龙有悔，登上峰顶再往前走必然下坡。

黑暗到极致，就该是黎明；倒霉到极点，就该是坦途。

一个"反"字，说出了"道"的核心价值。相反的东西往往相成。

2016.4.16

老子

白明的闪念

《闪念》由知识出版社于今年元月出版。

作者在扉页这样解读:

"闪念"其实是人的一种日常微思,犹如空气中悬浮的微尘在光柱下被我们看见一样! 只不过"闪念"可以证明我们存有活性的思维,就像通过微尘可以让我们知道空气里也有"万物"!

正如同秘密一旦被说破就不再是秘密一样,白明的闪念一旦用铅字固定并公之于众,便不再是闪念,而是闪念的定格。

人是万物的尺度。反过来,万物也是人的尺度。

我们通常会认为,只有对象本身才是有价值的,但事实并非如此。

价值其实是我们附加在对象身上的价值观呈现,是我们内心深处想看重的那个部分。

一丝微尘,在一般人眼中可能会忽略不计,或者根本没有感觉。但在真正的艺术家眼中,这丝微尘,可能是一个世界。

以一个艺术家的角度和视野,对生活进行独具魅力的理解,恰恰是艺术家的日常功课,所以也是艺术家的必由之路。

中国美学与西方美学最大的分野,不是感性的提取或归纳,而是生命体验的真实。它所重视的是返归内心,由对知识的空灵荡涤进而体验万物的实践,接通天与地,融我于万物于一体。

在《闪念》中,白明谈时间,谈粽子,谈白枇杷,谈蜡梅与白梅,谈荷,谈柳絮,谈雨丝风片……

点,很小;面,很宽。

仿佛张岱的那篇《湖心亭看雪》:天与云、与山、与水,上下一白,湖上影子,惟长堤一痕,湖心亭一点,与余舟一芥、舟中人两三粒而已。

芥子那么大的一点点,置于宇宙洪荒、皑皑冰雪,犹如种子,是回归,亦是伸展。

有言道出无言之美,时间之外引入空间之内。境界,和谐,妙悟,形神,养气等五个生命超越美学范畴的根本，尽在青山白云中。

我把《闪念》看成是一个艺术家的妙悟玄门。

艺术只有两种和谐境界，即对立中的和谐与无冲突的和谐。宋画之所以广为人们推崇，主要在于"动之静时得之"，由画面的和谐透出艺术家心灵的和谐。

沈周在他的《云山图》中说：看云疑是青山动，谁道云忙山自闲。我看云山亦忘我，闲来洗砚写云山。

茶能喝出风生水起不易，茶能喝出不动声色更不易，茶能喝出云淡风轻，则是不易中的不易。（《闪念》第 161 页）

白明正是这样，用一颗敏感的心，不时擦洗那双婴儿般的眸子，在四时之外，登斯楼，上斯山，望斯月，于万古长空朝晖夕阴中寻求刹那永恒。

2016.3.6

中庸之道

《中庸》原是《礼记》中的一篇，现在演绎成"道"了。

《礼记》为战国时期子思所作，是中国古代一部重要的汉民族典章制度书籍。全篇以"中庸"作为最高的道德准则和修身做人的道理。

"四书五经"中的"四书"之一。那是人家朱熹朱夫子排的座次。"四书"中还有三书是大名鼎鼎的《大学》《论语》《孟子》。

凭什么这么重要？

经历的事越多，视野越开阔，走过雨雪风霜和风霜雨雪，真觉得"中庸"这条路，确是被遮蔽着的金光大道。

中庸之道亦被古人称为"中道"或"中和之道"。何谓"中庸"？汉儒郑玄说，"名曰中庸，以其记中和之用也。庸，用也。"最通俗的解释即，去两端，取中间；用朱熹所做《中庸章句》的说法，即其师程颐所说的"不偏之为中，不易之为庸"。朱熹又自注："中者，不偏不倚，无过不及之名。庸，平常也。"

余秋雨先生认为，这是一种重要的思维选择：

"往浅里说，这是一种办事方式。谋事，总要向前看；但要成事，则要回过头来看看比较正常的一般情形，设法找一条合适的路，恰当的路，可行的路，多数人能够接受的路。要做到这样，就不应该扮演激烈，哗众取宠。"

"往深里说，这是一种可喜的弹性哲学，一种灵活的松软状态，一种平静的两相妥协，一种灰色的世俗宽厚。"

"中庸，是中华文化几千年来的精神主轴和行动主轴。"

平淡、温和、低调、家常，轻言慢语，日出日落，春种秋收……

拒绝极端，在人生命的旅程中，本身就是一条最安全最有效的攀登路。

福

　　一个福字，雅俗共赏，应用极其广泛，尤以春节为最。

　　福字的左边，是一个人，包括头和身体的四肢，五大件。右边是一口田，供养着左边的五大件。

　　福，一般认为包含有五种内容，也有认为是四种内容的。

　　五种内容叫五福临门：寿、富、康宁、攸好德、考终命。（见《尚书·洪范》）

　　四种内容的是：富、贵、寿、考。

　　"五福说"和"四福说"有三方面内容重合：寿、富、考。差别在"五福说"多出康宁、攸好德，而"四福说"多出贵。

　　这就需要辨识了。

　　寿，指长寿是命不夭折而且寿数绵长。寿乃福之本之一，没见着有的人就在比活的年头吗，必须的。富，是指有钱，有财产。谁都知道钱不是万能的，没钱却是万万不能的。考，指善终，安详离世而且饰终以礼。骂人的话，不得好死，谁都不爱听，当然要保留。这三条看来取得了共识，故选之。

　　"四福"里有贵，是说人生在世要地位尊贵，传统中国社会主要指当官，多少人趋之若鹜呵，为什么"五福"中没有选？

　　思量了半天，觉得"五福"中不选贵是有道理的。因为贵不是必选项。

　　有人把"五福"量化为四种生存行为：第一是能"安心睡"；第二是"快乐吃"；第三是"欢喜笑"；最后是能"健康做"。这四种状态，的确与贵不贵的没什么关系。

　　如果将这四种生存状态作标尺，那么，五福中的"康宁"、"攸好德"列入则顺理成章。

　　"康宁"是身体健康而且内心安宁。太重要了，肉身和灵魂双重生命的基础，相当于置在最前面的那个1，其余的可以是任何数字。没有康宁，其他福气无从附着。

　　依我看，康宁可排五福之首。

　　"攸好德"是说要心性仁善而且顺应自然。我觉得比贵也好，因为这是内心世界的大贵。

　　五福临门，有贵是锦上添花，当然更好。但如果"五福"本身还差兄弟姐妹没到齐，千万别用"贵"来凑热闹。

　　人的生命只有一次，福字面前不容误判，拒绝错误选项。

　　问心无邪，始得其所。

与海昏侯面对面

（一）

南昌海昏侯墓是我国目前发现的面积最大、保存最好、内涵最丰富的汉代侯国聚落遗址。其出土文物对于复原西汉列侯葬制和园寝制度价值巨大。

我以为价值巨大的还有：一个千古谜团可能解开。

小时候，就听说过那个民谣："淹了海昏县，出了吴城镇。"海昏县城是汉代豫章郡所辖十八个县城之一，经历600多年沧桑，突然神秘消失，至今踪迹难寻。是在鄱阳湖（古彭蠡泽）的演变过程中湮没的吗？是一座东方的"庞贝城"吗？

海昏县城，你在哪里？海昏侯国与海昏县城当然不是一码事，但关联度极大。

海昏。海，大湖；昏，黄昏日落处，西边。海昏者，大湖以西也。

据清朝的《一统志》和《新建县县志》记载，海昏侯国原址就在现南昌市新建区昌邑乡游塘村，当地居民仍然称之为"昌邑王城"。王城为方形，地面平坦，面积约2平方公里，原有东南西北四座城门。据了解，经过两千年的沧海桑田，昌邑王城概貌至今依稀可辨，原来的城墙基础还在。

那么，海昏县地址在哪？根据地方志记载，汉海昏县隶属汉代豫章郡，主要分布在鄱阳湖西岸，包括了今日的永修、武宁、靖安、安义和奉新5个县大部分范围。另据《永修县志》，高帝时海昏县治在今吴城镇芦潭西北数华里。

或许真的是鄱阳湖的变迁，将海昏县城埋藏了起来。

今天，海昏侯国显身；将来，期待海昏县城会给我们的儿孙又一个意外惊喜。

（二）

墓道里，千年古木香气扑鼻。

都说汉墓十室九空，海昏侯墓缘何"守身"千年？

以下是记者郁鑫鹏的报道：

如果看过长篇小说《鬼吹灯》的读者，应该知道其中"摸金校尉"（中国古代一个盗墓者的门派。据史书记载，"摸金校尉"为曹操所设，专司盗墓取财贴补军用）的厉害，也就应该能够理解考古界人士常称的"汉墓十室九空"的道理，也能体味出他们"汉墓考古靠运气"话语中的无奈。

作为王侯一级的高等级墓葬，毫无疑问，从其主人下葬之日起，就已被纳入到盗墓者的视野里，或许历朝历代都有盗墓者跃跃欲试，试图进入地宫打开主椁室。"西汉海昏侯墓保存得如此完整，全国少见，是不幸中的万幸。"11月7日，西汉海昏侯墓专家组副组长、陕西省考古研究院原副院长张仲立说。

那么，西汉海昏侯墓为什么能守住"真身"2000多年？

经过近5年的考古发掘，考古人员发现，西汉海昏侯墓墓园面积有4万多平方米，从墓园中发现的祠堂遗迹、水井遗迹等文化遗存分析，当时墓园里的守墓人有上百人。从第一代海昏侯刘贺开始，刘贺的儿子、孙子、曾孙都世袭海昏侯，世袭了4代共168年时间，约到东汉永元十六年（公元104年）废除。专家认为，因为有守墓人保护墓园，西汉海昏侯墓在公元104年之前应该是完整的。随后在东汉时期，或许是同为汉室刘姓的原因，当权者对海昏侯墓有一定的保护措施。

通过考古，考古人员发现除了2011年盗墓者对西汉海昏侯墓实施一个大的盗洞之外，该墓的西北角有一个五代时期留下的盗洞。从现在这个方位发现的装衣服的漆箱、写有"昌邑九年"字样的漆器等文物来看，盗墓者未能成功实施盗墓。人们不禁要问，公元104年至五代时期，中间几百年时间，为什么它没有遭遇盗墓者的"骚扰"呢？省文物考古所所长徐长青、西汉海昏侯墓考古队领队杨军等多位专家都提到，这得益于东晋时期江西的一场大地震，使墓室早年就坍塌，地下水上涌淹没了墓室。当时人们不具备水下盗墓的条件，才使得该墓得以幸免。

专家所说的大地震，指的是公元318年豫章郡发生大地震。此次地震使原来的枭阳县、海昏县等豫章古县淹没到鄱阳湖中。张仲立表示，正是因为墓穴内充满水，这种绝氧的环境不利于微生物生长，才使得墓内的文物得到保护，腐蚀程度不高。

2011年，考古人员勘探时就发现，在西汉海昏侯墓即将被盗墓者成功盗挖前，与之相邻的山包——海昏侯夫人墓已经被盗，而堆墩山上几乎所有明清以前的墓葬都被不同的盗墓者留下了各种各样的盗洞。那么，这座山上这么多的墓葬中最有价值的墓为什么最后才被盗墓者"瞄"上呢？有业内人士告诉记者，2011年初，在南昌文物贩子的手中出现了一条小金龙，但无买家敢接手。这引起了有关部门的重视。同时，这条小金龙也让一些盗墓团伙顺着线索"摸"到了堧墩山上。

2011年3月23日，当考古队长杨军等人来到堧墩山上，发现西汉海昏侯墓封土堆上覆盖的杂草、灌木、荆棘非常浓密，从外观上看，它比位于其左侧的山包（侯夫人墓的封土堆）显得要小一些。或许盗墓者根据墓体大墓主人身份则更尊贵的常理进行推测，因此他们先对侯夫人墓"下手"。不过，多年的田野考古经验及深厚的知识储备告诉杨军，汉代以右为尊，右侧封土堆下的墓主人可能更尊贵。果然，当考古队对两个封土堆的地表进行清理后发现，西汉海昏侯墓的封土堆明显要比侯夫人墓封土堆大，而且夯土、祭台等也都比左边的大。因为知识有"缺陷"，盗墓者第一次就看走了眼，错过了先盗挖海昏侯墓的机会，这给考古人员最大限度保护文化遗产争取了时间。

如果说，盗墓者对封土堆看走眼是知识缺失的话，那么他们挖了14.8米的盗洞并成功找到了主椁室却没能进入其中，同样也是知识不够。主要是他们没有预料到墓室早年已经坍塌，也没有考虑到"主人"提前做好了防盗措施。杨军告诉记者，常理来说，主棺位于椁室的正中心，因此盗墓者从封土堆正中心垂直向下挖盗洞。目前看来，西汉海昏侯70平方米的主椁室不是一个大单间，而是由两竖一横3层椁板隔离成为6个单元，主棺可能位于主椁室的东北处。专家称，主棺之所以不在正中心，或许是当年地震致使墓室坍塌后它在地下水中慢慢漂移过去的，也或许是为了防盗，安葬之初根本就没有按常理放置。因此，2011年，盗墓者锯开了顶椁板，还沿着两个单元椁板的交接处一直锯到了底椁板，却没有挖到并带走任何东西。

正是种种机缘凑在一起，西汉海昏侯墓这个"宝藏"2000年后才得以完整呈现在世人面前。

天佑江西呵。

（三）

说刘贺，先说刘贺的父亲刘髆。

汉武帝一共生有六个儿子：长子刘据立为太子，次子齐怀王刘闳早逝无子，其余为燕王刘旦、广陵王刘胥、昌邑王刘髆和少子刘弗陵（即汉昭帝）。

刘髆是汉武帝六个儿子中的老五，天汉四年（公元前97年），刘髆被封为昌邑王，成为西汉第一位昌邑王，封在山东（现巨野县）。后元元年（公元前88年）正月，昌邑王刘髆去世，谥号哀王，史称昌邑哀王。刘髆死后，年仅五岁的刘贺嗣位，成为西汉第二位昌邑王。

拥立为帝

元平元年（公元前74年）四月十七日，汉昭帝刘弗陵去世，时年二十一岁。因为汉昭帝没有子嗣，大将军霍光通过考察，认为刘贺可以继位，便征其主持丧礼。刘贺接诏后，带随从百余人，乘坐七辆驿站的马车前往长安府邸。

从山东昌邑到都城长安，紧赶慢赶，路上走了一个多月。

路上这一个月，刘贺没少考虑接班的事。他应当知道，这次以什么形象出现，关乎屁股能否坐稳的问题。

刘贺到霸上，大鸿胪在郊外迎接，主管车马的骖官奉上皇帝乘坐的车子，郎中令龚遂同车。天明，刘贺到了广明东都门，龚遂说："按礼制，奔丧望见国都就要哭。这已是长安的东郭门。"刘贺说："我咽喉痛，不能哭。"到了城门，龚遂又说，刘贺说："城门和郭门一样的。"将到未央宫的东门，龚遂说："昌邑国的吊丧帐篷在这个门外的大路北。不到吊丧帐篷的地方，有南北方向的人行道，离这里不到几步，大王应该下车，向着宫门面向西匍匐，哭至尽情哀伤为止。"刘贺这才同意哭丧。

一开始就"昏"了

刘贺就这样接了叔叔的班，他不知道做皇帝只有二十几天时间，当然也可能知道，否则怎么会一天做几十天的事呢？

用现在的眼光看，刘贺在政治上是个痴子，或者说有点二。他的父亲去世了，不像光绪皇帝，有个深谙进退的老爸：醇亲王奕譞。

废黜帝位

成者王侯败者寇。

欲加之罪，何患无辞。

在历代史官看来，刘贺在位二十七日，使者往来不断，拿着旄节下命令给各官署征调并索取物资，共一千一百二十次。文学光禄大夫夏侯胜、侍中傅嘉等多次进谏，规劝过失，刘贺竟派人按簿册责问夏侯胜，又把傅嘉捆起来关进监狱。简直就是一个疯子。

当然，刘贺还荒淫无道，丧失帝王礼义，搅乱朝廷制度。大臣杨敞等多次进谏，不但不改，反而一天比一天更厉害。正史上说，霍光担心刘贺要危及国家，使天下百姓不安，便与群臣商议，禀告皇太后上官氏，废掉刘贺让他返回昌邑国（治所在今山东省巨野县），赐给他汤沐邑二千户，从前昌邑哀王刘髆的家财全给了刘贺。其后不久，昌邑国被废除，降为山阳郡。霍光另立汉武帝曾孙刘询为皇帝，是为汉宣帝。

是不是也可以这样说，刘贺进长安，懵里懵懂进去，稀里糊涂出来。

他被历史狠狠地玩了一把。

宣帝忌惮

刘询比刘贺精明，霍光在时俯首帖耳，等到霍光不在人世了，他便下力气扫除霍光旧党，完全操控了天下，但内心多少还是有点忌惮刘贺的。

元康二年（公元前64年），刘询要山阳太守张敞监视刘贺，张敞于是分条禀奏刘贺平日行为，说："臣敞地节三年（公元前67年）五月任职山阳，故昌邑王住在从前的宫中，在里面的奴婢一百八十三人，关闭大门，开小门，只有一个廉洁的差役领取钱物到街上采买，每天早上送一趟食物进去，此外不得出入。一名督盗另管巡查，注意往来行人。用故王府的钱雇人为兵，防备盗贼以保宫中安全。"

还说，"臣张敞屡次派官员前去察看。地节四年（公元前66年）九月中，臣张敞察看他的情况，故昌邑王二十六七岁，脸色很黑，小眼睛，鼻子尖而低，胡须很少，身材高大，患风湿病，行走不便。穿短衣大裤，戴着惠文冠，佩玉环，插笔在头，手持木简趋前谒见。观察故昌邑王的衣服、言语、举动，白痴呆傻。"

　　一个这样的刘贺，汉宣帝知道不值得忌惮，于是又再一次下手了。考虑到没有威胁，又是废帝，待遇还是要给的：

　　到江西海昏县，划块地给你，做海昏侯去吧！

削邑去世

　　元康三年（公元前 63 年）三月，汉宣帝下诏说："曾闻舜弟象有罪，舜为帝后封他于有鼻之国。骨肉之亲明而不绝，现封故昌邑王刘贺为海昏侯，食邑四千户。"侍中、卫尉金安上书说："刘贺是上天抛弃的人，陛下至仁，又封为列侯。刘贺是个愚顽废弃之人，不应该奉行宗庙及入朝行朝见天子之礼。"奏折得到汉宣帝批准。刘贺便带着家人奴仆，前往封国海昏（今南昌市新建区）。

　　从皇帝到王再到侯。倒霉的刘贺等于被倒着"提拔"，从山东到长安，又从长安回山东，最后命运让他从山东到了江西，埋在了鄱阳湖畔的海昏侯国，大江以西的这片土地上。

　　刘贺其实是皇权与霍光集团政治博弈的牺牲品。

（四）

　　许多人持续关注海昏侯墓令人亢奋的文物出土，我持续关注墓主人多舛的命运。

　　从长安回山东几年之后，扬州柯刺史奏刘贺与故太守卒史孙万世来往。孙万世问刘贺："从前被废时，为什么不坚守不出宫，斩大将军，却听凭别人夺去天子玺印与绶带呢？"刘贺说："是的。错过了机会。"孙万世又认为刘贺将在豫章封王，不会久为列侯。刘贺说："将会这样，但不是应该谈论的。"有关部门据此上奏，要求先逮捕，再审讯核实。

　　还好，这时宫里斗得正欢，没人理会。

　　刘贺没有政治品质和政治智慧固然，但每天都做几十件坏事，显然是有人故意罗列罪名。另外，霍光集团不是进行考察了吗？这么个顽冥不化的东西，选拔出来主持国丧，继承大统，是否失察？责之何在？

史上还有一种评价是，由于当时的政治气候，刘贺满腔抱负，只能用骄奢淫逸来包裹。不料包装过度，还是丢掉了黄袍，弄脱了皇冠。

现在很多家谱都是虚构的，历史也是如此。

考据：刘贺家族成员

祖父：汉武帝刘彻

祖母：孝武皇后李氏（追谥）

父亲：昌邑哀王刘髆

儿子：

海昏侯刘充国

海昏侯刘奉亲

刘贺死后，豫章廖太守奏道：舜封象在有鼻，象死不为他设立后继者，认为暴乱之人不应该当一国的始祖。海昏侯刘贺去世，上报有关部门，应当作为他的后继者的是他的儿子刘充国；刘充国去世，又上报他的弟弟刘奉亲；刘奉亲又去世，这是上天要断绝他的祭祀。陛下聪明仁爱，对于刘贺很厚重，即使是舜对象也没法超过。应该按礼制断绝刘贺的后继，奉行天意。希望交给有司商议。讨论的结果，都认为不应该为他立嗣，于是，封国被除。

这里，眼下只是一座被大树遮挡得严严实实的丘陵，一座曾经的小小城邑。

所有的符号只能指向过去。

初元三年（公元前46年），汉元帝刘奭又封刘贺的另一个儿子刘代宗为海昏侯，是为海昏釐侯，刘代宗传位给儿子海昏原侯刘保世，刘保世传位给儿子刘会邑。

公元8年12月，王莽代汉建立新朝时，海昏侯国被废除，刘保世被削藩贬为庶民。后来刘秀建立东汉王朝，恢复刘氏天下，刘会邑又被恢复为海昏侯。约到东汉永元十六年（公元104年），海昏被分拆成建昌、海昏两个县。

从昭帝年间，到刘贺短暂的二十七天，再到汉宣帝刘询即位之初，朝政差不多全部掌握在霍光手里。当时，霍家权力极大，霍光除了权倾朝野之外，他的儿子霍禹、侄孙霍云还是统率宫卫郎官的中郎将；霍云的弟弟霍山官任奉车都尉侍中，统率禁卫部队胡越骑兵；两个女婿分别担任东宫和西宫的卫尉，掌管整个皇宫的警卫；堂兄弟、亲戚也都担任了朝廷的重要职位，形成了一个盘根错节、遍布西汉朝廷的庞大的势力网。至此，霍光已经成为当时实际上的最高统治者，他的权势和声望在废除了昌邑王刘贺的帝位、拥立汉宣帝之后，达到了无以复加、登峰造极的地步。

幸好，刘询比刘贺狡猾得多，韬光养晦有术。

早在民间时，刘询对霍光的权势和威风就有风闻。尤其在他一夜之间由一个平民变成了至高无上的皇帝之后，更是领教了霍光的权威。他一即位，就明显地感觉到了朝廷内部来自霍光集团那咄咄逼人的政治气场。在他登基之日谒见"高庙"时，霍光陪同他乘车前往，他感觉浑身上下都不自在，如"芒刺在背"。

有着丰富生活阅历的汉宣帝心里明白，自己初即位，力单势薄，仅凭着一个皇帝的称号是不能和羽翼丰满的霍光集团相抗衡的，只有保持最大的克制，逐渐发展自己的势力，寻求有利时机，才能夺回最高统治权。所以在即位伊始，当霍光表示要还政于他时，刘询回绝了，他明确表示非常信任霍光，欣赏霍光的才能，请霍光继续主持朝政，并当众宣布，事无大小，先报请霍光，然后再奏知他本人。事后他还专门下诏褒奖霍光的援立之功，益封七千户。每次上朝，刘询都给予霍光以极高的礼遇。这一系列行为对于消除霍光对他的猜忌和提防，缓和朝廷内部潜伏的政治危机，为他的统治创造一个良好政治气氛起到了极其明显的作用，最直接的结果就是免于变成"昌邑王第二"。

这样看来，刘询比刘贺的政治隐忍术更接地气。

乱哄哄你方唱罢我登场。刘询坐稳皇位后，削去了刘贺的三千食邑，算是与他的先行者划清了政治界线。

刘贺在历史上没有什么名气，他的海昏侯国仿佛是月光底下的一座白色城池，街巷互相绞缠。又像是鄱阳湖畔的一个梦，这个梦以其出土的大量财宝为诱饵，将无数男男女女的目光吸引了过来。

考古发掘，往往缘于我们对知情权的渴望，也缘于我们想借祖先的故事，展示一下自己的辉煌。

李冬君先生说，在道统与政统的双重变奏中，现实王永远是时代的最强音，而理念王不过是渐行渐远的历史的回声。

可以断定，刘贺这个人以及这段乱哄哄的往事，将随着海昏侯墓的发掘与保护，深深地走进时代的记忆。

（五）

海昏侯已经成为眼下大的热门话题。江西省博物馆平时客人不多，但最近的海昏侯墓出土文物展，让夹在赣江和抚河中间地带的省博着实红火了一把：每天车水马龙，门庭若市。

文化，需要创造，需要研究，需要传播。

如何看待这一重大考古发现？是文化研究与传播的重要课题。

文物作为时光的遗存，是进入历史的一条路径，也是沟通主观历史和客观历史的桥梁。文物与历史的关系密切，主要表现在以下四个方面：文物与历史事实；文物与历史证据；文物与历史情感；文物与历史问题。

专家与媒体在注意上述四点外，在研究和传播时首先要客观公正，不以个人喜好、偏爱去判断历史事实；其次要追根溯源，每件事情的真相不能浮于表面，要深究事情的本质；再次要带着怀疑的态度去研究，不能人云亦云。只有带着怀疑的态度经过考察研究推论得出周密结论方可为信。

研究与传播海昏侯，我赞赏历史学家黄仁宇的"大历史"观点：从小事件看大道理；从长远的社会、经济、文化结构观察历史的脉动；从历史的纵深和中西的比较中提示中国历史的特殊问题，聚焦人性的复杂以及整个文明进程的活态，行文要体现价值判断与人文关怀。

海昏侯墓出土文物，我认为至少有以下重大意义：1. 西汉时期制度文化的深入揭秘；2. 又一次坐实社会历史环境对于个人命运的重大影响和个人命运对社会历史的重大反推力；3. 厘清家国与郡县之间的政治地缘关系；4. 中国南方经济发展程度和文明进程的重新判断；5. 进一步测量封建国家政权的注意力和行动力：人治与法治，制度文明，宗法关系等；6. 为中国美学史、艺术史、经济史、考古史等等许多领域的学术研究，增添了实在例证。

以史为鉴。鉴，镜子。照历史这面镜子，主要是整当下的衣襟。

面对当下，各色人等心情复杂。

而《在美国发现历史》一书，可资冰鉴。

此书展开了几十个学者的众多不同视野，汇聚了他们在近百余所美国重要大学学习历史和工作的经历，体现了华人学者从个体生涯入手反思中国近现代历史的强烈自我意识。不但从理论层面上思考，而且结合在中西方的亲身经历不断写下个体在巨变中的感受、思考和焦虑。许多海外华人史学大家的回忆著作都融个体史和大时代历史为一体，令人读后颇有所获。

在留美华人史学家的人生中，黄仁宇具有符号意义。他与海昏侯有命运相似的代表性。

他的经历极为丰富，既有共产党方面的挚友，又是国军军官；既在前线当过排长带兵，又在高层当过参谋，目睹过史迪威和郑洞国的冲突；在中、日参加受降时观察过冈村宁次、麦克阿瑟和天皇。他曾就读美国陆军参谋大学和密歇根大学历史系，后来在纽约大学执教后与常春藤盟校的许多中国史学权威们有过充满恩恩怨怨的交往，又应邀到剑桥李约瑟那里愉快地合作，结下了终身友谊。这些，尤其是他晚年的悲剧性遭遇，都具有某种超出个体偶然事件的历史意义。黄仁宇其实在以自己的命运和学识，在探讨近代留学海外的华人知识分子身处古今和中外张力之间的危机感、困惑、思考和自我救赎。

正因为黄仁宇看重国家行动力，他对现代性的强调就和许多中国学者不同。他认为，中国近现代的羸弱必须从传统政治文化中找原因。

而这，正是海昏侯从王到帝再降为侯过山车般的命运留给我们沉重的思考。

个人在与命运的斗争中筋疲力尽，就像狂风巨浪中的无谓挣扎，也是黄仁宇回忆录中的经常意象。命运之神捉弄人，往往呈现非人格性、荒谬性和无法抗拒性。

整个中国历史仿佛也被一只无形的大手揉搓着，无法跳出圆周率。大历史的学术视野能使人从道德评判走出，靠近人类规律研究的理性思辨，才是对海昏侯墓发掘真正价值的深度体现。

盯住从墓中出土什么，很重要；盯住墓主人在一种历史政治生态背景下的多舛命运，更重要。

于是面对海昏侯，我们期盼着出现又一个黄仁宇。

海昏侯墓考古发掘成果展

东篱采菊

迷人的上晓起，有清远，有幽深，有高山流水、有与世无争的禅趣。

桃花开在春天，菊花开在秋天。

如果说世上所有的相遇都是久别重逢，那么，我与上晓起的黄菊，即如是。

江右茶语

江右，居吴头楚尾，列粤户闽庭，又称赣鄱大地，乃文章节义之邦。

茶语。语，告诉。茶语，温馨地告诉，轻轻地告诉。

书山高峻，茶路漫长。江右茶语，是诗，是歌，是茶艺；是筝，是琴，是美文的旧梦重温，是反复放送着的纯静天籁，是朋友间深度交流的窃窃私语。

怀着一种淡淡的情怀，慢下来，静下来，坐拥四季。沐一路茶语，让会心浸润季节的花开。

音乐，一段朗诵，一出茶艺，在这里，都弥漫着优雅气息的文化氛围，都流淌着溪水响泉的低吟浅唱。不去问，今夜的明月，会去装点谁的梦境；不去想，沧海桑田之后，我们的名字，会不会还是别人永远的痛。

不管是忧伤还是快乐，我们都需要一个地方，来放置自己对自身生命的尊重，来领略淡然闲适的独特意蕴，来抚慰从爱到恨从恨到爱那无常的折磨，来清洗从悟到迷从迷到悟那无尽的纠葛。

让我轻轻地告诉你，生命阳光最温暖。不要问我星星有几颗，我会告诉你，很多，很多。

《撵茶图》（明摹 宋人）

夏之语

绿树浓阴夏日长，楼台倒影入池塘。

水晶帘动微风起，满架蔷薇一院香。

这是唐朝诗人高骈的一首《山亭夏日》。

山亭是歇脚的地方。夏之语是泊心的地方，是洗尘的地方，也是歇脚的地方，是夏天歇脚的地方。

夏花绚烂，岁月纯静。在夏夜里，给自己的心情放个假吧，哪怕半天，哪怕半个小时。

真正的平静，仅仅避开闹市中的车马喧嚣是不够的，你必须在心里修篱种菊，你必须学会听风听雨听涛听泉。

夏之语，幽远，淡雅，雾蒙蒙，湿漉漉，期待你心田的次第花开。

2014.7.27

窗外春光

窗外春光潋滟，室内绿意阑珊。春来了。春是红，是白，是黄，是绿，是万紫千红；是暖暖的风，是淡淡的云，是渔庄田舍垡歌，是扁舟杨柳桃花；是播种，是萌动，是心中莫名其妙的荡漾，是剪不断理还乱的思绪，恰似一江春水向东流。忽想起一旧联：世路多羊肠行行又止；羽觞邀春色飘飘欲仙。

天上云卷云舒

就这样站着，看天上云卷云舒，听耳边涛声依旧，似乎忘却了身边还有一位叫时间的朋友。就这样站着，将心站成一条漫无目的的独木舟，在故乡的山水间，游荡。多少人，走了又来了；多少人，来了又走了：来去匆匆中，青山绿水仍在，世上却已百年。乡音频织，钩前缘旧梦，点点滴滴，在眼前。就这样站着，任昨日骑竹马，看今朝万重山，有心拴住岁月，又怎奈逝水流年往事如烟。

西海上的雨

西海上的雨，说来就来了，在夏天。

然而，这个夏天委实不像夏天，刚热了几天，又转凉了，把上庐山的念头活活憋了回来。

绕着那一湖貌似无情的寒碧，看着那远山乌云四合的翻腾，我知道人世间，多是聚散的无常，多是离愁与别恨。

山容在云雾的妆扮下，明显肥胖了些个。白绒绒的芦苇已经不见踪影。眼前，只有绿，松树的墨绿，梧桐的浅绿，新竹的翠绿，藤箩的嫩绿。

还是觉得苍绿厚重、沉稳，与老树配在一起，那么协调，那么神采奕奕，如圣，似贤，宛若天衣。

风，轻柔地吹着；雨，淅沥地下着。风雨中的老树与苍绿，在我眼中成了一个又一个老牛倌，在将山川河流、桃红柳绿放牧。

夏天，西海上的雨，说来，就来了。我在岸边，迎着微风，冒着细雨，独自漫步，叹日月之轮回，念天地之悠悠。

真的，就这么走着走着，一回头，就到了现在。

2015.7.8

庐山云雾

　　庐山云雾。瞬间变幻的云雾，是庐山的妆容者，是庐山的魂灵。云雾缭绕在山腰间，嬉戏于山巅上，积聚在山壑里，使庐山变成能行动的神明，让庐山如同进入了太虚幻境。明人方文说：林中惨淡高低寺，雾里微茫来去帆。清人舒天香在庐山大天池住下来，专门观云一百天，最后说：有人携得云归去，把与山妻作被眠。今人有改苏东坡诗状云雾：

　　　　烟波缥缈隐险峰，　上下左右各不同。
　　　　不识庐山真面目，　只缘云雾漫山中。

2015.7.19

拜谒陈寅恪先生

鹤寿先生乃中国现代最负盛名的集历史学家、古典文学研究家、语言学家、诗人于一身的百年难见的人物。

其父陈三立是"清末四公子"之一、著名诗人。祖父陈宝箴，曾任湖南巡抚。夫人唐筼，是台湾巡抚唐景崧的孙女。因其身出名门，而又学识过人，他在清华任教时就被称作"公子中的公子，教授中的教授"。

梁启超说：我梁某算是著作等身了，但总共著作还不如陈先生寥寥数百字有价值。吴宓说：合中西新旧各种学问而统论之，吾必以寅恪为全中国最博学之人。寅恪虽系吾友而实吾师。

1929 年，陈寅恪在为王国维作的纪念碑铭中首先提出以"独立之精神，自由之思想"为追求的学术精神与价值取向。四十年后，成了自己的墓志铭。

作为在庐山度过一段童年时光的江西人，鹤寿先生归葬庐山，无疑为这座文化名山增添了浓墨重彩的一笔。

2015.7.20

庐山植物园·陈寅恪墓

都在谈远方，远方在哪里？

我们其实都是鲁迅先生笔下的过客。我们的任务是往前走，往远方进发。前面是什么地方？远方在哪里，老人眼中的远方往往是坟墓，小姑娘眼中的远方往往是野百合花，穷人眼中的远方往往是钱财，富人眼中的远方往往是穷奢极欲……我现在的远方，是做一名自在客，看山，赏云，亲水，听雨，读书，品茶，欣赏并力图创造一些美好，诗意人生，一程又一程。

2015.7.26

爱一座山，就从一棵树出发

爱一座山，就从一棵树出发，看它几十年，看它如何一天天变老，变枯，变成一个顶天立地傲雪凌霜的暮年壮士。爱一座山，就从一条小溪流出发，看它的春夏秋冬，看它如何一步步走向壮大，一步步走向远方，特别是遇到悬崖绝壁，一头栽下去，不管不顾，心里仍然只有：远方。

雨天，真是上苍留给我们收拾心情的日子。

2015.8.9

庐山如琴湖

上善若水

这句话的意思是说，水愿意帮助万物而不与万物争高下。

水：避高趋下是一种姿态，奔流到海是一种追求，刚柔相济是一种能力，海纳百川是一种大度，滴水穿石是一种毅力，涤荡尘埃是一种责任。

做人，要像水那样谦卑；交友，要像水那样相亲；交谈，要像水那样真诚；生活，要像水那样有条不紊；办事，要像水那样无所不能。

逝者如斯夫，人生犹如奔流至海的江河水。两岸是被自己恩泽的庄稼与土地，而江河，只是默默远去。

夫为不争，故无忧。

许多人将这几个字请人书写，高高悬挂。我想说，与其挂在墙上，不如放在心底。

2015.10.4

告别秋天

虽然有些恋恋不舍，秋天还是要走了，且渐行渐远。

走远了，那一碧如洗的秋空；走远了，那寂寥，那辽阔，那斑斓，那醉意，那层林尽染，那遍地黄叶。

秋天是信天游，是沈周的山水，是黄庭坚的书法，是南浦飞云，是盛唐气象，是千里赣江的浩荡。

池塘里的莲，只有一些残枝枯梗了，还在眷恋着什么，迟迟不肯老去。

也许只有心中的莲，可以不分四季，时刻绽放如初。

心无所欲，即是秋空霁海。

2015.10.26

冬天的表情

冬天表情最丰富的时候是下雪。那飘逸，那清纯，那浪漫，那蹁跹。一朵朵，是梦的云；一片片，是诗的笺。

表情雕出种种意境：

北风卷地白草折，胡天八月即飞雪。
忽如一夜春风来，千树万树梨花开。

这是一种。

日暮苍山远，天寒白屋贫。柴门闻犬吠，风雪夜归人。

这又是一种。

千山鸟飞绝，万径人踪灭。孤舟蓑笠翁，独钓寒江雪。

这还是一种。

绿蚁新醅酒，红泥小火炉。晚来天欲雪，能饮一杯无。

这种暖心。

千里黄云白日曛，北风吹雁雪纷纷。
莫愁前路无知己，天下谁人不识君。

这种让人豪气顿生。

暮景斜芳殿，年华丽绮宫。寒辞去冬雪，暖带入春风。

这种豪华，但没多少味道。

北国的雪，总是和南方的烟雨一样让人迷恋。

京剧《智取威虎山》中，少剑波的《朔风吹》，是面对纷飞的大雪唱的，杨子荣的《打虎上山》，是在莽莽林海雪原中完成的。

我还是最喜欢林冲雪夜上梁山的那段。那份憋屈，那种委屈，那腔仇恨，岂是雪能埋葬的。

没有表情的冬日，不但平庸，而且丑陋。

这些年，越来越难得见到雪了。

常常梦见一个人在漫天飞舞的雪中行走，让这些瑶池仙子扑面而来，不断地拂着冒着热气的脸庞。喜欢穿着青色的风衣在雪地里奔跑，把自己想象成一匹骏马，与雪一起飞舞，背后留下一串串深深的脚印。

猛地勒马回头，过去的岁月如同雪野，已在茫茫千山之外。

2015.11.10

《四景山水图——冬》（南宋·刘松年）

上晓起（上）

唐朝诗人贾岛有一首《寻隐者不遇》：

> 松下问童子，言师采药去
> 只在此山中，云深不知处。

这是一幅会游走的画。策杖攀萝，拜访高人，孤峰绝处，白云相伴。

傍晚。小小的村庄，山环水绕。青石板铺就的小路，仿佛通往长安，将远处隐隐青峰般的贾岛牵引而来。

黄菊在这个季节，在这里铺天盖地地开了，排山倒海地开了。热烈而灿烂。

那年贾岛很落魄，官微职小，禄不养身，以苦吟著名，因为"两句三年得，一吟双泪流"，和孟郊一同凑了个"郊寒岛瘦"。

进得村来，到处弥漫着孙倩倩去年唱的那首歌《爱上晓起》，悠扬，婉转。

住在这里，没什么好想的。林峦深处，或春日赏桃，或云崖采药，或田间种菊，或南山伐薪。

迷人的上晓起，有清远，有幽深，有高山流水，有与世无争的禅趣。

桃花开在春天，菊花开在秋天。

如果说世上所有的相遇都是久别重逢，那么，我与上晓起的黄菊，即如是。

上晓起的菊花

上晓起（下）

清代两淮盐务使江人镜故里，位于婺源县城东北 45 公里的段莘水和晓起水交合处，有上、下晓起之分。村屋多为清代建筑，风格各具特色，村中小巷均铺青石，曲曲折折，回环如棋局。有双亭耸峙、枫樟流荫、进士第、大夫第、荣禄第、江氏祠堂等景观。

"古树高低屋，斜阳远近山，林梢烟似带，村外水如环。"这首古诗极为形象生动地描绘了晓起村落的美丽山光水色，给人以"绝妙何图诚若是"之感。

传说清朝光绪十六年（1891 年），江西婺源上晓起村的江人镜赴扬州任两淮盐运使，光绪皇帝赏赐他一品花翎顶戴。他退休告老还乡之时，因业绩突出，皇帝又赏他千两黄金，被他婉言谢绝，只讨取皇家花园中作为药用的黄菊花带回上晓起村栽种，要效法陶渊明过起"采菊东篱下"的悠闲生活。不料，上晓起的独特自然条件，使当年种植的黄菊花异常茂盛，而且浓香扑鼻，入口甘甜，汤色金黄，韵味无穷，不但保持原有的清心、明目、护肝等疗效，还可以直接泡茶饮用。江人镜派专人朝贡，皇帝视为国家瑞兆，品评其特点为"香、清、甘、活"，并赐名"晓起皇菊"。

菊者，花中隐逸者也。

一百多年过去，一个叫陈文华的人也告老了，他没有还到福建的乡下去，而是到了上晓起，拾起了江人镜的旧梦。

陈文华是江西省社科院原副院长，农业考古学者。他和爱人程光茜十年来把自己所有的积蓄拿出来，恢复上晓起的古茶作坊，办幼儿园，办合作社，建农民文化宫，带领村民种茶，种菊花……

水转揉捻机，人醉茶香里，春有油菜秋有菊，夏日荷花别样红。

村庄的周围，生长着茂密的森林和许多老樟树，还有隐秘在竹林深处的徽派建筑和古茶园。

文化的传承不是简单模仿，而是不断地创造。

上晓起村中，除了蜘蛛网般的电线败风景外，其他的一切，都是那么谐和，变异而又统一，恰似一处桃花源。

徜徉在村里的高墙窄巷、卵石小路上，充满欢喜。

上晓起是一个嗜睡的老人，天一黑，就有点困倦了。

这时，文化馆的灯光亮起。听说省城里来了个田胡子和一条黑鱼儿，带了一群男男女女，要在这里演出。

我们，睁大眼睛惊奇地盯着将要被时间湮没的文化记忆。

2015.11.12

北京雪

　　昨天早晨起来，推开窗户，发现窗外已是一个银妆素裹的世界。天，虽然继续阴沉着，但北京毕竟多了几分整洁和清净，透出一种别样的味道。

　　圣诞节没感觉，平安夜也没感觉，只有对雪，那是很有感觉的。

　　雪能让人迅速地回到从前。

　　静静凝望着窗外，回味着晚上从望京回到住所，漫天的飞雪正踏着轻快的旋律，梦幻般摇着潇洒的舞姿，随风飘摇，又轻轻飘落在了苍茫的大地之上，轻柔而飘逸，是那样的悄无声息，那样的安静从容。

　　想起鲁迅的那篇散文诗《雪》。

　　那是一篇充满诗情画意的写景散文，可以认为是鲁迅先生的人格背影。

　　先生前一部分着重写江南的雪，后一部分着重写北方的雪，这两个部分既互相映衬，反映了作者人格不同的构成，有温情的一面和战斗的一面，用他自己的话说，就是"俯首甘为孺子牛"和"横眉冷对千夫指"。这是金戈铁马和烟雨江南的统一，是柔软和刚烈的契合，温情彰显战斗的决绝，战斗中更显温情的可贵。当然，出于对中国文化和中国民族性的深入体察，终其一生，鲁迅的人格正面，都是以铁面的姿态，以不原谅任何人的表情而笔耕不辍，也算是中国士人的一类，如杨慎，如海瑞。

　　《雪》一文，曾被收编在苏教版九年级《语文》下册中。在《野草》中，这是最明白、浅显、易懂、适合青少年阅读的一篇了。

　　人一般对雪都有着一种特殊的情感，因为雪承载了太多的记忆和思念。

　　久久凝望着北京的雪景，不禁想起赣北大山深处故乡的冬。从小到大，我们冬天都是和厚厚的雪联系在一起的：有一群熊孩子在雪地里追逐嬉闹的儿时欢乐，也有在没膝的积雪中艰难跋涉求学的困苦，还有风雪天和家人围坐在火炉旁看着老熏肉滴出油来的温馨……

　　在无边的旷野上，在凛冽的天宇下，闪闪地旋转升腾着的是雨的精魂……

　　是的，那是孤独的雪，是死掉的雨，是雨的精魂。

　　人品极处，本心使之。雪如此，人亦然。

恋　旧

恋旧可以换来信赖。

有人说，恋旧的人，像是一个拾荒者。我觉得这种比喻不妥。

恋旧，有什么不好的吗？

想不起来。

网上传，十年以上不换手机号码，只有一个号码，二十四小时开机者，是个相当值得信赖和可交之人。

据中国、美国、英国、韩国、俄罗斯等国抽样调查得出结论：

如果一个人的手机号十年以上保持不变，可以判定这是一个值得信赖的人。

为什么说 Ta 是一个值得你信赖的人呢？从几个方面可以分析并了解到：

第一，他不欠别人多少情；

第二，也不可能欠别人多少钱；

第三，还有不怕有人找他麻烦；

第四，念旧情，希望老朋友很多年后还能找到他……

呵呵，有点道理，录于兹。

不恋旧，我都不记得古代中国是啥样子了。

拾荒，没有什么不好呵。不然，谁会知道你是谁？从哪里来？到哪儿去？

眼下，还孜孜不倦地啃文学、史学和哲学，无异于是一种文化拾荒。

2015.12.29

笔者上世纪八十年代在庐山寓所

酒歌（一）

琴棋书画诗酒茶，是中国人生活方式中的雅事。

不会饮酒，那雅，便是有缺憾的雅。

为什么叫酒歌，很简单，酒就是歌，歌就是酒，酒和歌本是一家子。音乐与酒殊途同归。

中国古代文化人中，我最佩服的是苏东坡，最喜欢的也是苏东坡。苏轼《书东皋子传后》中说："天下之不能饮，无在予下者。"这是他对自己酒量的一种评估，是说自己的酒量是天下最差的，又说"天下之好饮，亦无在予上者"，是说他对酒的喜欢程度，天下无人能比得上他好酒。

既没酒量，又如此热衷，当然是源于他对酒文化的理解了。

东坡先生不用附庸风雅，他是从骨子里懂得酒之妙境的：作为一种文化符号，一种文化消费，更多的时候，酒表示的不是酒本身，而是一个话题，一种礼仪，一种气氛，一种情趣或者一种心境。

酒是善变的精灵。有时炽热如火，有时冷酷像冰；有时缠绵似梦，有时狠毒若魔。可以让人超脱旷达，才华横溢，也可以叫人放浪形骸，欲罢不能。

酒是精神生命中的燃烧剂，助推器，煽情高手。

嗜酒没有必要，品酒却是必须。因为人生本身也要品，不品，怎会知道真正的甜酸苦辣百般滋味。

2016.1.5

酒歌（二）

名教与酒。

魏晋风度也罢，魏晋风流也罢，其核心要义在于一批士子用酒的游戏作为批判的武器，与名教决裂。

名教是什么？

西汉董仲舒可谓国师，他倡导"审察名号，教化万民"。汉武帝心领神会，立即把符合封建统治的政治观念、道德规范等等"立为名分，定为名目，号为名节，制为功名"，用它对百姓进行教化，称"以名为教"。

换句通俗的话说，食色为人之大欲，名利也是人之大欲，把欲望之洪水猛兽往名节那条路上引领，让人们重名节而轻利益，这于降服人心，于社会稳定肯定有积极作用。

如果说帝王术就是驭人术，那么，名教就是统治世界的长远策略。

太宗皇帝真长策，赚得英雄尽白头。

魏晋时期，天下乱象丛生。名教示范性人物如孔融等多死于非命，于是，围绕"名教"与"自然"的关系展开了激烈论辩。

这时，"自然"是论点，"酒"不但是论据，还是下楼的软梯子。

王弼糅老庄思想于儒，认为名教出于自然；嵇康提出了"越名教而任自然"；西晋郭象则认为名教即自然。宋明以后，名教被转而称作"天理"，成为禁锢人们言行的桎梏。如违犯封建伦理纲常，即被视为"名教罪人"。

思想激荡之后，要实在落地，酒就是一种最合适的借口和去处。

处于"越名教而任自然"的状态之中，最让今人羡慕的，该是朋友间交往的自由而互相理解的状态：

宽袍大袖，大家饮酒。各饮其饮，杯杯与共。

阮籍留了两斗美酒想要和王戎共饮，而王戎到来的时候恰巧刘公荣也在座，换成礼法之士，要么留待下次，要么三人分而饮之。阮籍却直截了当地对刘公荣说"酒不是为你准备的，所以没有你的份"。而更让人感动的是三人的言谈完全不受影响，情绪没有波动，现场一点尴尬也没有。阮籍于是自豪地说，"唯公荣，可不与饮酒"。

阮籍的狂狷，刘公荣的豁达，跃然纸上。

居丧之际，也饮酒食肉，且由阔人名流倡之，老百姓高兴得不行，皆从之，礼被抛到九霄云外。因为这个缘故，社会上遂称这种人叫作"名士派"。

嵇康饮，曹操也饮；孔融饮，张飞也饮；刘伶饮，陶渊明也饮。只不过除张飞这类莽汉之外，其余的都是醉翁之意不在酒。

尔虞我诈的庙堂，刀光剑影的大地，诗酒荡漾的山林……

魏晋的风流才子们，真的是造出了一段无比自由，无限放达的生存时光。

酒歌（三）

青州从事与平原督邮。

青州与平原，两处古地名，均在今山东境内。从事与督邮，两个古官名。从事，汉代刺史的属官；督邮，汉代郡守的属官。

古人将青州从事比作好酒，把平原督邮比作次酒。

说是魏晋时期，桓温手下的一个主簿善于辨别酒的好坏，他把好酒叫作"青州从事"，青州有个齐郡，齐与脐谐音。因为好的酒，酒力可以一直达到人的脐部。而把次酒叫作"平原督邮"，因为平原郡有个鬲县，鬲与膈同音，是说次一点的酒，酒力只能到达胸腹之间。

这一记载见于刘义庆的《世说新语》：桓公有主簿善别酒，有酒则令先尝，好者谓"青州从事"，恶者谓"平原督邮"。

后来这一说法普及开来，见于诗文中的青州从事和平原督邮比比皆是：

皮日休诗：醉中不得亲相倚，故遣青州从事来。

苏东坡诗：人间真一东坡老，与作青州从事名。

李清照诗：青州从事孔方君，终日纷纷喜事生。

钱谦益诗：冯君鉴我区区意，却寄青州从事来。

欧阳修也说：醉翁倒处不曾醒，问向青州做么生。公退留宾夸酒美，睡余倚枕看山横。

李汝珍在《镜花缘》一书中则说：尽是青州从事，那有平原督邮。

喝酒，我们都希望遇上青州从事，不会去寻平原督邮的。当然，求不到青州从事，平原督邮也可差强人意。

汉文学语言中的"酒"字，有趣得紧，妙不可言。

以后，饮酒诸君一旦遇上青州从事或平原督邮，千万不要会错意呵。

称觞举寿欣欣如，与时俱进酒更香。

2016.2.3

酒歌（四）

酒的文化基因十分强大，能饮者自然不免吹嘘，莫能饮者也常常借此说事。

古代文化人多爱酒。文人雅士水边修禊，岭上登高，一向离不开酒。

那篇如雷贯耳的《将进酒》，写得山花烂漫，神采飞扬，将心中的豪气、霸气、闷气、狂狷之气、屌丝之气全然吐出，如江河入海一泻千里。

置酒会友，乃人生快事，又恰值"怀才不遇"之际，于是乎太白先生便对酒当歌，张扬个性，把个本我挥洒得淋漓尽致，让人大呼过瘾！

多少人，都曾有过旷达不羁、乐观自信的精神和对社会现实的愤懑？多少人正在理想与现实深刻矛盾的鸿沟中徘徊？

仰天长啸，才叫不苟且，才是诗与远方。

在酒的世界里忘记伤痛，得到暂时的解脱与片刻放松，实在是灵魂在走投无路时的无奈之举。我们看到了"举杯邀明月，对影成三人"的自得；看到了"人生得意须尽欢，莫使金樽空对月"的洒脱；更有"百年三万六千日，一日须倾三百杯"的狂放。

然而"但愿长醉不愿醒"只是一种愿望，"与尔同销万古愁"也只是"举杯消愁愁复愁"。

醉酒之乐过于短暂，又于事无补，可是如果不醉，就连这短暂的快乐也没有了。

许多人就这样在理想与现实、酒醉与清醒之间游来荡去，消了魂。

2016.3.24

酒歌（五）

南昌有个七贤居。

七贤居的张祖泉组织人在竹乡种竹，将高粱酒注入笋中，慢慢与竹养成。

于是我们就喝到了经年养在竹节里的美酒：葆有烈酒的那份劲道，入口却柔润了许多；似有山风入怀，飘着若有若无的竹香。

想起永和九年的那场醉。

那年，也是暮春三月，王羲之邀了谢安、孙绰、支遁等，携弟子等计四十二人，在山阴兰亭举行了一次声势浩大的雅集，曲水流觞，饮酒赋诗。

酒酣耳热之际，王羲之提一支鼠须，在蚕茧纸上为这次宴乐写序。

意外出现了，这份一气呵成的手稿，日后成为被世世代代中国人记诵的名篇，成为中国书法史上的第一行书范本，至今无人超越。

祝勇先生说，中国文化史上不知有多少名篇巨制，都是这样率性为之的。说白了，并非有意为之，不过逞心歌之而已，是玩儿出来的。

正襟危坐做学问，触景生情为文章。酒醉后的一通涂鸦，无意间塑雕出书法的绝响。

七贤居散发着淡淡的竹酒味道，沿着这清香之路穿越，我们能够感觉到永和九年春光的明媚。

参与雅聚的七人，我，黄细嘉，廖杰，温青，邓涛，周辉煌，张祖泉，自命竹乡七贤，无它，自此多用竹乡七贤酒为媒，以期在微醺的山水间寻找那份属于从容淡定与逍遥的自在快乐。

七好凑，贤难修。诗意人生自在客，琴棋书画诗酒茶。琴者棋者书者画者，心底功夫加手上功夫；诗者酒者茶者，则为吐纳修养之功耳。

七贤居，位于南昌市广州路 28 号，与八大山人寄居灵魂的梅湖遥遥相望。

2016.3.29

酒歌（六）

醉里且贪欢笑，要愁那得工夫。近来始觉古人书，信著全无是处。

昨夜松边醉倒，问松"我醉何如"。只疑松动要来扶，以手推松曰"去"！

辛弃疾的这首《西江月·遣兴》煞是有趣，翻成白话应该是这样子的：

喝醉了暂且贪恋欢笑，没工夫想那些发愁的事情。这些日子开始觉得古人的书，要是真的相信就全错了。

昨天晚上我在松树边上醉倒，问松树我醉得如何？松树摇摇晃晃好像要来扶我，我用手推开松树，说：去！

以散文句法入词，却字数平仄格式严密。写出了风动树摆，酒晃松扶，朦胧恍惚，物我两忘的境界。

将军醉态跃然纸上，可爱得紧。

毛泽东很喜欢这首词，曾手书了下半阕。

"昨夜松边"四字起笔，浓墨重彩，酣畅淋漓，犹如风乍起，吹皱一池春水。"昨"字浓而不肥，"松"字疏秀雄健，"边"字最有意思，笔之走势就像一个醉汉，跌跌撞撞回回转转到了松分醉之间站定。

帖中两个"醉"字，结体完全不同。一个左重右轻，一个左轻右重，杨花舞，岸柳摇，醉态可掬。为下文的"动"字做好了铺垫。

"动"字的末笔在书法中属于比较典型的意到笔不到，味道极佳。

观草书如观阵。康有为说：夫书道犹兵也，心意者将军也，腕指者偏裨也，笔锋者先锋也，副毫者众队也，纸墨者器械也。古之书论，犹古兵法也。

书法的审美判断，悦目者为下，应心者为上，畅神者上上。

该帖由筋见骨，由形觑神，由墨知笔，由线悟气。心与字涉，神与物游。

龙飞凤舞之间，墨痕在纸上醉意弥漫。

醉的醉了，没醉的也醉了。这才叫艺术。

《蜜蜂对酒图》（齐白石）

赏　兰

最是一年春好处，豫章景园看兰花。

风和日丽，位于南昌市福州路上一处微型精致园林里，奇山异水间暗香浮动。

南昌市兰花社的兰花展在这里举行。

中国人历来把兰花看作是高洁典雅的象征，梅、兰、竹、菊并称"四君子"。人们通常以"兰章"喻诗文之美，以"兰交"喻结交之义，以"兰香"喻真气，以"兰花"喻佳人。所谓"气如兰兮长不改，心若兰兮终不移"，"寻得幽兰报知己，一枝聊赠梦潇湘"。

南昌居然也有兰社，而且参与者众，这次展览的兰花就全是兰社社员自己栽培的。真好，证明我们江西人正在向雅致生活靠拢。

新妆才上观兰时，忽见花蕊吐几枝。
巧夺天工裁剪意，妆成碧玉变小诗。

中国传统文化中的兰花，是有专指的，如春兰、惠兰、建兰、墨兰和寒兰等。这一类兰花与花大色艳的热带兰花大不相同，没有醒目的艳态，没有硕大的花、叶，身材娇小，却具有质朴文静、淡雅高洁的气质，很符合东方人的审美取向。

听兰花社的先生热情洋溢且滔滔不绝的讲解，才知道原来兰花的世界也如此灿烂。

兰花风格独异，观赏价值很高。花色淡雅，其中以嫩绿、黄绿的居多，尤以素心者为名贵。

兰花的香气，清而不浊，一盆在室，芳香四溢。

"手培兰蕊两三栽，日暖风和次第开。坐久不知香在室，推窗时有蝶飞来。"古人这首诗将兰花的幽香表现得淋漓尽致。

兰花的叶终年鲜绿，刚柔兼备，姿态优美，纵不是花期，造型也非常好，活脱脱就是艺术品。"泣露光偏乱，含风影自斜。俗人那解此，看叶胜看花"。这首诗就是形容兰叶婀娜多姿之美的。

置身于兰花点缀之小园中，顿觉春风拂面，生机盎然，如上云居，似登匡庐。清香袭人，心旷神怡。